뜨거운 시선

KB012698

뜨거운 시선

초판 1쇄 찍은 날 | 2018년 12월 20일
초판 1쇄 펴낸 날 | 2018년 12월 31일

지은이 | 문희
펴낸이 | 예경원

편집 | 주승아

펴낸곳 | 예원북스
등록번호 | 제396-2012-000132호
등록일자 | 2012. 7. 25
YRN | 제1-0242호

주소 | 경기도 고양시 일산동구 호수로 646-24 위너스21-Ⅱ 206A호 (우) 10401
전화 | 031-819-9431 팩스 | 031-817-9432
http://cafe.naver.com/yewonromance
E-mail | yewonbooks@naver.com

ⓒ 문희, 2018

ISBN 979-11-89701-43-7 03810

뜨거운 시선

문희 장편 소설

YEWONBOOKS
ROMANCE
STORY

Contents

프롤로그

서울의 명산인 북한산 자락에 세련된 구조의 고급빌라가 있었다. 주로 전문직종의 젊은 사람들이 사는 곳과는 다르게 은퇴한 분들이 많이 사는 곳이었다.

도심 한가운데인 서울에서 드물게 아침에 새소리를 들을 수 있고, 산책로를 따라 아침 운동을 하고 약수터에 가서 약수 물도 마실 수 있는 곳이었다.

하지만 서울의 특성상, 이웃과의 교류가 거의 없었고 철저하게 개인적인 곳이라 그런지 이곳을 한 달 가까이 어슬렁거리는 사람들이 있어도 아무도 신경 쓰지 않았다. 주로 차 안에 앉아서 시간을 보내고 있는 이들을 일흔이 넘은 경비만 의심스러운 눈으로 지켜볼 뿐이었다.

"선배, 제보가 확실하기는 해요?"

빌라 앞 커피숍에서 사온 아이스커피를 건네며 새롬이 물었다. 연예부 기자 특성상 책상머리에 앉아서 할 수 있는 일이 그리 많지 않았다. 발품을 팔아야 부장에게 깨지지 않고 견딜 수 있었다.

"확실해."

선배는 커피를 받아 들고는 창밖만 뚫어지게 보고 있었다.

"형사가 더 나을 뻔했어요."

"왜?"

"형사들은 이렇게 기다리다가 범인이 나타나면 뛰어가서 잡을 수나 있지, 우리는 뒤에 숨어서 사진이나 찍고 잘못 찍으면 명예 훼손이나 당하고……. 괜히 사생활이나 캐는 기레기 취급이나 받고……."

"하루 이틀이야?"

"그렇긴 하지만……."

새롬과 호민은 세계적인 아이돌인 빅스톰의 리더인 현민의 스캔들 조사 중이었다.

"여기 현민의 매니저 집 맞아요?"

"맞아, 여기 사는 거 확인했어."

"그런데 그 윤장미 실장 부잔가 봐요?"

"나도 그 점이 좀 의외긴 해. 하지만 이혼하고 위자료를 두둑이 받았다는 소문도 있어."

"이혼녀에 딸까지 있는 유부녀가 빅스톰의 매니저라……."

"그게 어때서? 요즘에 돌싱들이 얼마나 많은데."

"하긴 그렇긴 하죠. 어, 저기……."

윤장미의 차로 보이는 검은색 그랜저가 빌라 안으로 들어갔다. 빌라는 안으로 들어가기가 쉽지 않았다. 출입 제한이 다른 곳에 비해 심했기 때문이었다. 지난번엔 방문자인 것처럼 하고 들어가려고 시도했지만 쉽게 들여보내 주지 않았었다.

"왜 나는 자꾸 저 안에 현민이 들어 있을 것 같지?"

"다른 방법을 찾아야지, 이대론 안 되겠어요."

"나도 그렇게 생각한다. 네가 한번 빌라에 오르지 그러냐? 3층뿐이 안 되던데. 지난번 MS엔터 담도 탔잖아? 경찰서에 가긴 했지만 말이야."

그날의 일이 떠오르자 다시 화가 났다.

"야, 그때 서 대표가 얼마나 화를 냈는지 박 부장이 절절 기더라."

"제가 서 대표의 사무실로 바로 들어가서 걸렸으니까요. 그건 그렇고 다른 방법 찾아봐요. 전 김하나, 윤태주 취재해야 해요."

김 선배와 새롬은 두 가지 스캔들을 동시에 취재하고 있었다. 하나는 빅스톰의 현민이고, 다른 하나는 스캔들 메이커인 윤태주와 김하나였다.

　그래서 현민의 일은 김 선배가 맡았고 그녀는 주로 윤태주 쪽에 가 있었다.

　"선배, 저 내일 쉽니다."

　"잘 쉬어라."

　"선배도 좀 쉬세요."

　"현민이 한국에 있으면 쉴 수가 없다."

　새롬은 자신의 차로 옮겨 타고는 윤태주의 촬영 현장으로 이동했다. 연예부 기자들 중에서도 새롬과 김 선배는 특종을 잘 잡는 기자들로 유명했다.

　게다가 그들은 팀워크도 좋아 각자의 일을 하는 것보다는 서로의 일을 돕는 형식을 취했다.

　그게 의지가 되고 좋았다. 그래도 선배가 남자로 느껴지는 일은 없었다.

　기자생활은 평범하던 그녀의 일상에 큰 변화를 주었고, 특종을 터트릴 때마다 자부심을 느끼게 되었다. 그러면서 자연스레 개인적인 삶보다는 기자로서의 삶을 살게 되었고, 그것에 후회는 없었다.

쉬는 날, 새롬은 하루 종일 동면을 하는 곰처럼 잠을 자거나 빅스톰의 음악을 듣곤 했다. 그건 유일한 낙이자 힘든 기자 생활을 이어가는데 힘이 되는 일이었다.

물론 시집도 안 가고 방구석을 지킨다고 어른들은 싫어하시지만 말이다.

오늘도 새롬은 빅스톰의 신곡을 들으며 침대에 온몸을 본드칠한 것처럼 누워 있었다.

Errrrrr—

이번 휴일은 무사히 넘어가나 했는데 핸드폰이 울렸다. 양손으로 귀를 막으며 새롬은 베개에 얼굴을 묻었다.

Errrrrr—

새롬은 구시렁거리며 마지못해 핸드폰을 들었다.

"여보세요."

핸드폰을 받지 않으면 밤새 전화가 올 것 같았다.

[빨리 튀어 나와. 집 앞이야.]

"오늘 쉬는 날인 거 몰라요?"

[그럼 빅스톰 멤버 현민의 열애······.]

"3분."

[1분. 아파트 정문 앞이야.]

새롬은 침대에 아무렇게나 걸쳐져 있던 어제 입은 청바지와 티셔츠를 입었다. 하루를 쉬었으니 새 옷이나 마찬가지였다. 옷을 빛의 속도로 갈아입은 그녀는 식구들이 모여 있는 거실을 빠르게 통과했다.

"또야?"

"넵!"

"적당히 해."

가족들이 한마디씩 했지만 새롬의 귀에는 아무것도 들리지 않았다. 빅스톰 멤버인 현민의 스캔들 기사를 그녀가 쓰게 되는 거국적인 순간이었다. 물론 최대한 호의적으로 쓰겠지만 기사가 중요한 게 아니라 현민의 사생활을 들여다본다는 것이 더 떨렸다.

스캔들이 없기로 유명한 그룹이 빅스톰이었다. 그게 다 원수 같은 서민석 대표 때문이었다. 빅스톰의 소속사 대표이자 우리나라 최고의 엔터테인먼트인 MS엔터테인먼트의 수장인 서민석 대표는 회사 아이돌의 스캔들 기사를 무슨 수를 써서라도 막는 독한 인간이었다.

그래서 약이 오른 기자들이 한둘이 아니었다. 물론 그중에 새롬도 속했다. 팬심은 팬심이고 기사는 기사였다. 어쩔 수 없이 사적인 감정이 들어가긴 하겠지만 그래도 기사는 정직히 써야 했다.

"선배!"

오래된 그랜저의 차 문을 열자마자 거친 숨을 몰아쉬며 회사 선배인 김호민 기자를 부름과 동시에 조수석에 앉았다.

"2분 30초."

냉정한 인간.

"죄송해요."

새롬의 사과를 가뿐히 무시한 선배는 미친 듯이 운전을 시작했다.

"기사 쓰기 전에 죽는 건 아니죠?"

벨트를 꼭 붙잡으며 새롬이 물었다.

"특종만 아니어도 이렇게는 안 하지."

"현민이 확실해요?"

"내 정보원이 현민과 애인인 것 같은 여자가 출발하는 거 봤다고 연락이 왔어."

"애인이요?"

김 선배는 곳곳에 아는 인맥들을 정보원으로 심어 놓아서 그 덕을 톡톡히 보고 있었다.

"그래, 윤 실장 알지?"

"알죠. 연예인보다 예쁜 윤장미 실장을 모르는 빅스톰 팬은 없죠."

"그들이 도착한 곳이 윤 실장 집이야."

"설마요! 그럼……."

"맞아."

매니저의 집은 연예인의 집보다 기자들로부터 안전하긴 했다.

"윤 실장 집에서 몰래 만나는 거예요?"

"그것도 그렇고. 그 애인인 것 같은 여자가 윤 실장이야."

등잔 밑이 어둡다더니 기가 막혀서 말이 나오지 않았다. 스캔들이 없기로 유명한 빅스톰에서, 그것도 리더인 현민이 사내 연애라니…….

돌부처란 별명을 가지고 있을 정도로 깨끗한 사생활을 자랑하던 현민이었다.

"아니에요. 둘이 친하긴 해도……."

"맞아."

"네?"

"이걸 봐."

선배가 그녀에게 건넨 사진은 창가에서 현민과 장미가 키스를 하고 있는 장면의 사진이었다. 특종이었다.

"그런데 현민의 얼굴이 제대로 찍힌 게 없어."

"이건 또 언제 찍은 거예요?"

"오늘 내가 자리를 비운 동안 정보원 녀석이 대신 찍은 거지. 카메라를 전문적으로 다루는 녀석이 아니라서 엉망으로 찍어 놨어."

정말 소속사에서 현민이 아니라고 할 수도 있을 정도였다. 그녀야 현민의 머리끝만 보아도 알아볼 수 있는 팬이었지만 일반 사람들은 그렇지 않았다. 논쟁의 소지가 있었다.

"그래서요?"

"오늘 확실하게 하려고. 네가 망 좀 봐 줘."

"네."

오늘 그녀는 기사와 함께 망까지 보는 임무를 맡았다. 이게 다 연예부 부장의 술책이었다.

그녀가 현민의 기사를 잡으면 좋은 기사만 쓰니까 이번 일은 선배에게 맡긴 것이었다.

"능구렁이……."

"뭐?"

"아닙니다."

"부장님 욕할 거 없어. 내가 봐도 넌 빅스톰에 미쳐서 올바른 기사 안 쓸 게 뻔하니까."

"……."

할 말이 없었다. 선배가 말하는 건 정확한 팩트니까. 그러는 사이에 그들은 윤 실장의 집 앞까지 왔다.

"이쪽으로 와."

빌라는 작은 산을 뒤로하고 있었다. 그동안은 집 앞에서 대기했는데 그녀의 의견을 수렴해서 감시하는 위치를 바꾼 것 같았다.

"창문이 훤히 보이네요."

"네 얼굴도 훤히 보여."

"아!"

선배가 그녀의 머리를 나무 아래로 눌렀다.

"아파요."

"다른 땐 총명하기 그지없는 녀석이 왜 빅스톰 일엔 멍청하게 굴어?"

"……."

기자생활 6년 차의 베테랑인 새롬이었다. 다른 연예인 일에는 눈에 쌍심지를 켜고 달려드는 그녀였지만 빅스톰의 일에선 느슨해졌다. 그래서 선배의 지적에 대꾸할 수가 없었다.

"어, 저기……."

창으로 현민의 모습이 보였다. 얼마나 가까운 거린지 현민의 인상이 좋지 않은 것까지 보였다. 둘이 싸운 것 같았다.

"둘이 싸운 것 같아요."

"조용히 해."

선배는 들킬까 봐 전전긍긍했고 새롬은 둘이 진짜 사귀는 걸까 봐 전전긍긍하고 있었다. 그런데 윤 실장이 갑자기 현민을 안고는 키스를 했다. 정말 기가 막히게도 현민과 윤장미 실장은 깊은 연인의 키스를 하고 있었다. 그리고는 둘이 함께 집을 나서는 모습이 보였다.

너무 빨리 진행이 된 일이라서 새롬은 한 방 제대로 먹은 기분이었다.

"됐다. 오늘은 얼굴이 정확하게 나왔어."

"……."

"왜 그래?"

"놀라서요. 어떻게 저런 조합이……."

당황스러웠다. 팬으로서도 기자로서도 말이다.

MS엔터테인먼트 대표 이사실이 발칵 뒤집어졌다. 총괄 실장인 최 실장이 어쩔 줄 모르고 민석 앞에 서 있었고, 그 뒤로 각 파트의 실장들이 창백한 얼굴을 하고 대표의 불호령이 떨어지기를 기다리고 있었다.

오늘 아침 인터넷을 뜨겁게 달군 현민의 스캔들 기사 때문이었다. 빼도 박도 못하게 둘의 키스 장면이 찍힌 것이었다. 그것도 악독하기로 유명한 톱스타매거진에 말이다. 세계적인 톱스타 현민도 이번 기사는 어쩔 방법이 없었다.

그렇다고 열애설을 인정하기에는 스물다섯인 현민과 서른다섯인 윤 실장과의 나이 차이도 문제였지만, 윤 실장이 이혼해서 혼자 딸아이를 키우는 싱글맘이라는 게 팬들에게는 더 충격으로 느껴질 것이었다.

그런 윤 실장의 개인사 때문에 회사에서도 둘의 관계를 설마설마했던 건 사실이었다. 최 실장의 눈이 서 대표의 얼굴을 살폈다. 저렇게 아무렇지 않은 표정으로 가만히 앉아 있을 때가 더 무서운 사람이었다.

지금은 빅스톰이 최고의 아이돌이지만, 과거에 서 대표는 아이돌의 레전드라고 불리는 갤럭시의 리더였다. 아이돌이란 말을 만든 장본인이 바로 서 대표였다. 연예인에서 기획자로 변신한 그는 여전히 레전드의 길을 걷고 있었다.

서 대표의 자기관리는 혀를 내두를 정도였다. 서른일곱인 그는 아직도 20대 못지않은 멋진 외모를 가지고 있었다. 서 대표의 숱 많은 눈썹이 움찔 올라갔다. 드디어 입을 열 모양인 듯했다.

"현민이하고 윤장미 불러와."

그의 말에 문 밖에서 대기 중이던 현민과 윤 실장이 들어왔다.

"앉아."

서 대표의 말에 현민과 윤 실장이 앉았다. 이 자리에 오기 전까지 까칠한 현민을 달래느라 애를 먹었던 최 실장은 놀라울 정도로 얌전해진 현민의 모습을 보고는 당황을 금치 못했다. 천하의 현민도 서 대표가 무서운 줄은 아는 모양이었다.

"사실만 간단히 말해."

"사귀고…… 있습니다."

현민이 말했다.

"장미 넌?"

"……."

입이 열 개라도 할 말이 없는 장미는 서 대표 앞에서 어쩔 줄을 모르고 있었다. 자신이 한 일이 엄청나게 잘못한 일이라는 걸 알긴 아는 모양이었다.

"사귀기는 하지만 사랑하는 사이는 아니다? 맞아?"

"사랑하니까 사귀는 거죠."

현민이 떨떠름한 표정으로 말했다.

"그럼 해결 방법은?"

"우린 오랫동안 사랑했고……. 앞으로도 변함없을 겁니다."

젊은 혈기에 현민이 처음으로 서 대표에게 반항을 했다.

"너의 사랑에 대한 이야기는 관심 없어. 빅스톰의 활동은 그만둘 거야?"

"······."

"빨리 말해. 나도 바빠. 너 때문에 다른 아이들의 인생도 막을 내리게 할 거야?"

서 대표는 한다면 하는 사람이었다. 현민이 없는 빅스톰은 아무것도 아니었다. 현민이 그만둔다면 팀은 해체였다.

"대표님, 제가 잘못했습니다. 현민이 그만두면 빅스톰은 해체할 수밖에 없다는 거 아시잖아요."

장미가 무릎을 꿇고 말했다.

"제가 그만두겠습니다."

장미의 현민에 대한 마음은 진심인 것 같았다. 현민을 생각하지 않더라도 빅스톰에 딸린 식구들이 너무 많았다.

"용서해 주세요."

이번엔 현민이 무릎을 꿇었다. 현민이 작사, 작곡한 곡들은 모두가 서 대표의 손을 거친 곡들이었다. 천재는 현민이 아니라 서 대표였다.

서 대표가 현민을 버리면 끝이라는 것은 현민이 누구보다 잘 알았다.

"대책은?"

"······."

서 대표는 뭐든 간결한 걸 좋아했다. 구구절절 말이 많은 건 딱 질색인 사람이었다.

"기자회견 준비해."

"……."

"윤 실장이 쫓아다니던 걸로 하고. 키스는 윤 실장에게 억지로 당한 걸 파파라치에게 찍힌 거라고 말해."

서 대표의 차가운 말에 모두가 숨을 죽였다.

"장미는 그만둬."

윤 실장의 얼굴이 창백해졌다.

"이 정도 각오도 없이 시작한 건 아니겠지?"

피도 눈물도 없는 인간이었다. 그렇게 일을 마무리 지으려는 순간, 밖이 소란스러웠다.

"톱스타매거진을 포함해서 기자들이 난리들입니다."

"잠시 후에 기자회견 한다고 전해."

"네."

"최 실장은 법무팀과 상의해서 빨리 기자회견 준비하고, 보도자료도 만들어."

"네."

모두가 바쁘게 움직이기 시작했다.

아침부터 정신없이 현민의 일을 처리하다 보니 머리가 깨질 듯이 아파왔다. 민석은 지끈거리는 머리를 식힐 겸, 사무실에 달린 자신만의 테라스로 나와 담배 한 대를 입에 물었다. 7월의 더운 공기가 훅 하고 들어왔지만 그는 신경 쓰지 않았다. 지금 그의 머리는 7월의 더위보다 더 끓어오르고 있었기 때문이었다.

잠잠하다 싶다가도 한 번씩 일어나는 소속 연예인들의 일탈은 민석을 화나게 했다.

"후……."

담배연기가 그의 폐를 지나 목구멍을 타고 입 밖으로 뿜어져 나오는 순간, 그의 눈앞에 검은 모자를 눌러쓴 도둑이 2층 테라스 난간을 타고 올라오고 있는 게 보였다.

툭!

도둑이 테라스에 발을 내리는 순간 그의 눈과 마주쳤다. 마치 정지화면처럼 굳어 버린 도둑이었다.

"오늘은 또 뭐지?"

민석은 도둑을 향해 물었다. 한두 번 보는 도둑이 아니었기 때문이었다.

"그러니까……."

쉽게 뒷말을 찾지 못하는 도둑은 오만상을 찡그리며 그 자리에 민석이 있는 걸 탓하는 표정을 짓고 있었다.

"오늘은 그냥 가."

현민의 일만으로도 머리가 터질 것 같았다. 다른 일까지 신경 쓰고 싶지 않았다.

"안 돼요."

도둑이 기어 들어가는 목소리로 말했다.

"안 그러면 지난번처럼 경찰에 신고해 버릴 테니까."

"대표님, 좀 진정하시죠."

당당한 도둑의 말에 어이가 없는 민석이었다.

"오늘은 꼭……. 아!"

도둑이 그의 사무실로 들어가려는 걸 민석이 재빠르게 잡았다. 도둑을 그와 벽 사이에 가두고 내려다보았다.

"아니, 그러니까……. 정문에서 들여보내 주시면 이런 일이 없을 것 아닙니까."

갈수록 뻔뻔해지는 건지 아니면 정신이 나간 건지 도둑은 그에게 따지듯이 물었다.

"기다리라고 말했을 텐데?"

"기다릴 상황은 아니지 않습니까?"

"지난번에도 이러던데, 이번에도 쥐새끼처럼 침입해서 현민이의 일을 알아간 거야?"

"하!"

기가 막힌 건 그인데 도둑 주제에 어이가 없어 하고 있었다.

"이보세요, 대표님. 전 그날 그대로 걸려서 경찰서에 갔고, 반성문 쓰고 나온 것밖에 없습니다."

"오늘은 반성문 가지고 안 끝나."

"기자는 그럼 땅 파서 기사 씁니까? 어쩔 수 없지 않습니까?"

"박새롬 기자!"

반성이라고는 하나도 없는 여자였다. 한마디로 짜증 지수를 불러일으키는 여자가 새롬이었다. 다들 그를 보면 떨면서 아무 말도 못하는데, 새롬은 그를 보고도 눈 하나 깜짝하지 않고 할 말 안 할 말 다 하고 있었다.

"내 인내심을 테스트하는 건가?"

"제가요? 제가 왜요?"

"그렇지 않고서는 이럴 수가 없지."

그를 짜증나게 만드는 사람은 많지 않았다. 원래 그는 쉽게 짜증을 내는 성격도 아니었다. 오늘 현민도 그의 짜증 지수를 올리진 못했다.

그건 해결할 수 있는 문제였기 때문이지만 앞의 여자는 그렇지 않았다. 순간 속에서 화가 치밀었다.

"헉헉……."

역시 담벼락을 오르는 것도 하루하루가 달랐다. 한 살, 한 살 먹을수록 근육을 쓰는 게 예전보다 더 힘이 들었다. 하긴 요즘은 클라이밍에 갈 시간이 별로 없어서 운동 부족일 수도 있었다.

그렇게 힘들게 올라왔는데 빌어먹을 서 대표에게 딱 걸렸다. 허우대만 잘생긴 냉혈한이 바로 서 대표였다. 지난번에도 걸렸는데 오늘도 서 대표에게 바로 걸려 버린 새롬은 거친 숨을 몰아쉬며 낮게 욕설을 내뱉었다.

거기다가 잔소리는 어찌나 하는지……. 잔소리를 하는 동안 사무실 안으로 뛰어 들어가려고 했지만 또 붙잡혔다. 새롬은 그와 벽 사이에 갇혀 꼼짝을 할 수가 없었다. 그와 너무 가까운 거리에 있었다.

그의 고급진 체취가 새롬의 코를 자극했다. 잘생긴 데다가 쓸데없이 향도 좋은 남자였다. 밀어내야 하는데 그녀는 뭔가에 홀린 듯이 가만히 그를 올려다보았다. 새롬의 눈에 그의 섹시하고 도톰한 입술이 들어왔다.

'왜 이러지?'

새롬은 한 번도 남자를 섹시하다고 생각하며 멍하게 쳐다본 적이 없었다.

"대표님!"

그때였다. 문이 열리는 소리가 들리더니 직원이 서 대표를 부르며 들어왔다. 새롬은 정신이 번쩍 들었다. 이렇게 있다가는 이번에도 경찰서 신세일 게 뻔했다. 그러면 상사인 박 부장에게 깨질 게 뻔했다. 어떻게 해야 할까? 그 짧은 시간에 그녀의 머리가 빠르게 돌아가고 있었다.

순간적인 일이었다. 머리로 생각하기 전에 몸이 먼저 움직였다. 그녀가 하긴 했지만 맹세코 한 번도 이런 일을 한 적은 없었다. 그녀의 손이 그의 목에 팔을 감았다. 서 대표의 놀란 표정이 보임과 동시에 그의 목을 끌어당겨 정확하게 그의 입술에 자신의 입술을 가져다 댔다.

"읍!"

새롬은 양팔에 힘을 주어 그를 꼼짝 못하게 만들었다. 아니, 입술을 삼켜 버렸다. 화만 내고 성질머리 고약한 늙은 아이돌의 입술은 생각보다 달콤했다. 뭔가 이상한 일이 벌어지고 있었다. 젠장!

"대표님?"

직원이 그를 불렀다. 그 소리에 놀란 새롬은 더욱 강하게 서 대표의 입술에 자신의 입술을 밀어붙였다. 이건 미친 짓이었다. 다행히 서 대표도 놀라서 그런지 그녀를 밀어내지 못하고 있었다. 아니 밀어내지 못하게 새롬이 서 대표를 있는 힘껏 안고 있었다.

서 대표가 정신을 차리고 그녀를 밀어내려고 하는지 새롬의 가는 허리를 양손으로 잡았다. 그대로 밀어내면 어쩌나 하는 생각이 들었지만 그의 손은 아직 그녀의 허리에 머물고 있었다.

"잠시 뒤에……."

눈치 빠른 직원이 얼른 왔던 길로 사라지는 소리가 들렸다. 서 대표가 어찌나 큰지 그 몸에 가려 직원이 사라지는 모습도 보지 못했다.

용무가 끝난 새롬이 자신의 팔을 거두려 했지만 이번엔 그가 그녀의 몸을 놓지 않고 있었다.

"으읍!"

몸을 움직여 벗어나려고 했지만 서 대표의 강한 팔은 움직이지 않았다. 뭘 하려는 것일까? 입술만 부딪친 새롬과는 다르게 서 대표의 혀가 그녀의 입안으로 들어왔다. 혀가? 새롬은 크게 당황해서 그의 뜨거운 혀가 그녀의 입안을 휘젓도록 내버려 둘 수밖에 없었다.

한 방 제대로 먹은 건 그가 아니라 새롬 자신이라는 걸 절실하게 느낀 순간이었다. 서 대표는 키스의 장인이었다. 그동안의 스캔들이 그냥 있던 게 아니었다. 수많은 경험을 한 남자의 스페셜한 키스였다.

까불지 말라는 경고이기도 했다. 허리에 닿은 강인한 손이 그녀를 꼼짝 못하게 잡고 있었지만 이제는 피하지 못할 정도는 아니었다. 하지만 새롬은 그의 키스에 취해 빠져나갈 생각조차 하지 못했다.

아니, 빠져나갈 생각조차 할 수가 없었다. 입안 깊숙이 들어온 혀는 그녀를 힘없이 무너뜨리고 있었다. 한참 동안이나 그녀의 입술을 물고 빨던 서 대표가 마침내 그녀를 떼어 냈다.

"키스는 이렇게 하는 거야. 입만 부딪치는 게 아니라."

"……."

제대로 한 방 먹었다.

"왔던 길로 나갈 건가? 아니면 경찰을 부를까?"

"……까칠하시긴."

정신을 차린 새롬은 뒤도 돌아보지 않고 들어왔던 그대로 다시 나갔다.

쿵!

2층 벽을 타고 올라가긴 했지만 내려가는 건 처음이라 발을 헛디뎌 그대로 떨어지고 만 새롬이었다.

"괜찮아?"

근처에 있던 선배가 달려와 그녀를 잡았다.

"그러게 올라가지 말라니까."

올라갈 때 말리지도 않더니 이제 와 딴소리였다. 새롬은 접질린

발을 절뚝거리며 선배를 등지고 걷기 시작했다.

"뭐 건진 거 있어?"

"……"

"야!"

절뚝거리면서 그녀가 향한 곳은 기자 회견장이었다. 창피한 건 이제 뒷일이었다.

지금은 취재가 가장 중요했다. 심장이 터질 것 같은 키스를 당한 건 그 뒤의 문제였다.

"빨리 안 오고 뭐 해요?"

새롬이 소리치자 선배가 그녀의 뒤를 따라 달려왔다. 지정된 자리에 앉자마자 문이 열리고는 현민이 들어왔다. 다른 때 같았으면 현민만 봤을 새롬의 눈에 출입구에 서 있는 서 대표가 더 선명하게 들어왔다. 심장이 터질 것같이 뛰었다.

"안녕하십니까? 일단 스캔들 기사는 명백한 오보라는 말씀을 드리고 싶습니다. 윤 실장님은 저희 팀의 매니저이고 평소 친하게 지내는 사이는 맞지만 연인은 아닙니다. 사실 전……."

현민이 망설이고 있었다. 그 망설임을 새롬은 기민하게 느낄 수 있었다.

"오랫동안 윤 실장으로부터…… 스토킹을 당하고 있었습니다. 그날은 억지로 당한 겁니다."

새롬은 서 대표를 쳐다보았다. 그들의 눈이 공중에서 마주쳤고 서 대표가 어울리지 않게 비릿한 웃음으로 그녀가 패배했음을 알리고 있었다.

1. 어색한 만남

스타매거진 연예부가 발칵 뒤집어졌다. 특종을 내고 하루도 지나지 않아서 강력한 핵폭탄을 맞은 것이었다. 심층취재부는 완전 초상집 분위기였다. 특종을 터트리고 부장의 아낌없는 칭찬과 사랑을 한 몸에 받았던 선배는 지금 완전히 찌그러져 있는 상태였다.

탁!

서류를 책상에 내려친 부장은 분이 풀리지 않았는지 그 자리에서 방방 뛰고 있었다. 튀어나온 배가 출렁거리며 다시 자리를 찾았다. 연예부 심층취재팀의 분위기는 그야말로 살얼음판이었다.

"강펀치인 줄 알았는데 그냥 잽이었어. 그것도 모자라서 되레 강펀치를 맞았어. 완벽한 KO패야."

윤 실장의 스토킹이었다는 말을 뒷받침해 주는 사진은 오히려 톱스타매거진의 기사사진이 되어 버렸다. 현민의 싫은 얼굴이 그대로 찍혀 있었기 때문이었다. 그 뒤의 사진도 찍었어야 했지만 이미 늦은 후였다.

"서 대표가 거짓말……."

"그걸 누가 몰라? 그것도 막았어야지! 찍소리도 못하게 만들었어야지. 안 그래?"

선배 편을 들어 주려다가 새롬에게 불똥이 튀었다.

"박새롬, 넌 김하나하고 윤태주 특종 잡았어? 한 달이나 땅 팠으면 돌이라도 나와야 하는 거 아니야?"

"죄송합니다."

"접어!"

"아뇨, 지금 나갑니다."

새롬은 사무실을 빠져 나오면서 선배를 끌고 나왔다.

"힘내요."

오전에 삔 다리 덕분에 새롬이 절뚝거리자 선배가 무심한 척 잡아 주었다.

"병원부터 들러."

"이 정도는 괜찮아요."

"나중에 입원하지 말고 지금 갔다가 김하나 촬영장으로 가."

"넵."

선배의 차에 오른 새롬은 핸드폰으로 빅스톰의 음악을 틀었다.

"밉지도 않냐?"

"한 번 팬은 영원한 팬이니까요."

"으그……."

선배가 그녀의 머리를 살짝 쳤다. 오늘 선배는 빅스톰이 미운 게 아니라 비열하게 거짓말을 한 서 대표가 미운 것이었다. 그런데 아이러니하게도 선배는 어릴 때부터 서 대표가 활동한 갤럭시의 열성팬이라고 들었다. 이미 오래전에 해체가 된 팀이지만 말이다.

"선배는 왜 갤럭시의 팬이에요?"

"난 서민석의 팬이지. 음악천재인 그의 모든 게 좋았으니까."

"지금도요?"

"변하지 않는 거 알잖아. 예전처럼 모든 걸 접고 매달리진 않지만, 마음은 남아 있으니까."

"오늘 일은?"

"……."

선배도 마음이 복잡한 모양이었다. 거기다가 기자를 상대로 소송을 걸기라도 하면 선배가 아주 곤란한 상황에 처할 수밖에 없었다.

솔직히 새롬도 어릴 땐 갤럭시의 음악을 듣고 자랐고 지금의 빅스톰도 갤럭시의 영향을 받지 않았다고 할 수 없었다.

그만큼 서민석은 천재였고, 그런 천재적인 머리가 음악에만 국한된 것이 아니란 걸 사업을 하면서 철저하게 보여 주고 있었다. 어찌나 미꾸라지처럼 잘 빠져 나가는지 기자들도 당해 낼 수가 없었다.

"다 왔다. 얼른 치료받고 나와. 오늘은 내가 김하나 감시할 테니까."

"기다리면서 잠깐 쉬어요. 1시간 넘게 걸리니까 조금이라도 쉴 수 있을 거예요. 그리고 먼저 가면 화낼 거니까, 얌전히 기다려요."

그녀가 내리자마자 차를 출발시킨 선배였다. 하여간 말을 안 듣는 건 알아 줘야 했다.

그녀는 절뚝거리며 정형외과를 찾았다. 이 병원은 잘 다치기로 유명한 새롬의 공식 지정 병원이자 MS엔터테인먼트의 지정 병원이기도 했다.

가끔 다리를 다친 가수들이 오기도 했고 연습생들도 주로 찾는 병원이었다.

"박새롬! 또야?"

또한 그녀의 사랑하는 고모가 운영하는 병원이기도 했다.

"다리를 삐었나 봐."

마음에 들지 않는지 고모가 안경을 치켜 올렸다.

"오빠가 알면 뭐라고 하겠어? 그렇게 좋은 대학 나왔으면 대기업에 취직이나 할 것이지……. 연예부 기자가 뭐야?"

"고모! 악!"

고모가 아픈 발목을 비틀었다.

"이 상처는 또 뭐야?"

발목이 아파서 신경을 쓰지 않았지만 다리에 온통 긁힌 자국투성이였다.

"네가 기자야, 형사야?"

"……."

"범인이라도 쫓아? 아이구……!"

고모가 한 대 때리려고 해서 손으로 얼른 막았다.

"어쭈. 막아?"

"고모는 아픈 조카한테 꼭 이래야겠어?"

똑똑!

때마침 간호사가 들어왔다.

"현민 씨 오셨습니다."

귀를 의심했다. 현민이 병원에 온 모양이었다.

"사람들이 몰릴까 봐. 3번 진료실에 모셨습니다."

"잘했어요."

고모의 손놀림이 바빠졌다.

"너 보조 깁스해야 해."

"안 해도……."

"송 간호사, 애 좀 깁스하고 빨리 내보내 줘요."

"고모, 현민이 왔어?"

그녀가 숨으려고 하자 고모가 다시 의자에 앉혔다.

"꾀부리지 말고 앉아. 안 그러면 더 아프게 할 거니까."

그녀의 잔머리를 단숨에 파악한 고모였다.

"오늘 현민의 안 좋은 기사를 써서……. 미안해서 그런다고."

"네가 언제부터 그렇게 연예인에게 미안한 감정을 느꼈다고 그
래?"

"하긴 고모도 환자를 이렇게 아프게 만지면서도 미안한 감정이
없으니까……. 악! 아프다고!"

"치료나 잘 받아. 그리고 넌 형사가 아니고 기자야."

고모가 자리에서 일어나 밖으로 나갔고 고모의 말을 너무나 잘
듣는 송 간호사는 그녀를 데리고 물리치료실로 향했다.

"간호사님, 제가 급해서 그런데……."

"안 됩니다."

"……."

단칼에 거절을 당한 새롬의 눈에 3번 진료실이 들어왔다. 슈퍼 스타 현민이 있는 곳이 코앞인데 그녀는 볼 수가 없었다.

"젠장!"

"네?"

"아닙니다."

물리치료실에 들어간 새롬은 얌전히 침대에 누워 간호사가 붙 여 놓은 고주파 치료기에 몸을 맡기고 있었다.

"한 번만 더 이런 일이 있으면, 그땐 용서 안 해."

어디서 많이 듣던 목소리였다.

"죄송합니다. 현민이가 너무 감정이 격해져서……."

매니저로 생각되는 남자가 현민의 편을 들고 있었다.

"현민이, 넌 왜 말이 없어?"

"……죄송해요."

"너의 미래를 위해 결정한 일이야."

"압니다."

서민석의 목소리였다. 어쩜 저렇게 사람이 차가운지……. 키스 할 때와는 완전히 다른 남자였다. 연예부 기자생활을 그렇게 오래 하면서도 MS엔터테인먼트의 기사는 제대로 쓴 적이 없었다. 모두 서민석 대표가 철저하게 막았기 때문이었다.

"머리가 너무 좋아······."

기자들의 머리꼭대기에서 노는 인간이었다. 그나저나 현민은 왜 다친 걸까? 자신의 다리가 아픈 와중에도 새롬은 현민이 걱정되었다.

산 너머 산이었다. 기자회견이 무사히 끝이 나고 연습실에 들어간 현민이 연습실의 문에 주먹을 날려 버려 커다란 구멍을 뚫고 손가락뼈도 나가 버렸다. 아마도 윤 실장에 대한 미안함 때문에 그랬을 것이다.

놀란 최 실장이 그에게 달려왔고 그들은 진료도 잘하면서 입이 무거운 박 정형외과를 찾았다. 이곳은 연예인들이 와서 치료를 받아도 소문이 나는 일이 거의 없었다. 그리고 박 원장의 실력 또한 아주 훌륭해서 그가 어릴 때부터 찾던 병원이기도 했다.

"손가락 두 개가 금이 갔습니다."

"손가락으로 춤을 추는 건 아니니까, 일단 이번 정규앨범 활동엔 지장이 없겠군."

민석은 복잡한 마음이 담긴 눈으로 현민을 바라보았다. 자신을 닮아도 너무 닮은 녀석이었다. 아이돌. 그것도 정상의 톱 아이돌

생활을 하면서 사랑까지 한다는 건 불가능한 일이었다. 그도 일찍이 경험한 일이었다. 이걸 극복하지 못한다면 아이돌 생활을 포기해야 했다.

"죄송합니다……."

현민이 그를 보지도 못하고 말했다.

"견뎌. 그래야 네가 나에게 말한 대로 누구도 따라오지 못할 스타가 될 수 있으니까."

"……."

"사랑? 그건 잠깐이다."

현민에게 독하게 말을 내뱉고 민석은 병실을 나왔다. 20대 초반의 피 끓는 청춘이 사랑이란 감정을 다스릴 수 있다고 한다면 그건 거짓말일 것이다. 그러나 욕망을 다스려야 성공할 수 있었다. 팬들은 그들에게 돈과 명예를 주지만 그에 따른 높은 도덕성을 요구한다.

누구든지 다 가질 수는 없었다. 그건 민석, 자신도 포함되는 말이었다.

Errrrrr—

그에게 단 하나. 도덕성을 가질 수 없게 만드는 인간의 전화였다. 윤태주…….

한때는 같은 갤럭시 멤버의 막내였던 태주를 아끼고 예뻐했었다. 하지만 태주의 개념 없는 행동 때문에 그들은 해체의 길을 걷고 말았다. 그런데 태주는 염치없게도 무슨 일만 있으면 그에게 전화를 걸곤 했다.

"여보세요?"

[형, 잘 지냈어?]

"무슨 일이야?"

안부전화나 하자고 그에게 전화를 건 건 아닐 것 같았다.

[……눈치 빠르긴.]

"왜?"

귀찮았다. 제발 전화를 하지 않기를 바랐다. 하지만 그의 전화를 받지 않고 연락을 끊는다면 여론은 민석에게 비난의 화살을 쏟아낼 게 뻔했다. 성공했으면 아직도 빌빌거리는 멤버를 보살펴 주는 게 가진 자의 미덕이 아니냐는 것이었다.

하지만 정도를 벗어난 태주를 돕는 것에도 한계가 있었다. 마약에 끝없는 스캔들에. 아주 머리가 터질 지경이었다. 하지만 여론을 신경 쓰지 않을 수는 없었다.

[박새롬 기자, 알지?]

"……."

박새롬에 대해 모를 수 없었다. 그의 신경을 건드리는 건 태주나 새롬이나 막상막하였기 때문이었다. 거기다가 오늘은 겁 없이 민석의 입술까지 훔친 여자였다.

[그 여자 좀 손봐 줄 순 없을까?]

어지간히 태주의 뒤를 캐고 다닌 모양이었다. 하긴 태주는 냉장고같이 문만 열면 먹을 게 있으니까 자꾸 찾을 수밖에.

[거머리도 그런 거머리가 없어. 아주 사람을 피 말려 죽일 것 같아.]

"네가 사건을 안 만들면 자연스럽게 떨어져."

[형까지 이러기야? 내가 이렇게 튀는 행동을 하기 때문에 수습하는 형이 더 멋져 보이는 거야.]

"미친놈."

말이나 못하면 밉지나 않지.

[내가 미친 게 아니라 박새롬이 미쳤다고.]

"미친 것 같긴 하더라."

그의 사무실을 겁 없이 무단으로 침입한 것도 모자라, 직원에게 들키지 않으려고 그의 입에 입을 맞추질 않나. 또 왔던 길로 나가라고 했다고 2층에서 뛰어내려 사람 놀라게 하질 않나. 하여튼 박새롬은 골치 아픈 존재였다.

[도와줄 거지?]

"이번엔 무슨 일이야?"

[난 아무 잘못 없다고.]

"만나는 여자가 누군데?"

[김하나.]

능력도 좋은 녀석이었다. 아주 골치 아픈 여자들만 골라서 만나기로 유명했다.

"둘이 모여서 대마초 파티를 하는 건 아니지?"

[큰일 날 소린 하지도 마. 이제 그런 거 안 해.]

목소리에 믿음이 가지 않았다. 한두 번 뒤통수 맞는 것도 아니고 말이다.

"미안하지만 그건 내 전문이 아니야. 괜히 기자 건드렸다가 우리 애들이 피해 봐."

[형, 우린 가족이잖아.]

"너도 이제 그만 독립해라. 막말로 네가 우리 회사 직원도 아니고. 너 때문에 팀이 해체돼서 각자의 길을 간 지도 10년이 넘었는데 왜 그래? 종석이는 내 도움 받지 않고도 잘 지내."

연예계를 떠나 개인 사업을 하는 종석이는 민석에게 연락도 하지 않고 조용히 잘 살고 있다고 들었다.

그게 다 태주에게 실망을 한 덕분이었다.

[정말 이럴 거야?]

"이번 일은 좀 아닌 것 같다. 앞으로도 너의 부탁은 사절이야. 정말 어려울 땐 도울 수 있지만 이제 이런 잔일까지 부탁하지 마

라. 바쁘니까 더 할 말 없으면 끊자."

그는 일방적으로 전화를 끊어 버렸다.

"진작 이랬어야 했어."

아주 속에서 불이 났다. 오늘은 이래저래 그의 속을 뒤집는 일만 일어나고 있었다. 민석은 한숨을 내쉬며 뒤를 돌다가 도둑고양이처럼 몸을 숨기는 너무나도 익숙한 인영을 보았다.

"박새롬 환자분!"

그보다 먼저 간호사가 새롬을 불러 세웠다.

"깁스하셔야죠."

"아, 깁스……."

새롬은 어색한 표정을 지으며 의자에 앉았다.

"그렇게 막 다니시면 더 부어요."

"네……."

새롬은 옆에 저승사자처럼 떡하니 버티고 서 있는 민석의 시선을 필사적으로 피하면서 깁스를 했다.

"다 됐어요. 내일도 오셔서 물리치료 받으셔야 해요."

"네."

김빠진 콜라 같은 목소리로 대답을 한 새롬이 그를 피해 물리치료실을 빠져나가려고 했다.

"박 기자."

"……."

민석이 못 들은 척하며 가려는 그녀의 어깨를 잡았다.

"어머, 서 대표님 아니세요?"

새롬이 부러 과장된 목소리를 내며 그를 보곤 어색한 미소를 지었다.

"여긴 어쩐 일이세요?"

"박 기자는 여기 어쩐 일이지?"

"제가 그만 다리를 삐끗해서……."

자신의 발을 들어 보인 새롬은 그대로 몸을 돌려 그를 피해 가려 했다.

"바쁜 일이 있나 보지?"

"네."

"그래도 나 좀 잠깐 보고 가야지. 할 말이 있을 텐데?"

그는 도망치려는 새롬의 허리를 잡고 무릎 뒤에 손을 넣어 안아 들었다.

"뭐, 뭐 하시는 거예요?"

"환자 보호 차원에서……."

놀란 새롬이 양팔을 그의 목에 둘렀다. 그녀는 아주 가벼웠다. 사고를 치고 다니느라 살이 찔 겨를이 없는 것 같았다. 그는 새롬을 자신의 차에 태웠다.

"출발하지."

김 기사가 차를 출발시켰다.

"대체 이게 무슨 짓이에요?"

"엉뚱한 짓을 못하게 하기에는 이 방법이 최고지."

"엉뚱한 짓이라뇨?"

"어디로 갈 거지? 톱스타매거진? 아니면 김하나의 촬영장?"

"……."

새롬의 얼굴이 놀라서인지 순식간에 굳어졌다.

"홍대입구로 가지."

김하나가 영화를 촬영하는 곳이었다.

"김하나와 윤태주의 뒤를 쫓는 이유는?"

"뭐겠어요? 스캔들 기사지. 그리고 MS엔터 식구도 아닌데 대
표님이 참견할 일은 아닌 것 같은데요?"

"맞아, 흥분하진 마. 그냥 물어본 거니까."

"그거 물어보려고 사람을 납치하듯 데려와요?"

"아니, 난 아침에 왜 내게 키스했는지 물어보려던 참이었어."

"……."

새롬의 얼굴이 붉게 물들었다. 그녀가 그의 팬일 리는 없고 단
순하게 상황을 모면하려고 그랬다는 걸 알지만 그래도 그녀의 입
을 통해 진실을 듣고 싶었다.

"말해."

"그냥 실수였어요."

"실수?"

그의 운전기사가 룸미러로 힐끔거리자 민석은 차단막을 올려 둘만의 공간이 되도록 만들었다.

"뭐, 뭐 하시는 거예요?"

놀란 새롬이 말까지 더듬었다.

"뭘 하긴, 질문에 대한 바른 답을 원하는 거지."

"대답했잖아요."

새롬이 차 문 쪽으로 빠르게 몸을 옮겼다. 마치 그가 잡아먹기 라도 할 것처럼 말이다.

"내가 단순히 도구에 불과했다? 내 키스가 그렇게 형편없었 나?"

"당연하죠."

"그래?"

눈 하나 꿈쩍하지 않고 말하는 새롬이 얄밉다는 생각이 든 민석 은 새롬 앞으로 몸을 움직였다. 그러자 새롬이 더욱더 차 문 쪽으 로 바짝 몸을 피했다.

"수많은 여자와 키스를 했지만 내 키스가 형편없다고 말한 여 자는 없었는데, 신기하군."

민석의 얼굴이 새롬의 코앞까지 가 있었다.

"지나친 자만이시네요."

"자만?"

"그렇지 않나요? 돈과 권력이 있는 과거의 스타는 여자들에겐
매력덩어리니까요."

"그래? 돈과 권력 때문에 여자들이 나의 형편없는 키스를 참았
다?"

"뭐⋯⋯."

그의 체온이 급격하게 상승하고 있었다. 사람을 아주 불이 나게
만드는 데 선수인 여자였다.

"아직도 그렇게 생각해?"

"네⋯⋯. 읍!"

순간적으로 화가 난 민석은 그녀의 얼굴을 양손으로 감싸고는
그 얄미운 입술을 단번에 삼켜 버렸다. 아무도 그의 키스를 그렇
게 매도하진 않았다. 그의 키스가 환상적인 수준은 아니더라도 여
자들이 좋아할 만한 키스라는 걸 그는 잘 알고 있었다.

하지만 그의 입술과 마주한 이 여자는 그의 키스를 우습게 생각
하고 있었다. 아니 아이돌 계의 미다스의 손이라 불리는 그를 완
전히 우습게 보고 있었다.

"우읍!"

그녀의 입술을 아침보다도 더 자극적으로 삼켰다. 아예 숨조차 쉬지 못하게 만들었다. 부드러운 입술에서 피 맛이 날 정도로 그의 키스는 거칠었다. 그녀의 입술을 억지로 열고 들어간 그의 혀는 부드러운 여자의 입안을 마구 휘저었다.

그의 손이 그녀의 뒷목을 강하게 잡고 움직이지 못하게 했다. 키스만으로 만족하지 못한 그녀를 위해 이번엔 그녀의 가슴을 한 손으로 잡았다. 생각보다 풍만한 가슴에 놀라긴 했지만, 그는 아랑곳하지 않고 이번엔 그녀의 티셔츠 안으로 손을 넣어 맨가슴을 만졌다.

그의 손끝에서 그녀의 유두가 단단하게 서는 게 느껴졌다.

"으으음……."

저항이라도 할 줄 알았는데 그녀는 그의 손길을 거부하지 않았다. 오히려 새롬은 그의 손길을 받아들이고 있었다. 순간 민석은 짜릿한 쾌감을 느꼈다. 한 번도 여자의 몸을 만지는 것 자체로 흥분한 적이 없었는데, 그는 지금 터질 듯한 몸의 반응에 당황했다.

이런 걸 느끼려고 시작한 게 아니었다. 그가 느끼는 게 아니라 새롬이 느껴야 하는데, 반대로 그가 느끼고 말았다. 뭐지?

당혹감에 그는 새롬을 놓아주고 말았다.

"……."

새롬은 얼른 자신의 옷을 추슬렀지만 더 이상의 말은 없었다. 그녀의 손이 가늘게 떨리는 게 보였다. 차 안의 공기가 무거웠지만 둘 다 말은 하지 않았다. 그때 다행히도 차가 멈추었다. 밖을 보니 김하나의 촬영 장소인 홍대입구였다.

"……."

새롬이 차 문을 열고 내렸다.

"출발해."

민석의 표정이 좋지 않았다. 왜 이런 일을 했는지 스스로가 이해 가지 않았다. 평소의 그라면 이런 식으로 여자의 몸에 손을 대지 않았을 것이다.

"제길!"

새롬은 그를 미치게 만드는 재주를 가진 게 분명했다. 자제력이 강하고 포커페이스인 그를 자꾸만 이성을 잃게 만들었다. 민석은 이런 자신을 용서할 수가 없었다.

늦은 저녁 절뚝거리며 집에 들어가자 온가족이 거실에 모여 그녀를 보고 있었다. 환영의 눈길이라기보다는 뭔가 꼬투리를 잡은 얼굴이었다. 교육자라면 언제나 학생의 장점을 찾아 칭찬하고 단점은 감싸 줘야 하는데, 3대에 걸쳐 교육자인 새롬의 집안 선생님들은 그녀의 단점만 콕 짚어 아프게 혼을 내는 게 특기였다.

"다녀왔습니다."

"다리는 왜 그래?"

엄마가 놀란 눈으로 물었다.

"조금 다쳤어요."

"아버지, 누나는 기자가 아니라 형사인 것 같아요."

"너무 튼튼하게 낳은 탓이지."

"그만들 해요. 애가 다쳤는데……."

그나마 엄마는 아직 심장이 따뜻한 것 같아 다행이었다.

"누가 다쳐?"

갑자기 화장실에서 반갑지 않은 목소리가 들렸다. 아흔 살이 넘은 나이에도 아직 쩌렁쩌렁한 목소리를 가지고 계신 할아버지의 등장이었다.

"할아버지 오셨어요?"

"말 만한 아가씨가 어딜 그렇게 함부로 다니기에 다치는 거야?"

"죄송해요."

"죄송하긴. 지난번에도 다리를 다치더니 오늘도 다리야?"

기억력도 좋으셨다.

"요즘 기자는 글은 안 쓰고 싸움박질이나 하고 남의 건물 무단 침입하고 그래? 그게 도둑놈들이나 하는 짓이지. 그것도 여자가?"

"할아버지. 요즘에 여자, 남자가 어디 있어요?"

"뭐야?"

"새롬아!"

아버지가 그녀의 이름을 엄하게 불렀다.

"앉아!"

할아버지가 오늘은 그냥 안 넘어가실 모양인가 보다. 새롬의 집에서 할아버지의 말은 곧 법이었다. 어릴 때부터 엄격한 할아버지 때문에 새롬은 빗나갈 사이도 없었다. 빗나가느니 차라리 바르게 살아서 할아버지의 잔소리 폭탄을 피하는 게 나았다. 하지만 오늘은 어릴 때도 피하고 살았던 잔소리 폭탄이 투하될 것 같았다.

집 안은 마치 교육부 국정 감사장 같은 긴장이 흐르고 있었다. 모두가 선생님 출신이라 더 그랬다.

"아버지, 말씀하세요."

할아버지에게 쩔쩔매는 아버지가 눈치를 살피며 먼저 말을 건넸다.

"에헴, 이번 주말에 새롬이 선봐라."

"네?"

차라리 잔소리가 나았다. 뜬금없이 선이라니 이건 날벼락 중에 최고의 날벼락이 틀림없었다.

"할아버지, 전 아직……. 아!"

이번엔 옆에서 엄마가 그녀의 허벅지를 꼬집었다.

"토 달지 말고."

"할아버지……."

"누나도 더 나이 먹기 전에 시집가는 것도 좋을 것 같아. 여태 남자친구 하나 없이 외롭게 지냈잖아."

"야, 박한결!"

"성질머리가 저러니 남자가 있을 수가 없지."

속이 뒤집어졌지만 괜한 말을 보태 잔소리를 늘리고 싶지 않았다.

"한결이 넌 여자친구 있고?"

"전 아직 아이들에게 집중하고 싶습니다. 결혼은 서른이 넘어서 할 생각입니다. 할아버지."

할아버지가 고개를 끄덕이고 있었다.

"할아버지, 저도 서른이 넘어서 결혼할 거라고요."

"누구 맘대로."

"할아버지!"

씨알이 안 먹히는 집안이었다. 새롬은 저녁 내내 고구마 천 개를 먹은 기분이었다.

"아버지!"

가뜩이나 뒤숭숭한 하루를 아버지가 아주 깔끔하게 마무리를 짓고 계셨다.

"선은 보고 싶지 않습니다."

"왜?"

"제가 여자 하나 못 만나겠습니까?"

"안 만나니까 더 문제지."

평생을 교육자로 살아온 아버지셨다. 앞뒤가 꽉 막히신 분이기도 했고, 그가 가수 생활을 하는 동안은 얼굴도 보지 않으셨던 분이었다.

"여보, 이 늦은 시간에 일하고 온 아이 불러 놓고 너무하신 거 아니에요? 나중에 천천히……."

"나중에 언제? 저 녀석 환갑 때?"

아버지가 오늘은 완전 작심을 하신 모양이었다.

"이번 토요일 저녁 7시에 서울호텔 예약해 두었다."

"아버지, 전……."

"이번에 말 안 들으면 정말 네 얼굴 안 본다. 가문의 대가 끊어질 상황인데 아들 녀석과 절연해서 끊어지나 손자 없이 끊어지나 매한가지니 일찍 끊는 게 낫지."

"아버지……."

"여보."

"잔말하지 말고 그렇게 알아."

아버지가 안방으로 들어가 버리셨다.

"후……."

그가 한숨을 쉬자 어머니가 걱정 어린 표정으로 그를 보고 계셨다.

"이번엔 네가 아버지에게 한번 져 드려. 매번 나도 네 편을 들었다만은, 이번은 네 아버지 편을 들어야겠다."

어머니의 진지한 표정을 보니 뭔가가 있는 것 같았다.

"아버지가 말은 안 하시는데…… 몸에 이상이 있으신 것 같아."

"네?"

건강하신 분이었다. 그런 아버지가 아프실 거라곤 상상을 해 본 적이 없는 민석은 마음 한구석이 짠했다.

"이번엔 네가 한 번 져 드려."

"……."

민석은 아버지가 들어가신 안방을 멍하게 바라보았다. 아버지가 아프시다니……. 안 좋은 생각들이 머리에 가득했다. 이번엔 그가 아버지의 고집을 꺾을 수 없을 것 같았다.

토요일 서울호텔 레스토랑은 사람들로 가득했다. 이런 곳에서 선을 본다는 게 영 탐탁지 않은 새롬은 평소 잘 입지 않은 미니스커트 때문에 자꾸 신경이 쓰였다. 그래도 다행히 발목이 많이 좋아져서 깁스 상태로 오진 않았다.

플랫슈즈를 신어도 미니스커트 덕분에 그녀의 다리는 여전히 길어 보였다.

"덥다."

민소매 블라우스의 맨 위에 단추를 풀고는 가방에서 머리끈을 꺼냈다.

"더워 죽겠는데……."

엄마가 미용실까지 데리고 가서 곱게 해 준 머리를 하나로 묶어 버린 새롬이었다.

"이제 좀 낫네."

머리를 묶은 새롬은 옆을 힐끔 보았다. 검은 연기를 뿜어내고 있는 악마의 시선이 느껴졌다.

"여긴 어쩐 일이지?"

"제가 묻고 싶네요."

"나야, 볼일이 있어서."

"저라고 볼일 없이 그냥 왔겠어요."

그가 피식 웃었다. 정말 기분 나쁜 인간이었다. 거기다가 평소 청바지에 티셔츠만 걸치고 다니는 그녀가 신경 쓴 것처럼 보이는 옷을 입어서 그런지 그는 노골적으로 그녀를 아래위로 훑어보고 있었다.

"안 탈 건가?"

"탑니다."

그가 30층을 눌렀다. 그녀는 다른 층을 누르고 싶은 충동을 참았다. 하필이면 신경 쓰이는 인간과 단둘이 엘리베이터를 탔다. 새롭답지 않게 엘리베이터 위의 층수만 보고 있었다. 정면을 보면 그의 모습이 그대로 보였기 때문이었다. 쓸데없이 잘생긴 인간…….

그는 오늘 왜 여기 온 걸까? 그는 사람들이 없는 곳을 선호하지, 이렇게 인산인해인 곳을 일부러 찾지는 않았다. 그런데 왜 하필이면 창피하게 그녀가 선을 보는 레스토랑에 가는 것일까?

"레스토랑엔 무슨 일이지?"

"말해야 하나요?"

"아니, 오늘 선보는 사람처럼 예쁘게 입어서."

"……."

선을 보는 사람 같기는 한 모양이었다. 창피해서 얼굴이 달아오르기 시작했다.

"남자친구 없나?"

"노코멘트예요."

"없군."

"대표님!"

그가 또다시 기분 나쁘게 피식 웃었다. 그에게 키스 한 번 했다가 된통당하고 있는 새롬이었다. 그녀도 키스를 당했으니 서로 비겼는데, 서 대표는 너무 길게 물고 늘어졌다.

"내리지."

엘리베이터가 멈추었고 더 이상의 말은 할 수 없었다. 새롬은 빠르게 엘리베이터에서 내려 레스토랑 안으로 걸어 들어갔다. 맞선 상대 전화번호로 전화를 하니 창가에 한 남자가 휴대전화를 꺼내는 모습이 보였다. 하지만 이상하게 서 대표가 그녀의 뒤를 계속해서 따라오고 있었다.

사람들의 시선이 그녀를 향하는 걸 보면 그가 새롬의 뒤에 있다는 걸 바로 느낄 수 있었다. 그는 여전히 대중의 관심을 한 몸에 받는 스타였다. 그런 그가 자꾸 자신의 뒤를 쫓는 것이 불편했다.

"아니, 왜 자꾸……."

"안녕하세요?"

갑자기 자리에서 여자가 일어나더니 그에게 인사를 건넸다. 또한 번 실수를 저지를 뻔한 새롬은 냉큼 자신을 기다리는 남자 앞으로 갔다.

"박새롬 씨?"

"안녕하세요?"

준수한 외모에 덩치도 좋은 남자가 자리에서 일어나 인사를 했다.

"최준수입니다. 말씀 많이 들었습니다."

남자가 밝게 웃으며 그녀를 맞이했다.

"아, 네……."

새롬은 멋쩍은 미소를 지으며 자리에 앉았다.

"오시는 데 불편하진 않으셨어요?"

"네."

오다가 서 대표를 만난 것만 빼고는 아주 편하게 왔다. 아버지가 호텔 앞에 내려 주었기 때문이었다.

"저는 선이 처음이라 어제부터 잠도 못 잤습니다."

요즘 남자 같지 않게 순진한 구석이 있는 사람이었다. 할아버지가 아주 마음에 들어 할 만했다. 얘기를 나눌수록 사람 됨됨이가 누구와는 다르게 아주 좋았다. 지금 자리에서 새롬은 서 대표와 마주할 수 있었다.

바로 옆 테이블이라서 그의 표정 하나하나까지 다 보였다. 그나마 다행인 건 목소리까지는 들리지 않는다는 것이었다.

"저는 선생님이란 직업에 자부심을 느끼고 있습니다. 새롬 씨는 남편이 초등학교 교사라면 어떨 것 같으세요?"

"글쎄요……."

평생을 선생님에 둘러싸여 살았는데 결혼해서까지는 보고 싶지 않았다. 하지만 차마 입 밖으로 내진 못했다. 반듯하게 보인다고 생각했는데 역시나 교사는 교사였다. 그녀가 남편감으로는 제로라고 생각하는 선생님이 그녀의 맞선 상대였다.

스테이크가 코로 들어가는지 입으로 들어가는지 알지 못하는 사이에 서 대표가 먼저 일어나서 여자와 함께 레스토랑을 나섰다.

"가네."

왠지 모르게 자꾸만 서 대표에게 시선이 갔다. 이렇게 스스로 느끼기에도 어색한 감정이 들 줄은 몰랐었다.

"새롬 씨?"

"네?"

"다음에 만날 수 있을까요?"

"죄송하지만…… 전 남편이 선생님인 건 싫어요. 태어나면서부터 봐 와서 그런가 봐요. 그렇다고 아버지가 싫은 건 아니고, 내 남편이 선생님인 게 싫은 거죠. 오늘은 아무런 정보도 없이 나왔어요. 아마 알았다면 나오지 않았을 겁니다."

새롬은 딱 잘라서 말했다. 미안해도 여지를 주는 건 옳지 않다고 생각했다. 그녀는 호텔을 혼자 나섰다. 어색한 짧은 치마를 손으로 한 번 만지고는 새롬은 택시를 타고 집으로 향했다. 다시는 우연히라도 서 대표를 만나지 않기를 바라면서.

2. 쓸데없이 섹시한 죄

연예계의 악동 둘이 스캔들을 일으켰다. 대마초와 남성 편력으로 많은 질타를 받지만 특유의 섹시함으로 골수팬들을 확보하고 있는 여배우 김하나와 각종 약물 중독에 성 스캔들까지 일으켰지만 서민석의 비호를 받고 있는 갤럭시의 전(前) 멤버 윤태주였다.

"후……. 잡았다."

새롬은 둘이 하나의 집에서 새벽에 몰래 나오는 장면을 찍는 데 성공했다.

"나이스!"

한 달 넘게 걸려 겨우 찍은 사진이었다.

"선배!"

"어? 어……."

눈을 뜨고도 졸고 있는 선배였다. 피곤할 수밖에 없었다. 그녀는 김하나, 윤태주를 심층취재 중이었고 선배는 현민과 윤장미를 심층취재 중이었다.

"사진 다 찍었다고요."

"땡큐……."

사진은 선배가 찍어야 하는데 급한 마음에 그녀가 셔터를 눌러버렸다.

"잘 찍었네. 빼도 박도 못하게……."

"히히……. 잘 찍었죠?"

오랜만에 입이 귀에 걸린 새롬은 메모를 시작했다. 기사를 한 줄이라도 놓치기 싫어서 바로바로 메모를 했다.

"회사로 가서 마무리해야죠."

"그래, 가자."

김 선배는 피곤한지 기지개를 켜고는 운전을 시작했다.

"어떻게 이런 조합이……."

"환상의 조합이지. 약쟁이에 스캔들 메이커들이니."

"평판도 너무 안 좋고 말이죠."

"이번엔 서 대표도 신경 안 쓸 거야."

"왜요?"

"이건 사고를 친 게 아니라 스캔들이니까. 사고를 치고 합의금이 없을 때 도와주는 것과는 차원이 다른 문제지. 이건 완벽하게 개인적인 일이니까. 친구로서 도움을 줄 필요가 없는 문제거든."

선배의 말이 맞는 것 같았다. 같은 멤버였다고 연애까지 책임질 필요는 없으니까 말이다. 고로 이제는 신나게 기사를 쓸 일만 남았다는 것이다.

"가죠."

"목소리가 아주 밝다."

김 선배와 같이 사무실로 들어간 새롬은 특종을 쓸 마음에 기분이 날아갈 것 같았다. 선을 보고 집에 들어간 새롬은 할아버지의 불호령에 완전 죽다가 살아났었다. 엄마의 보호가 없었다면 아마도 할아버지 손에 죽었을 것이다.

그래서인지 며칠 동안 기분이 축 가라앉아 있었는데 오늘 특종을 터트려 기분이 좋아졌다. 그렇게 유명한 연예인은 아니었지만 둘 다 이슈 메이커라는 게 이번 기사의 비중에 영향을 주었다.

다음날 아침, 기사는 하루 종일 실시간 검색어 1위를 차지할 만큼 생각보다 반응이 좋았다.

"아주 잘했어."

카멜레온같이 시시각각 기분이 변하는 박 부장이 그녀를 칭찬했다.

"감사합니다."

"이번 기사에 안주하지 말고 더 분발해."

"알겠습니다."

새롬은 모처럼 기분이 날아갈 것 같았다.

"아, 참. 박 기자에게 아주 좋은 취재거리를 하나 주지. 이건 선물이야."

"뭔데요?"

"이번엔 이 둘을 취재해 봐."

새롬이 냉큼 서류봉투를 집으려 하자 부장이 서류를 누르며 새롬이 가져가지 못하게 했다.

"왜요?"

"자리에 가서 봐."

"네."

뭔데 이러는 건지 불안한 마음이 들었다.

"괜히 아무것도 아닌 기사 주신 거 아닙니까?"

"쓰기 싫으면……."

휙!

새롬이 서류봉투를 얼른 낚아챘다. 그리고는 쏜살같이 자신의 책상으로 향했다.

"뭐야?"

그녀의 옆에 앉은 김 선배가 궁금한지 물었다. 선배가 이번 일에 도움을 주었으니 말을 안 할 수도 없었다.

"다음 취재거리요."

"그래? 부장이 기분이 좋기는 한가 보네."

"이랬다 저랬다 하는 게 문제죠."

"궁금하니까 빨리 열어 봐."

새롬은 기대에 가득 찬 눈으로 서류봉투 안의 것들을 꺼냈다. 사진 몇 장이 들어 있었는데 그 사진을 본 새롬의 얼굴은 완벽하게 굳어 버렸다.

"뭔데?"

그 이유를 알 턱이 없는 선배가 그녀의 손에 들린 사진을 빼앗아 들여다보았다.

"오호, 잘 걸렸다."

"……."

"지난번에 날 물 먹였으니 이번엔 우리 차례네."

"제 차례죠."

새롬이 차갑게 말하며 자리에서 일어났다.

"화났어?"

"제가 왜요?"

"그런데 왜 그래?"

"취재하러 가야죠. 다녀올게요."

"어, 그래."

단짝처럼 같이 다니던 선배를 떼어 놓고 무작정 나온 새롬은 자신의 차 안에 앉아 부장에게 받은 서류봉투를 꺼내 다시 열어 보았다.

"서민석……."

서류봉투 안에는 아이돌의 레전드 서민석에 관한 내용과 그가 여자와 함께 있는 사진이 여러 장 들어 있었다. 사진 속의 여자는 민석과 선을 본 여자가 확실했다.

사진만 찍혔지 둘이 무엇 때문에 만났는지와 같은 내용은 쓰여 있지 않았다. 사람 많은 서울호텔 레스토랑에서 단순히 애인과 있을 민석이 아니었다. 그래서 솔직히 새롬도 궁금했다. 여러 장의 사진 속에는 호텔을 나와서의 모습도 찍혀 있었다.

여자가 민석의 팔에 매달려 있었다. 보기엔 둘의 그림이 아주 잘 어울렸다.

"뭐야, 사귀기로 한 거야?"

갑자기 속에서 화가 치밀어 올랐다. 아무런 감정도 없는 사람인데 왜 이렇게 화가 나는지 알 수 없었다.

"사귀든지 말든지."

새롬은 이마에 내 천 자를 그리며 차의 시동을 걸고 서 대표의 집으로 향했다.

하루 종일 장대 같은 비가 내리는 날이었다. 어찌나 빗줄기가 굵은지 창문을 부수고 들어올 것만 같았다. 한낮인데도 하늘은 밤처럼 어두웠다. 이런 비는 세상의 더러움을 싹 씻어 주는 기분인데 민석의 사무실에 술에 절어 앉아 있는 골칫덩어리는 아무래도 씻겨 내려가지 않을 것 같았다.

"형……."

사무실에 놓인 화이트 톤의 넓은 소파는 북유럽의 장인의 손길을 거친 어마어마한 금액의 소파였다. 세계에 단 하나뿐인 소파에 비를 쫄딱 맞고 들어온 태주가 점점이 흔적을 남기고 있었다.

"이거 깔고 앉으세요."

최 실장이 눈치껏 수건을 가져와서 깔아 주었지만 태주는 꼼짝하지 않았다.

"박 기자 좀 막아 달라고 했잖아."

"그건 너의 사생활이야."

"진짜 이럴 거야? 다른 사람들은 형이 나를 보살핀다고 생각해."

"착각이야."

태주의 얼굴에 당황스러움이 스쳤다. 툴툴거리긴 해도 민석은 언제나 태주의 뒷일을 처리해 주었다. 마치 아버지처럼 말이다. 두 살밖에 차이 나지 않았지만 그들의 정신적 서열은 아버지와 아들이었다.

"형!"

"다시 말하지만, 더 이상 너의 일에 신경 쓰고 싶지 않아."

"그럼 난 이제 누가 봐 주는 거야?"

"그야 널 받아들인 한일엔터가 알아서 해야지."

오창석, 그 뱀 같은 인간은 귀찮은 일은 자신이 아닌 민석이 처리할 거라는 걸 알고 태주를 받아들였다. 그렇게 3년 동안 뒤치다꺼리는 민석이 했다. 이제 오창석의 배를 채워 주는 건 그만하고 싶었다.

"오 사장에게 부탁해."

"……."

"왜? 계약할 때 나쁜 일은 내가 처리하기로 했어?"

민석은 태주가 소속사를 구하지 못해서 한창 어려울 때, 써 주기만 하면 아무 문제를 일으키지 않을 것이고, 일으킨다고 해도 민석이 책임질 거란 조건을 내밀며 소속사를 구한 걸 알고 있었다.

"가라."

"형, 이러면 진짜 힘들어질 거야."

"뭐가?"

또 그 이야기를 할 모양이었다. 민석이 입양아란 사실을 말이다. 천하의 바람둥이이자 연예계의 비운의 스타인 아버지. 어머니가 누군 줄도 모른 채 아버진 약물중독으로 세상을 떠났고, 그의 시신 옆에서 발견된 아이가 바로 그였다.

친부의 사촌 형 손에 맡겨져 삼촌을 아버지라고 부르는 그의 가족사를 태주가 알고 있었다. 숙소 생활을 할 때 그의 일기장을 훔쳐봤기 때문이었다.

민석의 얼굴이 차갑게 굳어졌다.

"마음대로 해."

"형!"

"어릴 때의 나와 지금의 내가 다르다는 걸 아직 모르나 본데. 세 치 혀를 잘못 놀리면 너에게 어떤 화살이 돌아가는지 내가 보여주지."

민석의 눈에서 불길이 뿜어져 나오자 태주가 겁을 먹고 사무실을 나갔다.

"형이 도와줄 거라고 믿어."

"……."

나가면서도 끝까지 그에게 사정을 하는 태주가 한심했다. 민석은 사무실의 테라스로 나갔다. 그가 마음 편하게 쉴 수 있는 유일한 공간이었다. 술을 좋아하지 않는 민석이었지만 담배는 즐겨 피웠다. 오늘처럼 속이 답답할 때는 이렇게 혼자만의 공간에서 담배 한 대를 피우는 그였다. 그런데 이제 그나마도 쉽지 않을 것 같았다.

그의 시선이 이제는 철망이 쳐져 있는 곳으로 향했다. 무슨 여자가 가스 배관을 타고 2층까지 기어 올라온다는 말인가? 민석은 피식 웃음이 났다. 그동안 수많은 기자들과 극성팬들을 경험했지만 새롬처럼 그에게 강한 인상을 남긴 사람은 없었다.

민석이 서 있는 자리는 새롬이 그에게 키스를 한 자리였다. 여자에게 키스를 당한 건 처음은 아니었지만 이렇게 강한 자극을 받은 건 처음이었다. 그래서 확인차 그의 차에서 새롬에게 키스를 한 것이었다.

"실수야."

그렇지만 그건 해선 안 되는 짓이었다. 그의 기억에 새롬과의 키스는 강하게 각인되어 버렸다. 그리고 우연이라고 말하기엔 새롬과 그는 너무 자주 마주쳤다. 서울호텔에서의 새롬은 확실히 예뻤다. 아니 차분하고 단정한 복장이었음에도 불구하고 굉장히 섹시했다.

"다른 남자와 선이라……."

둘은 잘 만나고 있을까? 그런 생각이 들자 갑자기 기분이 좋지 않아져 생각을 돌렸다. 아버지가 처음으로 선 자리에 그를 내보내셨다. 앞뒤가 꽉 막힌 분이었지만 민석은 아버지를 사랑했다. 양아버지인 창섭은 민석의 친아버지이자 그의 사촌동생인 서해수의 삐뚤어진 삶 때문에 민석이 친아버지와 같은 가수의 길을 걷겠다고 했을 때 극심하게 반대를 하셨다. 하지만 그것을 빼고는 아버진 언제나 그의 든든한 후원자였다.

그래서 그날 선 자리를 뿌리칠 수가 없었다. 그런데 그 자리에 새롬이 와 있었다. 물론 그가 아닌 다른 남자와 선을 보기 위해서 말이다.

Errrrrr—

아버지의 전화였다.

"네, 아버지."

[어디야?]

"사무실입니다."

[그래? 선영이하고 만나기로 했다고?]

"제가요?"

[김 박사한테 전화 왔어.]

김 박사는 이번에 그와 선을 본 선영의 아버지였다.

[만날 거면 빨리 만나지 왜 그렇게 뜸을 들여.]

"바빠서요. 그런데 아버지, 어디 아프신 곳은 없으세요?"

[아니, 난 아주 건강하다. 왜?]

"아뇨, 아시는 분이 산삼을 선물하셔서 아버지 드시라고요."

[너나 먹어. 그런 건 힘든 일 하는 사람이 먹는 거지. 나처럼 아무 일도 안 하고 집에서 쉬고 있는 사람들이 먹는 거 아니야.]

"집에 도착할 때 다 됐어요. 그냥 드세요. 그래야 오래오래 사시면서 절 달달 볶으실 거 아니에요."

[뭐? 내가 언제. 네가 장가만 가면……]

"아버지!"

[그래, 네 아버지 귀 안 먹었다. 그나저나 오늘 시간 돼?]

"오늘이요?"

[선영이가 민석이 네 회사 근처에 볼일이 있어서 간다고 말하더구나. 얼굴이나 봤으면 해서.]

"알았어요. 제가 연락해 놓을게요."

[고맙다.]

아버지가 거짓말을 하는 걸 알 수 있었지만 민석은 아픈 아버지를 실망시켜 드리고 싶지 않았다.

[아 참, 엄마가 오늘 반찬해서 집에 가져다 두었다고 전해 달란다.]

"네, 잘 먹을게요."

민석은 전화를 끊고 선영에게 전화를 걸어 약속을 잡았다. 선본 이후에 처음으로 연락하는 것이었다. 이런 식의 만남은 좋아하지 않았지만 지금은 별수 없었다. 아버지의 마음을 편하게 해 드리고 싶었다.

한남동 고급 주택가 삼거리에 자리를 잡은 새롬은 어마어마한 규모의 대저택을 3시간째 노려보고 있는 중이었다. 높은 담으로 둘러싸인 저택은 높은 나무의 끝부분만 보일 뿐, 집 안은 보이지도 않았다.

이 집은 다른 집들과는 다르게 건물들에 둘러 싸여 있어서 높은 지대에서 집 안을 볼 수도 없었다.

"드론을 띄워야 하나?"

마음 같아서는 드론이라도 띄우고 싶은 심정이었다. 날씨도 덥고 해서 시원한 커피와 아이스크림을 사기 위해서 새롬은 차에서 내렸다.

"으으윽!"

기지개를 한 번 켜고는 차를 세워 두고 오면서 본 작은 편의점을 향해 걷기 시작했다. 가파른 언덕은 아니지만 이곳은 다른 곳에 비해 지대가 약간 높았다. 그런데 그녀 앞에 한 아주머니가 양손에 짐을 가득 들고 힘겹게 걸어오고 있었다.

"도와드릴까요?"

평소에 한 오지랖 하는 새롬은 엄마 생각도 나서 아주머니 곁으로 다가가 물었다.

"아니, 괜찮아요."

"제가 말라깽이 같아 보여도 힘은 좋습니다."

그녀의 말에 아주머니가 피식 웃었다.

"그럼 한번 믿어 볼까?"

"넵."

짐 하나를 받아 든 새롬은 다시 왔던 길로 올라갔다.

"이 동네 살아요?"

"아뇨, 볼일이 있어서요."

"그래요, 요즘 아가씨 같지 않게 참 친절하네요."

"저승사자보다 무서우신 저희 할아버지께서 항상 서로 돕고 사는 세상이 되어야 한다고 말씀하셨거든요."

"엄하신가 보네요."

"매우, 아주, 많이요."

둘은 웃으면서 걷고 있었다. 오다가 보니 서민석 대표의 집 근처까지 온 새롬이었다.

"나는 다 왔어요. 고마워요."

"아닙니다."

"차 한 잔이라도 대접하면 좋은데 우리 집이 아니라서……."

"좋아서 한 일이니 신경 쓰지 마세요."

새롬은 인사를 하고는 아무렇지 않게 왔던 길로 향했다. 그리고 편의점에서 점심 대신에 컵라면 하나를 먹고 후식으로 커피와 아이스크림을 사서 차로 돌아왔다.

"집에선 건질 게 없어."

그녀는 아이스크림을 입에 물고는 MS엔터테인먼트로 향했다. 사실 MS엔터테인먼트 앞은 기자들의 집결 장소 같은 곳이었다. 유명 연예인들이 출퇴근하는 장소이기 때문이었다. 소속가수들에게는 연습실과 녹음실이 마련되어 있고, 소속 연기자들에게는 연기 연습실이 따로 있었다.

10층짜리 건물은 연예인들에게는 꿈의 공간이었다. 그래서인지 파파라치들이나 일반 연예부 기자들을 회사에서 한 명씩은 꼭 보내는 곳이기도 했다.

"그래서 피하고 싶었는데……."

그래서 솔직히 가기가 싫었지만 새롬도 회사에 주로 있는 서 대표를 퇴근할 때까지 기다릴 수밖에 없었다.

MS엔터테인먼트 근처에 차를 세우고 민석의 차가 나오길 기다리고 있었다. 요즘 민석은 마이바흐 차량을 타고 다녔다. 국내에 유일하게 한 대인 차량이었다. 시계를 보니 7시가 넘었다. 새롬은 잠시 생각에 잠겼다. 민석에게 직접 묻지 않은 이상 선을 본 상대 여자의 이력은 알 수가 없었다.

"또 봐야 하나?"

중얼거리고 있는 사이에 검은색 마이바흐가 위용을 드러내며 도로를 빠져 나오고 있었다.

"출발해 봅시다."

새롬은 그의 차를 따르기 시작했다. 다른 기자들은 민석의 스캔들에 관한 정보가 없는 것 같았다. 잘하면 특종을 잡을 수 있는 기회였다. 그의 차는 새롬의 예상과는 달리 작은 카페 앞에 섰다. 그리고 여자를 태우고는 다시 움직이기 시작했다.

여자는 예상대로 그와 선을 본 사람이었다.

"잘 되는가 보네."

새롬의 마음이 복잡했다. 민석의 차는 강남에서 빠져 나와 한강 근처에서 멈추었다. 둘만의 데이트는 아니었다. 차 안에 민석의 기사가 있었다.

"차단막은 친 거야?"

당연히 둘만의 대화를 나눌 것이다. 새롬은 혹시나 싶어서 카메라를 마이바흐에 고정시켰다. 그리고 줌인을 해서 그의 차를 살폈다. 당연히 아무것도 보이지 않았다.

"짜증나."

하지만 또 다른 마음은 제발 안이 보이지 않기를 바라는 마음이었다. 그가 다른 여자와 키스라도 한다면 정말 싫을 것 같았다. 10분 정도의 시간이 흐르자 갑자기 그의 차가 출발했다. 놀란 새롬이 그의 차를 따라갔다.

그리고 강남의 한 빌라 앞에서 여자를 내려 주는 모습이 보였다. 여자가 내리는 장면을 찍은 새롬은 다시 마이바흐의 뒤를 따랐다. 차는 그의 집 앞으로 가고 있었다.

"끝까지 가야 하나?"

골목 입구에서 새롬은 망설였다. 이곳은 주택가의 골목이라서 그녀가 계속 따라간다면 당연히 알아 볼 것 같았다.

끼이익!

그녀가 브레이크를 밟지 않았다면 그의 차에 박을 뻔했다. 평생을 모아도 차 수리비는 어림도 없었을 것이다. 그런 생각을 하자 심장이 덜컹 내려앉았다. 운전기사가 내릴 줄 알았는데 차에서 서 대표가 내렸다. 그리고는 새롬의 차로 걸어오고 있었다.

"제발 꿈이길……."

바라고 또 바랐지만 그가 조수석에 몸을 실었다.

"여긴 무슨 일이지?"

빵!

갑자기 뒤에서 검은색 차량이 비키라고 경적을 울리기 시작했다. 그들이 골목 입구를 막고 있었기 때문이었다.

"출발해."

"……."

반박할 상황이 아니라서 새롬은 놀란 마음을 진정시키고는 운전을 시작했다.

"직진."

여기서 직진을 하면 그의 집이었다. 막다른 골목이라서 더 이상 갈 곳도 없었다. 그의 말에 따라 운전을 하다 보니 그녀는 얼떨결에 서 대표 집 주차장에 차를 세웠다.

"내려."

"여기서 말해요."

"빨리 내려."

목소리가 그리 좋지 않았다. 그는 화가 나 있었다. 아마도 그녀가 미행한 걸 알았던 모양이었다.

"젠장……!"

새롬은 조용히 욕을 내뱉곤 그의 뒤를 따라 내렸다. 그의 주차장은 유명 슈퍼카들의 전시장이었다. 억 소리가 나는 차들이 줄을 서 있었다.

"서 대표님!"

"……."

새롬이 불렀지만 그는 앞만 보고 걸었다. 검은 슈트 차림의 그는 어두운 밤과 너무나 잘 어울렸다. 정원을 걷는 모습이 꼭 검은 재규어를 닮았다. 곧게 뻗은 다리를 움직일 때마다 마치 사냥감을 찾아 헤매는 재규어의 날렵한 다리가 떠올랐다.

"지나쳐."

남자에 대해 관심이 없는 새롬이 보아도 민석은 너무 강렬한 페로몬을 뿜어내고 있었다. 뭐든 너무 지나치면 독이 되는 법이었다. 넘치는 건 쓸데없었다.

디리릭―

그러는 동안에 문이 열리는 소리가 들렸고 민석이 문을 잡고 서 있었다. 빨리 오라는 눈빛으로 새롬을 보고 있었다.

"와!"

그럴만한 분위기는 아니었지만 그의 집은 실로 감탄을 자아 낼만큼 멋진 집이었다. 그가 부자라는 건 알았지만 이 정도일 줄은 몰랐다. 집 안이 온통 명품으로 가득했다. 물론 그의 직업상 값비싼 명품 오디오와 스피커들이었지만 말이다.

"앉아."

그가 소파를 턱으로 가리켰다. 새롬은 그의 말대로 소파에 앉긴 했지만 눈으론 그의 집을 구경하느라 정신이 없었다.

"왜 나의 뒤를 쫓아 왔지."

"……아닌데요."

일단은 부인을 하는 게 우선이었다. 아무리 기자라고 하지만 서 대표의 입장에선 사생활 침해이기 때문이었다. 고분고분한 사람도 아니고 기자들의 머리꼭대기에서 노는 사람인데 피하는 게 상책이었다.

"개인적인 관심이라면 이해하지만 기삿거리로 쫓아다닌 거라면 용서 안 해."

서 대표는 단호하게 말했다.

"왜 제가 개인적인 관심을……."

"개인적인 관심이 아니다?"

개인적인 관심이 아니라고 하면 그녀는 된통 혼이 날 판이었다. 그렇다고 개인적으로 관심이 있었다고 말하기엔 자존심이 상했다. 딜레마였다.

"누구예요? 뭐 하는 사람이냐고요? 그때 서울호텔의 그 여자분 맞죠?"

"맞아. 개인적인 관심인가? 아니면 잡지사에 흘릴 기삿거리로 궁금한 건가?"

"둘 다요. 하지만 개인적으로 더 관심이 가요."

새롬은 솔직하게 말했다. 그리고 그의 눈동자를 뚫어지게 보았다. 그의 검은 눈동자가 그녀를 응시하고 있었다. 신이 컨디션이 최고인 날 그를 만든 게 분명했다. 완벽한 외모였다. 커다란 눈에 오똑한 코. 그리고 남자답게 각이 진 턱과 고집스럽게 보이는 도톰한 입술…….

새롬의 시선이 그의 입술에 머물렀다. 그러자 키스했을 때의 감촉이 그대로 살아나는 느낌이었다.

"김선영, 학교 선생님이고 아버지와 친한 김충식 박사님의 딸이지."

김충식이라고 하면 요즘 가장 핫한 공학 박사님이었다. 방송가를 주름 잡고 있는 과학 선생님이라고 해야 할까?

"아, 그 김 박사님이요."

"그분의 무남독녀야. 나도 존경하는 분의 따님이지. 결코 함부로 대할 수 없는 사람이야."

"결혼할 거예요?"

"만난다고 다 결혼하지 않아. 난 결혼을 달가워하는 쪽도 아니고."

"아……."

그는 자유로운 삶을 선호하는 것 같았다. 하긴, 새롬에게 거침없이 아무렇지 않게 키스하는 걸 보니 자유연애 주의자인 것 같긴했다.

"내 뒤를 캐지 말았으면 좋겠어."

"제 직업이······."

"직업이 뭐든 간에 상관없이 난 처음으로 내 사적인 이야기를 했어."

그녀에게 처음 말했으니 비밀로 하라는 말이었다.

"두 분이 찍힌 사진을 부장님에게 받았어요. 취재하라는 말과 함께."

"사진?"

"네, 선본 날 누군가에게 찍힌 사진이에요. 기자 솜씨는 아니고 그날 두 분을 본 일반인이 핸드폰으로 찍은 사진인 것 같아요."

사진의 화질이나 찍은 구도가 전문가의 솜씨는 아니었다. 그들이 대중에게 알려지는 건 시간문제란 말이었다.

"전 제 직업에 충실하고 싶어요. 하실 말씀 없으시면 일어나겠습니다."

그녀가 자리에서 일어나자 그도 별말 없이 일어났다.

그가 복도를 따라 현관까지 그녀의 뒤를 따르고 있었다. 아무런 말도 하지 않았고 너무 자연스러운 집주인의 행동이었지만 뒤통수가 찌릿했다.

"왜 차에서 키스했어요?"

순간적으로 궁금했다. 왜 그가 그녀에게 키스를 했는지.

"그냥."

그의 목소리가 가라앉아 있었다.

"싫었어?"

"아뇨."

그가 아무렇지 않게 물어서 새롬도 아무렇지 않게 답했다.

"그럼, 안녕히……. 아!"

탁!

그녀의 팔을 잡은 그가 그녀를 복도의 벽에 밀어붙였다.

"뭐 하시는 거예요?"

놀란 새롬이 그의 얼굴을 보았지만 그가 조명을 등지고 있어서 표정을 읽을 수가 없었다.

"왜 자꾸 내 신경을 건드리지?"

"제가요?"

"그래."

"전 그런 적 없어요. 그럴 이유도 없고."

"사무실에서 키스한 것도 계획적이었나?"

새롬의 키스가 의도적이었다고 생각하는 모양이었다.

"그때는 어쩔 수가 없었어요. 걸리면 안 됐으니까."

"단지 걸리지 않으려고?"

"처음엔 그랬는데 나중엔…… 좋았어요."

"……."

왜 이렇게 사실만을 말하게 되는 건지 알 수 없었다.

"이제 궁금한 게 풀렸으면 놔 주시죠."

그녀는 팔을 빼려고 했지만 오히려 그가 자신을 몸을 포개왔다. 숨쉬기 어려울 정도의 무게로 그녀를 압박했다. 벽과 그 사이에서 새롬은 샌드위치가 되어 버렸다.

"뭐 하는 거냐고요? 숨 막혀요."

"숨 막히는 건 나야."

"대표님이 왜요?"

"……."

그가 위험스럽게 그녀를 내려다보고 있었다. 이렇게 있으니 그가 얼마나 커다란 사람인지 느낄 수 있었다. 얼마나 운동을 했는지 아이돌일 때의 호리호리한 몸이 아니었다. 그는 차돌처럼 단단했다.

그의 몸에 그녀의 부드러운 가슴이 눌려 단단함이 그대로 전해지고 있었다.

"비켜요."

"움직이지 마."

"왜요? 키스하고 싶어요?"

그건 본능적으로 알 수 있었다. 그의 몸에서 열기가 그대로 느껴지고 있었기 때문이었다. 말하지 않아도 남자의 욕망이 그대로 전해지고 있었다.

"키스해 줘요."

왜 이런 말을 하고 있는지 스스로도 놀라울 따름이었지만 분명히 그녀가 한 말이었다.

"두려운가요?"

"……."

"겁쟁이……. 읍!"

그녀의 입술을 삼켜 버렸다. 새롬은 오늘은 키스만으로 끝나지 않을 거라는 걸 느낄 수 있었다. 그녀가 활활 타오르는 불길에 휘발유를 부어 버렸다.

"으읍!"

그가 무섭게 그녀의 입술을 탐하고 있었다. 그들의 혀가 미친 듯이 얽혔다. 이건 키스가 아니라 레슬링이었다. 서로의 타액이 섞이고 이가 부딪혀도 둘은 상관하지 않았다. 입안에서 살짝 피맛이 나자 오히려 더 적극적으로 키스를 했다. 그녀의 팔이 그의 목을 감고 매달리기 시작했다.

그의 손이 티셔츠 안으로 들어와 그녀의 가슴을 어루만졌다. 결코 부드럽지 않은 손길이었다. 브래지어가 걸리적거렸는지 그는 그녀의 브래지어를 가슴 위로 올려 버렸다. 그녀의 풍만한 가슴이 그의 손에 넘치게 잡혔다.

"으으음."

누군가가 이렇게 자극적으로 그녀의 몸을 어루만진다는 건 상상도 해 보지 않았는데 민석은 자꾸만 그녀가 이상한 기분이 들게 만들고 있었다.

툭!

그녀의 청바지의 단추가 어느새 풀어지고 그의 손이 그녀의 청바지 안으로 들어왔다. 놀랐지만 멈추게 하고 싶지 않았다. 질척이는 소리가 그녀의 귀에도 들릴 정도로 팬티 안은 이미 촉촉하게 젖어 들었다.

섹스에 대한 건 아무것도 모르는 새롬이었지만 본능적으로 어떻게 해야 하는지 몸이 아는 것 같았다.

"흑!"

그가 숨을 들이마셨다. 그녀의 젖은 여성을 만지며 그도 흥분을 한 것 같았다. 새롬은 손을 내려 그의 흥분한 남성을 손으로 잡아 보았다. 어디서 이런 용기가 나는 것일까? 새롬은 점점 더 대담해져 갔다.

경험이 아주 많은 여자처럼 그녀의 손은 아주 자연스럽게 그를 만지며 자극하고 있었다. 그의 입술은 어느 사이에 새롬의 가슴에

와 있었다.

"아앙……. 하……."

욕망으로 인해 단단해진 유두를 촉촉한 혀가 자극하자 절로 신음이 터져 나왔다. 삽입만 하지 않았지 그들은 지금 아주 진한 섹스를 하고 있었다. 그녀의 청바지가 어느새 무릎까지 내려와 있었다. 그의 한손은 여전히 질척이는 그녀의 여성에 다른 한 손은 그녀의 가슴을 만지느라 정신이 없었다.

너무나 강한 욕망에 다리의 힘이 풀려 버린 새롬은 벽에 기대 겨우 중심을 잡고 있었다.

Errrrrr—

뜻하지 않게 그녀의 핸드폰이 쉼 없이 울리고 있었다. 눈치가 없는 걸로 봐서는 할아버지, 아니면 아버지였다.

"으으음……. 잠깐만요."

징그럽게도 울려 대는 벨소리에 신경이 쓰여 도저히 그의 키스에 집중을 할 수가 없었다. 그녀가 그의 가슴을 밀어내고 바닥에 떨어진 가방에서 핸드폰을 꺼내 들었다.

"할아버지."

[왜 이렇게 전화를 안 받아?]

"일하는 중이었어요."

[뭔 놈의 회사가 이렇게 늦은 시간까지 부려 먹어?]

"무슨 일이세요?"

[이번 주 토요일에 시간 비워.]

"안 돼요."

새롬은 무릎까지 내려간 바지를 끌어 올리며 말했다.

[이번엔 학교 선생 아니야.]

"싫어요."

[내가 죽는 꼴을 봐야…….]

"네, 네. 알았어요."

빠르게 대답을 해야 끝이 날 수 있었다.

[서울호텔 7시다.]

"네."

[이번엔 무조건 결혼해.]

"마음에 들어야……. 할아버지? 할아버지!"

일방적으로 전화가 끊어졌다.

"후……."

속에서 천불이 났다. 아주 황소고집이었다. 새롬은 그의 뜨거운
시선을 피해서 서둘러 옷을 입었다.

"선보라고 하셔?"

"네."

"볼 거야?"

"네, 우리 할아버지의 고집은 못 꺾어요."

"키스는 나와 하고, 선은 다른 놈하고 본다?"

"대표님도 마찬가지……. 아니지 대표님은 다른 여자와도 섹스를 할 수도 있잖아요."

그가 아주 어이가 없다는 듯이 웃었다.

"그러면 박 기자는 나하고만 키스할 건가?"

"……."

아주 얄미운 인간이었다. 그녀가 옷을 다 입고는 도망치듯이 밖으로 나갔다. 이번에 민석은 쫓아오지 않았다. 새롬은 왜 자꾸만 이렇게 되는지 이해할 수 없었다.

"박새롬, 네가 미친 거야."

새롬은 자신의 머리를 스스로 쥐어박으며 차에 올랐다. 집으로 돌아가는 내내 새롬은 그와 키스한 입술을 혀로 핥거나 손으로 만졌다. 자신도 모르게 그런 행동을 하고 있었다. 새롬의 작은 머릿속엔 이미 민석으로 가득 차 있었다.

"악마 같은 인간."

그의 완벽한 몸이 그녀의 손끝에서 타올랐다. 분명 그녀만 흥분한 건 아니었다. 탄탄한 몸을 그리고 그의 흥분한 페니스를 만졌었다. 순간 새롬은 그의 벗은 몸을 만진다면 어떤 느낌일까 라는 생각이 들었다.

"쓸데없이 섹시한 인간."

둔한 그녀가 느낄 정도로 그는 숨 막히게 섹시했다. 새롬은 머리를 흔들며 운전에 집중하려고 노력했다.

3. 불굴의 직업 정신

새롬은 어제부로 취재거리가 두 군데로 늘어났다. 하나는 김하나와 윤태주였고. 또 다른 하나는 서민석과 김선영이었다. 그래서 오전, 오후엔 선배와 함께 김하나와 윤태주의 촬영장으로 향했고 저녁은 혼자서 서 대표 쪽으로 가기로 계획을 세운 새롬이었다.

"저녁에도 같이 갈까?"

"아니요."

"왜?"

"선배 애인 안 만나요?"

"내가 애인이 어딨어?"

"그럼 그 시간에 만들어요."

그녀가 이렇게 말을 하고는 선배의 차에서 내려 자신의 차로 향했다. 그런데 그때 촬영장에 있어야 할 윤태주가 누군가를 만나고 있었다. 슬쩍 보니 아주 긴밀한 이야기를 하는 것 같았다.

새롬은 그들 가까이에 가기 위해 몸을 낮추고 조금씩 그들 곁으로 다가갔다. 가까이서 보니 태주 앞의 남자는 기자 사이에서도 악명이 높은 하이뉴스 기자였다.

"사실이에요?"

"네, 서해수가 진짜 아버지라고요."

"진짜라면 대박인데요."

"서해수가 자살할 때 민석이 형이 옆에 있었다고 하더라고요. 며칠 동안 시체하고 함께 있었던 거죠. 그런 민석이 형을 지금의 부모님이 데려다가 키운 거죠. 그러니 사람이 까칠할 수밖에 없죠. 엄마가 누군지도 모르고……."

"불쌍하네요."

"불쌍하긴요. 그래도 아버지의 재능은 물려받았잖아요. 빚도 함께."

"하긴, 서해수 씨가 죽을 당시에 거액의 채무가 있었다는 보도가 있긴 했죠."

"약을 복용하느라."

"아⋯⋯."

듣고 있는 이야기가 모두 충격적인 이야기였다. 민석이 서해수의 아들이었다. 가수들 사이에서 여전히 회자가 되고 있는 돌아이 중의 돌아이⋯⋯.

천재 중에 천재였던 서해수는 새롬이 태어나기 전에 당대를 풍미했던 톱 가수였다.

유부녀들과의 염문으로 수많은 가정이 파탄 나게 했고, 벌어들인 수입을 약물과 도박으로 모두 탕진하고 변두리의 한 아파트에서 쓸쓸히 자살했다고 했었다.

그런 서해수의 옆에 어린 민석이 있었다니⋯⋯.

"서해수의 아들이 서민석이란 기사를 좀 내 주세요. 그러면 빚쟁이들이 아주 줄을 서서 나올 겁니다."

"그런데⋯⋯ 왜요?"

그건 새롬도 묻고 싶었다. 태주의 모든 사건은 민석이 처리해 주는데 왜 은혜를 원수로 갚고 있는 것일까?

"박 기자 알죠?"

"박 기자가 한둘이 아니라서⋯⋯."

"박새롬 말이에요."

"네, 알죠."

"제가 바라는 건 박새롬하고 김호민인가 하는 얼간이를 기자

생활 못하게 하는 겁니다. 오늘도 어딘가에 숨어서 날 지켜보고 있을 게 뻔하니까."

"저희와 다른 회사인데……."

"톱스타매거진이 아버지 회사 아닌가요?"

"그야 그렇지만……."

"잘라요."

그녀 때문에 서 대표가 위험해질 수 있는 순간이었다. 이 사실이 알려진다면 서 대표의 이미지에 막대한 영향을 미칠 수 있었다.

대중은 서 대표의 부유한 이미지 때문에 작은 결점도 용납하지 않으려고 할 것이다. 거기다가 국민 난봉꾼인 서해수가 그의 아버지라는 사실이 알려진다면 비난의 화살은 더 강하게 그를 향할 것 같았다.

부모는 그의 선택이 아니었다. 그리고 서해수에 관한 기사가 윤태주의 입에서 흘러나오는 건 더 싫었다. 새롬은 서 대표가 얼마나 윤태주의 뒤를 봐 줬는지 잘 알고 있었다. 서 대표가 뒤통수를 맞게 하고 싶지 않았다.

왜 이런 마음이 드는지 이해할 수 없었지만, 그를 지켜 주고 싶었다. 기자로서 할 일은 잠시 접어 두기로 했다. 새롬은 몰래 자신의 차로 향했다. 그리고 차에 오르자마자 서 대표의 MS엔터테인먼트로 향했다.

"여보세요?"

[무슨 일이지?]

어제 키스한 건 없었던 일처럼 그의 목소리는 차가웠다.

"할 말 있어요. 사무실에 계세요?"

[그런데?]

"제가 갈게요. 10분만 시간 내 주세요."

[지금은 좀 바쁘고, 이따 집으로 와.]

그의 집이라니 어제의 일이 생각이 나서 거절하려고 했지만 그의 전화는 이미 끊어진 상태였다. 고민을 하다가 새롬은 차의 방향을 그의 집 쪽으로 돌렸다. 그리고 서 대표가 퇴근해서 집에 도착하기를 기다렸다.

"어쩌지?"

새롬은 그의 비밀이 자꾸만 마음에 걸렸다. 왜 태주는 그의 비밀을 알고 있는 것일까? 궁금하기도 했다. 한참이 지난 후에 그의 마이바흐가 보였다. 새롬은 자신의 차에서 내려 그의 마이바흐에 몸을 실었다.

그리고 그를 따라 집에 같이 들어갔다. 어제의 일이 생각나자 심장이 미친 듯이 뛰었다.

자신이 이렇게 남자를 밝히는 여자인지 몰랐다. 민석의 모든 게 신경 쓰였다.

"앉아."

"네."

"무슨 일이지?"

"그게……."

그의 충격적인 비밀을 알고 있다는 걸 말하기 그랬고 이 말을 윤태주가 다른 기자에게 말했다는 사실을 말하는 것도 힘이 들었다. 하지만 말해야 했다.

"어제 키스를 마무리 짓고 싶어 온 거라면 환영이고."

그의 농담에도 새롬의 굳은 표정은 풀어지지 않았다.

"오늘 윤태주와 김하나……."

"둘의 이야기는 듣고 싶지 않아."

민석이 딱 잘라 말했다.

"두 사람의 연애기사를 내고 싶으면 내. 난 관여하고 싶지 않아."

"알아요, 그 이야기가 아니에요."

"그럼, 또 약이라도 했어?"

"……서 대표님 이야기예요."

"……."

그의 표정이 굳었다. 뭔가 짚이는 구석이 있는 모양이었다. 아니면 윤태주에게 이 일로 꾸준하게 협박을 당했을 수도 있었다.

"말해."

"서해수 씨에 관한 이야기를 윤태주가 하이뉴스의 기자에게 하는 걸 들었어요. 기사를 내 주는 조건으로 나와 김 선배를 자르는 걸 부탁하면서요."

"누군지 알겠군."

"우리 회사 사장의 아들이죠."

"뭐라고 하던데?"

"당신이 서해수의 아들이라고."

"미친 새끼……! 죽여 버리겠어."

민석이 흥분했다. 어떤 상황에서도 차가운 냉정함을 유지하기로 유명한 그가 오늘은 완전히 야수의 본성을 드러냈다. 살기가 느껴질 정도로 말이다.

"기사가 나가지 않게 막아요."

"이미 새어 나간 말이야."

"서해수 씨의 채무자들이 당신에게 빚을 갚으라고 할 수도 있어요."

"그건 내 변호사들이 해결할 문제야. 내가 해결할 문제는 윤태주고."

"잠깐 진정하고 가면 안 될 까요?"

"······."

"눈에 살기가 느껴져요. 무섭다고요."

그녀의 말을 무시한 채 그가 자리에서 일어났다. 아무래도 큰일을 낼 것 같았다. 사람의 눈빛이 이렇게 무섭게 느껴진 건 이번이 처음이었다. 처음으로 살기라는 말을 쓴 새롬은 그만큼 두려움을 느끼고 있었다. 서 대표가 큰일을 치를 것 같은 느낌이었다.

"가지 마요."

새롬이 그를 뒤에서 안았다. 하지만 그는 새롬을 매단 채로 움직일 뿐이었다. 그가 문제를 일으키면 윤태주만 좋은 일이었다. 서 대표만 성공한 게 배가 아픈 윤태주는 그동안 꾸준히 서 대표를 귀찮게 해왔었다.

그게 다 부러워서 그런 것이었다. 이번에 그의 꾀에 넘어가서는 안 되는데 걱정이었다.

"제발······."

그녀가 또다시 그에게 부탁을 하며 말렸다.

"오늘 날 두고 가지 말아요."

"······."

그가 멈추었다. 새롬은 그를 위로하고 싶었다. 죽은 아버지 옆에서 두려움에 떨고 있었을 어린 민석을 위로하고 싶었다.

"제발……."

그가 멈추었다. 새롬은 뒤에서 강하게 민석을 안았다. 커다랗다고 생각했던 남자가 오늘은 하염없이 작게 느껴지고 있었다.

"……용서가 안 돼."

"용서하지 마요. 하지만 오늘은 아니에요. 대표님, 제발……."

민석은 피해자였다. 그가 가해자가 되게 만들어선 안 된다는 생각이 들었다. 그의 온몸에서 살기가 느껴지고 있었다.

"다른 방법으로 벌해요. 직접 하는 건 하지 말아요."

그가 조금 진정되는 기미가 보였다. 새롬은 그를 안았던 손을 풀고는 그의 앞에 섰다. 그리고 그의 얼굴을 잡고는 위로가 가득 담긴 키스를 했다. 그녀의 눈에서 눈물이 흘러내렸다. 다 가진 줄 알았던 싸가지 없는 서민석에게 이런 아픔이 있을 줄은 상상도 하지 못했었다.

키스를 하는 동안 처음엔 가만히 있던 그가 그녀의 허리를 강하게 끌어당겼다. 그리고 그녀에게 숨도 쉴 수 없을 만큼 강한 키스를 했다. 그도 위로를 받고 싶은 것 같았다. 새롬은 그를 꼭 끌어안았다.

한 번도 느낀 적 없는 뜨거운 감정이 그녀의 깊은 곳에서 올라오고 있었다.

"으으읍!"

그의 혀가 미친 듯이 그녀의 입안을 휘저었다. 새롬은 그에게 올라타 허리를 다리로 감았다. 민석은 키스를 퍼부으면서 어디론가 그녀를 데려가고 있었다. 본능적으로 그가 어디로 가는지 알 수 있었지만 두렵지 않았다.

오늘 새롬은 그와 함께이고 싶었다. 이런 마음이 드는 건 처음이었다.

쾅!

그의 방문이 열리더니 곧 그녀의 등에 푹신한 감촉의 침대가 닿았다. 침대와 그 사이에 갇힌 새롬은 그의 무게로 인해 침대 속으로 파고드는 느낌이었다. 이렇게 그와 함께 하는 게 당연하다는 생각이 들었다.

"으으읍!"

그녀의 호흡마저 삼켜 버린 깊은 키스였다. 그가 갑자기 몸을 일으키더니 그녀의 티셔츠를 단숨에 벗기고 그녀의 속옷도 모조리 벗겨 냈다. 순식간에 그녀는 완벽한 나신이 되었다.

그가 새롬의 모습을 보며 으르렁거리더니 자신의 옷을 찢듯이 벗었다. 민석의 몸은 생각했던 것보다 더 근육질이었다.

예전에 어떤 영화에 나온 중세시대의 전사 같은 모습이었다. 그의 매혹적인 가슴근육과 복근이 그녀를 사로잡았다. 어두운 방 안이었지만 그의 근육들을 감추진 못했다.

"멋져요."

"……."

그의 거친 숨소리가 대답 대신 그녀의 귀를 자극했다.

"읍!"

민석이 저돌적으로 새롬에게 달려들었다. 진한 키스와 맨살이 주는 환상적인 느낌은 섹스에 대한 편견을 깨끗하게 지워 버렸다. 이런 느낌이라면 영혼마저 불사를 수 있을 것 같았다. 뜨거움보다 더 큰 불덩이가 그녀를 덮친 것 같았다.

악마의 유혹같이 하나하나가 더 큰 자극이 되어 돌아왔다. 다음은 뭘까? 이러다가 타 죽는 게 아닐까 하는 생각이 들 정도였다. 그의 혀가 여전히 그녀를 정신 못 차리게 하고 있었다.

"아하……."

그의 손이 새롬의 가슴을 움켜잡았다. 부드러움이라고는 하나도 없는 손길이었지만 그는 새롬을 함부로 대하진 않았다. 자신의 욕망을 주체할 수 없는 건 그나 새롬이나 마찬가지였다. 힘 조절이 안 되는 민석 때문에 새롬은 몸을 활처럼 휘었다.

하지만 그가 멈추지 않았으면 하는 마음이었다. 유두를 비트는 그의 손길에 새롬은 비명에 가까운 신음을 내뱉었다. 아프다고 생각하는 순간 부드럽고 촉촉한 감촉이 유두 끝에 닿았다. 그가 유두를 할짝이며 핥고 있었다.

"으으음……."

찌릿함이 온몸에 퍼지고 있었다. 처음으로 하는 섹스에 새롬은 기대감이 생겼다. 그동안 사귀던 남자들과는 이런 관계를 맺은 적이 한 번도 없었다. 아니 이러고 싶은 생각도 들지 않았다. 키스를 해도 그냥 무덤덤했었지만 확실히 민준은 달랐다.

왜 이렇게 뜨겁고 자극적인 것일까?

그의 혀가 그녀의 복부를 지나는 순간 새롬은 더 이상의 생각을 이어갈 수 없었다. 그리고 본능에 몸을 맡겼다. 점점 더 아래로 향하는 입술은 위험을 알리고 있었다. 더 이상 내려가면 헤어 나오지 못한다는 것을 말이다.

"허억……. 헉……."

민준의 거친 숨이 검은 숲을 흔들었다. 위험해…….

하지만 새롬은 말리지 않았다. 그의 입술이 그녀의 여성을 삼키는 데도 거부하지 않았다. 아니 거부할 수가 없었다. 깊은 수렁으로 빨려 들어가는 기분이었다.

"아……. 흐……."

민석의 뜨거운 손은 입술은 그녀의 몸을 돌아다니며 놀라운 느낌을 주고 있었다. 마치 자신의 것이라는 걸 각인시키는 것 같았다.

"아……악……."

갑작스런 이물감에 새롬은 화들짝 놀랐다. 그의 손가락이 그녀의 질 안으로 밀고 들어왔기 때문이었다. 손가락이 움직일 때마다 새롬의 몸도 같이 움직였다. 이게 끝이라고 생각하면 더 자극적인 행위를 하는 민석이었다.

도대체 그와의 섹스의 끝은 어떤 것일까? 두려웠다. 새롬은 그의 어깨에 팔을 두르며 매달렸다. 그렇게라도 하지 않으면 버틸 수가 없었다. 온몸이 그의 손끝에서 달아오르고 있었다.

"벌려."

그가 명령하며 다리를 벌렸다. 남자 앞에서 이렇게 자신의 모든 걸 보인 적은 없었다. 물론 어두워서 정확하게는 보이지 않겠지만 그래도 부끄러웠다. 그녀가 다리를 오므리려고 하자 민석이 그녀의 다리를 다시 벌렸다.

그리고는 다리 사이에 자리를 잡고는 너무나 자연스럽게 한 손으론 페니스를 잡고 다른 한 손으로는 그녀의 다리를 잡았다. 새롬은 눈을 질끈 감았다. 언뜻 본 그의 페니스는 무기에 가까웠다.

"아, 훗……."

그의 페니스가 욕망에 젖어 든 여성에 닿는 느낌은 생각보다 환상적이었다. 그래서 다가올 고통 따위는 잠시 잊은 새롬이었다.

"헉헉……."

그가 거친 호흡을 쏟아 내고 있었다. 그리고 갑자기 그녀의 질 안에 자신의 페니스를 밀어 넣기 시작했다.

"아악!"

타는 듯한 고통이 느껴지고 있었다.

"으윽!"

그도 그녀 안으로 들어오기 위해 안간힘을 썼다.

"아악……. 아파!"

아프다는 말이 절로 나왔다. 고통스러웠다. 누군가를 받아들이는 게 처음인 새롬은 고통과 쾌락이 공존하는 아주 묘한 상황을 겪게 되었다. 이것이 어른들의 섹스인가?

"너, 너무 좁아……. 헉헉……."

그가 거친 숨을 몰아쉬며 말했다. 새롬이 처음인지 아직 모르는 것 같았다.

"아파요……."

"……."

그녀의 애원에도 그는 계속해서 움직이고 있었다. 이성의 끈을 놓은 것처럼 보였다. 그녀의 몸에 그는 흥분하고 있었고 그건 새롬도 마찬가지였다. 그의 몸이 좋았다. 손끝에서 닿은 탄탄한 그의 근육이 아주 마음에 들었다.

땀에 젖은 그의 가슴을 쓸어내리며 새롬은 강한 자극에 몸을 뒤틀었다.

"아아악!"

그가 움직일수록 더 깊은 곳에서 쾌감이 전해지고 있었다. 민석의 허리짓이 점점 더 거칠어지고 있었다. 그녀가 처음이란 걸 모르는 것 같았다. 하지만 지금은 그게 중요하지 않았다. 그녀 안의 욕망이 다른 건 생각하지 못하게 하고 있었다.

"으으윽!"

강한 포효와 함께 그의 분신들이 그녀의 배 위로 쏟아져 내렸다. 처음 겪는 일이었지만 당황하지 않았다. 그가 몸을 일으키더니 욕실에서 따뜻한 물수건을 만들어 왔다. 그리고 그녀의 배 위에 분신들을 닦아 주었다.

"괜찮아요. 제가 닦을……."

"처음이라 힘들었을 텐데, 그냥 있어."

"……."

그는 그녀가 처음인 걸 알아차린 것 같았다.

"내가 자제력을 잃었어. 그렇게 거칠게 하는 게 아니었는데……."

"아니에요……."

"아니, 자칫하다가 다칠 수도 있었어. 내가 정신을 놔 버린 것 같아."

그가 욕망으로 인해 이성을 놔 버렸다고 말하고 있었다.

"뭐 해요?"

갑자기 그가 안아 올리자 새롬은 당황했다.

"⋯⋯."

그가 안고 간 곳은 따뜻한 물을 받고 있는 욕조였다. 그의 욕실은 그녀의 방보다 컸다. 그리고 그녀가 지금 앉아 있는 욕조는 왕실의 욕조처럼 화려했다.

"욕실은 좀 의외네요."

"다른 곳보다 신경을 많이 썼어. 욕조에 앉아서 밖을 보며 음악감상을 하면 좋은 곡들이 떠오르니까."

"사무실처럼요?"

"그래."

그의 사무실의 실외 공간은 도심의 공간이라기보다는 공원 같은 느낌이었다. 음악적인 영감을 얻는 곳도 외롭다는 느낌이 들었다.

"고독을 즐기나 봐요?"

"혼자 있는 게 좋아. 누군가 옆에 있는 건 익숙하지 않거든."

"아⋯⋯."

그가 왜 결혼에 대한 거부감을 가지고 있는지 새롬은 오늘 알게 되었다. 여러모로 복잡하고 안쓰러운 민석이었다. 새롬이 팔을 벌렸다. 갑작스러운 그녀의 행동에 민석의 얼굴에 당혹감이 스쳤다.

"안아 줘요. 처음인 절 이렇게 몰아붙인 걸 위로해 달라고요."

그녀는 당당하게 위로해 달라고 말했지만 사실은 그를 위로해 주고 싶었다. 그가 욕조 안으로 들어와 뒤에서 그녀를 꼭 끌어안았다.

"후회해?"

"아뇨."

"그런데?"

"그냥 이렇게 있고 싶었어요."

그의 팔에 힘이 들어갔다.

"갤럭시 활동은 내 인생에서 가장 힘이 들 때 시작됐어."

새롬의 어깨에 입을 맞춘 후 그가 자신의 이야기를 하기 시작했다.

"우연히 아버지가 날 입양했다는 사실을 알게 되었지. 두 살 나이에 자살한 친아버지 옆에서 발견이 된 나를 친아버지의 사촌형인 지금의 아버지가 입양을 하신 거지. 자식이 없었던 두 분은 날 하늘이 주신 선물이라고 생각하셨어."

"……"

"친자식보다도 더 아끼던 자식이 친아버지처럼 연예계 쪽 직업을 가지는 게 죽는 것보다 싫으셨던 아버진, 날 몇 년 동안 보지 않으셨어. 난 영문도 모르고 날 이해하지 못하는 아버지가 미웠고."

그는 자신의 불행했던 어린 시절을 기억에서 지워 버린 것이었다.

"그런데 지금은 돌아가신 할아버지께서 소속사 사무실로 찾아오셔서 그동안의 이야기를 해 주시면서 아버지를 이해하라고 하셨어. 난 충격에서 빠져 나오질 못했어. 내 아버지가 망나니 서해수라니······."

그런데 이런 내용을 윤태주는 어떻게 알았을까? 둘이 그렇게 친한 사이는 아닌 것 같았는데 말이다.

"그땐 가사 작업에 도움이 된다는 생각에 매일같이 일기를 썼어. 그래서 그런 내용들을 난 내 일기에 적었고······ 그걸 태주가 본 거지."

"못된 인간이네요."

새롬은 태주의 행동에 분노했다.

"가만히 두지 말아요. 물론, 오늘은 말고."

민석이 그대로 뛰쳐나갈까 봐 걱정이 되었다.

"······."

그가 말없이 그녀의 가슴을 어루만졌다.

"으으음……."

저도 모르게 또다시 신음이 터져 나왔다. 이렇게 그와 가까워지는 건 새롬에겐 좋지 않았다. 그녀가 연예부 기자생활을 하면서 항상 부딪쳐야 하는 인물들은 대형 기획사 사람들이었기 때문이었다.

"결혼은 할 거예요?"

"……아버지가 아프셔."

"어디가요?"

"확실히는 말씀하지 않았지만 심각한 것 같아……."

그는 아버지의 말씀을 거역할 수 없는 사람이었다. 그들은 부모이기도 했지만 그의 은인이기도 했다.

"선영 씨와 할 건가요?"

"글쎄……."

더 이상의 말을 하지 않은 그였다. 그의 손이 가슴에서 배로, 그의 입술은 그녀의 목에서 서서히 움직이고 있었다.

"으으음……."

"움직이지 마."

"왜요?"

"또 하고 싶어지니까."

그의 남성이 다시 부풀어 올라 그녀의 허리 부근을 찌르고 있었다. 그는 대단한 정력의 소유자가 분명했다.

"난 더 이상은 싫어요. 죽을 것 같단 말이에요."

"섹스하다가 죽은 사람 못 봤어."

그는 말이 끝이 나기가 무섭게 그녀를 안아 들고는 침대로 향했다. 새롬은 또다시 뜨거운 정염에 사로잡혔다.

탁!

"장난해?"

박 부장의 고함소리가 사무실을 쩌렁쩌렁하게 울리고 있었다.

"현민과 매니저는 연인이 아니라고 그렇게 말했고 당했는데, 또 이 기사야?"

선배가 의지를 가지고 기사를 또 쓴 모양이었다. 그 결과 부장의 뚜껑은 지구 밖으로 날아가 버린 상황이었다.

"난 말이야, MS인간들은 다 싫어. 서 대표는 찢어 죽이고 싶은 인간 1순위라고. 확실하게 사진을 찍어도 미꾸라지처럼 빠져 나가는 인간이잖아. 그런데 이건 앞모습도 아니고 뒷모습을 찍어 가지고 와서 기사를 내 달라고?"

"확실히 둘이 다정하게 안았다고요."

"동료 간에도 안을 수 있다고 말하면? 그리고 윤장미는 이미 그만됐잖아."

"그래도 둘은 아직 만난다고요."

선배도 끝까지 굽히지 않았다.

"박새롬!"

아무래도 불똥이 그녀에게 튈 모양이었다.

"병든 닭처럼 그렇게 있지 말고 기삿거리 가지고 와!"

"네."

이렇게 간결하게 답하는 게 최고였다.

"내가 준 기사는 잘 돼 가?"

"그게……."

"밥 줬으면 됐지. 이제 떠 먹여 주기까지 해야 해?"

"아닙니다."

"으그……. 하나같이 미련 곰탱이들만 있으니……."

오늘따라 박 부장이 예민해 있었다. 왜 그러는 걸까? 뭔가 일이 있는 게 분명했다.

"무슨 일 있어요?"

새롬이 조용히 선배에게 물었다.

"너랑 나랑 해고하라고 위에서 얘기가 나왔다고 하더라."

벌써 하이뉴스에서 연락이 온 모양이었다.

"그거 부장이 막았으니까. 오늘 히스테리는 우리가 참아야 해."

"윤태주 개자식……!"

"윤태주가 아니고 서민석이 개자식이야."

선배는 서 대표가 미운 모양이었다. 오해라고 말을 할 수도 없고 답답한 마음이었다.

"오늘 바빠?"

"왜요?"

"술이나 한잔할까?"

피곤해서 죽을 것 같았다. 어제 잠을 제대로 못 잔 탓이기도 했다.

"피곤해요."

"그렇게 보이긴 한다. 입술까지 다 트고."

그건 어제 서민석이 그녀의 입술에 지나치게 강한 키스를 퍼부었기 때문이었다.

"약이라도 사 줄까?"

"아뇨."

"오늘은 퇴근하고 집에 가서 푹 자."

"네, 그럴 생각입니다."

새벽같이 일어나서 민석의 집을 나왔다. 그도 피곤한지 그녀가 가는 줄도 모르고 잠들어 있었다. 그렇게 헤어지고 저녁이 될 때까지 민석은 전화 한 통 없었다.

"뭘 바란 거야."

새롬은 일에 빠져 들기 시작했다. 오늘은 윤태주의 약점을 찾아내는 데 온 사력을 다하고 있었다. 그의 경찰 기록까지 본 새롬이었다.

그리고 또 하나, 민석의 아버지인 서해수에 대한 자료도 찾아보았다.

"나쁜 놈이네."

민석의 아버지였지만 그는 나쁜 놈이었다. 왜 지금의 양아버지가 민석이 가수가 된다고 했을 때 극구 말렸는지 이해가 되었다.

여자들에게 매력을 팔고 다니며 온갖 나쁜 짓을 하는 서해수처럼 되지 않기를 바라는 마음에서 그러신 것 같았다.

한창 바쁠 때 엄마에게 전화가 왔다.

"왜 엄마."

[바빠?]

"넵!"

[바빠도 내일 선보는 거 잊지 않았지?]

깜빡 잊은 새롬이었다.

[내가 이럴 줄 알았어. 할아버지 아시면 불호령이야.]

"잔소리 대마왕!"

[뭐?]

"아니야, 간다고."

[할아버지한테 그게 무슨 말버릇이야?]

"알았어. 하지만 할아버지가 잔소리 대마왕인 건 다 아는 사실이잖아. 그리고 한결이는 왜 가만히 두는데?"

[여자랑 남자랑 같아?]

"다를 건 뭔데?"

[박새롬!]

"알았어요. 내일 때 빼고 광내서 갈게."

[믿는다.]

"너무 믿지는 마시고요."

[뭐?]

"알았다고요."

엄마와 통화를 마치고 나자 뒷목이 당겼다.

"왜 자꾸 못 보내서 안달이냐고."

결혼을 하고 싶지는 않았지만 특별히 거부감도 없었다. 다만 지금은 일을 하고 싶고 내 의지대로 결정하고 싶을 뿐이었다. 그녀 나름의 커리어를 잘 쌓아 가고 있는데 결혼이라니, 생각만 해도 싫었다.

퇴근 무렵 새롬은 판다가 되어 있었다. 무언가를 이렇게 열심히 해 본 건 아주 오랜만이었다.

"윤태주가 아주 날 죽이겠어."

윤태주에 대한 자료를 정리하고 그에 관해 여기저기 전화를 하고 경찰서까지 다녀오고 나니 아주 넉 다운이 되기 일보 직전이었다.

"너무 불태우는 거 아니야?"

선배가 옆에서 놀렸다.

"태울 만하니까요."

"오홍, 오랜만에 기자 같아."

"그래도 정치부 기자가 아닌 게 천만다행입니다. 그러면 전 제명에 못 죽었을 겁니다."

"왜?"

"그 비리를 다 어떻게 두고 봅니까?"

"맞다, 연예부 기자에 만족하고 살아라."

새롬은 연예부 기자가 되면 연예인들을 실컷 보고 그들과 인터뷰도 하면서 신나는 직장 생활을 할 거란 기대감으로 기자가 되었는데, 실상은 너무 피곤한 일상이었다.

"퇴근합니다."

"그래, 가서 자. 그리고 내일 영화제 취재 있으니까. 조금 일찍 나와."

"넵."

그녀는 인사를 하고 회사 밖으로 나왔다. 그녀가 차에 오르자마자 마치 어디선가 보고 있는 것 거처럼 민석에게 문자가 왔다.

「퇴근 하는 길?」

그렇다고 답을 하자 그가 다른 곳에 가냐고 물었다. 집에 가서 쉴 생각이라고 하자 답이 없었다.

"싱거운 인간. 내가 겨우 문자 한 통 받으려고 하루 종일 기다린 거야?"

쓸쓸한 미소를 지으며 새롬은 집으로 향했다. 저녁을 먹고 바로 침대로 뛰어들 생각이었다. 그런데 집 앞에 마이바흐가 떡하니 세워져 있었다.

"어?"

그리고 차 안에서 기사가 나와 그녀를 안내했다.

"기다리고 계십니다."

"……."

무슨 일이지? 라는 생각이 먼저 들었다. 또 윤태주가 뭔 일을 저지른 게 아닌가 하는 생각이 들었다. 차 문이 열리고 평소와 다름없는 모습의 민석이 앉아 있었다. 섹시함이 뚝뚝 떨어지는 인간이었다.

"타."

그의 한마디에 영문도 모르고 그의 차에 오른 새롬은 차가 출발하자 약간 당황한 목소리로 물었다.

"어디 가는 거예요?"

"우리 집."

"네? 오늘은 집에 들어가야 한다고요. 어제도 늦었는데……."

"걱정하지 마."

뭘 걱정하지 말라는 건지 이해가 안 되는 말만 하고 있었다. 가끔 취재 때문에 며칠씩 밤을 새우면 엄마에겐 상황을 설명하는 그녀였다.

그렇지 않으면 아빠가 그녀의 다리몽둥이를 가만히 둘 리가 없기 때문이었다.

"할 말 있으면 빨리 하시고 집에 데려다주세요. 안 그러면 내일부터는 깁스뿐만 아니라 병원에 누워 있어야 할 거예요."

"아버지가 무섭긴 한가 보군."

"아빠보다 이 일이 할아버지 귀에 들어가면 우리 잔소리 대마왕이 날 가만히 안 둘 거라고요."

"……."

그는 말없이 웃기만 했다.

"이 상황에서 웃음이 나와요?"

"……."

애가 타는 건 그녀뿐이었다. 갑자기 실내가 조용해지자 분위기가 아주 묘해졌다. 그녀의 심장은 빠르게 뛰었고 그를 너무나 의식한 나머지 입술이 바짝바짝 마르고 있었다. 그들은 그의 집에 도착할 때까지 아무런 말도 하지 않았다.

그의 집은 어제 본 것보다 오늘 더 큰 것 같았다. 왜 그녀를 이곳에 오게 한 건지 궁금해서 미칠 것 같았다. 그의 뒤를 따라 정원을 걸으며 새롬이 물었다.

"윤태주가 또 무슨 일 저질렀어요?"

"어제의 한 방은 다른 그 무엇과도 비교가 안 되지."

"그래요? 그럼, 현민에 관해 우리 선배가 취재하는 것 때문에 그래요?"

"우리 선배?"

"난 회사의 기밀은 팔지 않아요."

"살 마음도 없어."

"그럼 뭐냐고요. 난 피곤해서 죽을 것 같다고요!"

어제 그와의 일이 떠오르자 얼굴이 붉어졌다.

디리릭—

그가 비밀 번호를 누르고 현관문을 열었다. 그리고 문이 열림과 동시에 그녀의 손을 잡아 자신의 품 안에 가두었다.

"대표님!"

놀란 새롬은 졸음이 싹 달아나 버렸다.

"내가 찾아간 이유가 궁금한가?"

"……."

"답해 줄 수 없어. 나도 내가 왜 이러는지 궁금하니까."

"읍!"

그가 새롬의 입술을 순식간에 삼켜 버렸다. 새롬의 머릿속이
복잡해졌다. 어제는 분명 위로라고 생각했는데 오늘 그의 키스는
더 농염했다. 그가 그녀를 어떻게 생각하는 것일까? 섹스 파트
너?

새롬은 그런 생각이 들자 몸이 굳어 버렸다.

"으읍……. 난 섹스 파트너가 아니에요."

"그렇게 생각한 적 없어. 그래서 더 문제야."

"……."

"하기 싫어?"

새롬은 화가 났다. 피곤한데 억지로 데리고 와서 다짜고짜 키스
를 해 놓고 그만둔 그였다.

"내가 하기 싫다고 했어요? 이유를 물은 거지."

"……."

"안 할 거냐고!"

이번엔 새롬이 화를 냈다. 그러자 그가 새롬을 안아 들었다.

"더한 걸 할 거야."

새롬을 안아 든 민석은 자신의 침실로 향했다. 그들의 뜨거운 밤은 오늘도 이어졌다.

4. 뜨거운 시선

연말 시상식처럼 화려한 시상식은 아니었지만 평론가 협회에서 주최하는 시상식에 참여하기 위해 새롬은 이른 아침에 회사에 출근을 했다.

덕분에 잠을 제대로 못 자서 오늘은 아이섀도를 하지 않아도 스모키 메이크업을 한 것 같았다.

"오늘은 피곤함의 절정이다."

하지만 오늘만 견디면 내일은 하루 종일 잠만 잘 수 있는 일요일이었다.

"화이팅!"

새롬은 혼자서 구시렁거리며 졸음과 싸우고 있었다.

"혼자서 뭐 해? 무섭게."

다른 회사의 동갑내기 친구인 효은이 그녀를 이상하게 보며 물었다.

"이틀 못 잤다."

"얼굴은 3일인데?"

"심하지?"

"매우."

오늘은 거울을 보지 않을 예정이었다.

"김하나가 여우조연상 탈 거란다."

"누가 그래? 연기에 연 자도 모르는 여자가 조연상이라니 그것도 영화평론가들이 주는 상인데?"

"맞아, 확실해."

"효은이 가서 귀 파고 오세요."

"맞다니까. 사람 말을 못 믿냐?"

"믿고 싶지 않아서 그런다. 평론가들은 썩으면 안 되는 거잖아."

"심사위원장을 구워삶은 모양이던데?"

효은이 김하나의 트레이드 마크인 가슴을 흉내 내며 들이밀었다.

"징그러."

"그러게. 왜 남자들은 가슴 큰 김하나가 그러면 사족을 못 쓰지?"

"김하나니까."

포토라인에 선배가 하이뉴스의 효은과 나란히 서 있었다.

"오늘도 지루한 기다림이군."

선배가 하품을 했다. 시상식이 아니기 때문에 요란한 드레스는 없었지만 그래도 확실히 여배우들은 달라도 뭔가 달랐다. 그때 눈에 띄는 벤이 한 대 들어왔다.

"MS군단이 몰려오네."

대형 기획사 중에서도 MS엔터테인먼트의 아티스트들은 회사의 지원을 짱짱하게 받기로 유명했다. MS는 회사 아티스트에게 아낌없는 지원을 했고 확실히 이런 소규모 행사에도 다른 소속사들과는 차별화를 주었다.

"서민석이다. 안구 정화가 확실한데?"

효은이 침을 흘리며 말했다. 벤에서 블랙 슈트에 노타이를 한 서 대표와 블랙 미니 원피스를 입은 여혜린이 내렸다.

"슈트발 죽이지 않냐? 한 번만 자 봤으면 소원이 없겠다."

효은은 언제나 거침없이 말했다.

"좋긴 좋더라……."

"뭐?"

"멋지다고."

어젯밤의 열기가 떠오르자 새롬의 볼이 다시금 붉어졌다.

"요즘 잠잠하더니 서 대표하고 여혜린하고……."

"시끄러 닥쳐!"

"까칠하긴."

효은이 투덜댔지만 새롬은 팔짱을 끼고 웃고 있는 서 대표와 여혜린을 보느라 정신이 없었다. 그녀의 눈에서 레이저가 터져 나올 것 같았다. 몇 번 잤다고 소유욕을 느끼다니 새롬답지 않았다.

여혜린이 서 대표의 얼굴을 보며 웃고 있었고 민석도 혜린을 보며 미소를 짓고 있었다.

"잘 어울리네."

"뭐가 잘 어울려?"

"너 오늘 이상해."

"안 어울리는데, 뭐."

점심시간 전에 모든 행사가 끝이 났고 새롬은 사무실로 가서 기사 내용을 정리했다. 그렇게 정신없이 시간을 보내다 보니 6시에 가까운 시간이었다.

"저 오늘 먼저 갑니다."

"오케이."

나머지는 선배가 정리해 주기로 하고 새롬은 집에서 가져온 옷으로 차 안에서 갈아입고 머리는 가까운 헤어숍에서 살짝 드라이를 했다. 원피스는 정말 세상 불편한 옷이었다. 블랙 원피스는 엄마가 준비해 줘서 가져 오긴 했는데 완전히 야함의 극치였다.

"우리 엄마가 스타일이 아주 대담해졌어."

가슴이 거의 반쯤 보이는 옷이었다. 난감했지만 시간도 없고, 그렇다고 청바지를 입고 갈 수도 없는 노릇이었다.

"메이크업은 안 하세요?"

"네, 화장품도 없어요."

평소에 꾸미고 다니지 않는 새롬이었다.

"이 옷이 얼마짜린 줄이나 아세요? 이 옷에 머리도 예쁘게 하고 노 메이크업은 아니라고 봅니다."

그래서인지 단골도 아닌 미용실에서 메이크업까지 받게 된 새롬이었다.

"아주 섹시한 여배우 같아요. 여혜린 있잖아요? 여혜린보다 예뻐요."

정말 거울 안에는 다른 여자가 앉아 있었다. 편안한 표정이 아닌 불편한 표정의 새롬은 딱 남의 옷을 입은 기분이었다.

그렇게 준비를 하고 서울호텔로 향했다.

"과해."

쇼윈도에 비친 섹시한 여자는 분명 그녀가 아닌 것 같았다. 길 하나 건너는 데도 사람들의 시선이 다 그녀를 향해 있었다.

"엄마가 준다고 덥석 집어 오는 게 아니었어."

한숨을 쉬며 호텔로 들어간 새롬은 엘리베이터 앞에서 지난번 과 똑같이 민석을 만났다. 민석은 놀라는 기색도 없이 그녀의 옆 에 자연스럽게 섰다.

"우연인가요?"

"아니."

왜 아니라고 한 걸까? 마치 둘은 커플룩이라도 입은 것처럼 블 랙으로 통일한 의상을 입었다.

민석은 오전에 있었던 시상식에서 입었던 옷과 똑같은 블랙슈 트 차림이었다.

"장난하지 말고요. 선보러 왔어요?"

"응."

그의 대답에 화가 머리끝까지 난 새롬이었다.

"어제 그렇게 하고 오늘 선을 보러 와요?"

"응."

"미쳤어. 양심도 없고."

"박 기자도 선보러 온 거 아닌가?"

"오늘 선보러 오는 거 알았잖아요."

새롬이 톡 쏘아 붙였다.

"그러면 괜찮은 건가?"

"할아버지 때문에 어쩔 수 없었다고요."

"나도 아버지 때문에 어쩔 수 없어."

새롬은 심기가 불편한데 그는 실실거리며 웃었다. 하긴 지난번 에도 그랬었다.

"확 결혼해 버릴까 보다."

"듣던 중 반가운 소리군."

그러는 사이에 다른 사람이 엘리베이터에 올랐다.

"와우, 호텔에 물이 좋군."

남자가 껄렁거리며 그녀를 아래위로 훑었다. 눈으로 옷을 벗기 는 기분이 들었다.

"아! 아아아……. 이거 안 놔!"

"눈알을 잘 관리해야지. 너 보라고 돈 들인 거 아니거든."

"죄, 죄송합니다. 떨어져 계셔서 일행인 줄 몰랐습니다."

"죄송한 건 내가 아니지."

"죄송합니다."

남자가 빠르게 새롬에게 사과를 했다. 그사이에 그들은 레스토 랑에 도착했다. 남자는 내리지도 못하고 다시 아래로 내려가 버렸다.

"돈을 들이다뇨?"

"들어가지."

"우린 각자 선을 보는 거라고요. 괜한 오해받기 싫어요."

그녀의 말에 그가 양손을 들어 보였다. 새롬은 먼저 안으로 들어갔다.

레스토랑은 완벽하게 텅 비어 있었다. 오늘은 토요일 저녁이었다. 이곳이 이렇게 비어 있을 리가 없었다.

"이쪽으로 오십시오."

지배인이 그녀를 가장 좋은 자리로 안내했다.

"왜 이렇게 한가해요?"

"예약하신 분이 레스토랑 전체를 예약하셨습니다."

"정말요?"

"네."

부잔가? 라는 생각이 드는 동시에 서 대표와 같은 엘리베이터에 탄 걸 기억한 새롬이었다.

"왜 온 거야? 설마……."

오늘 그 선을 보는 사람이……. 그녀의 눈이 출구로 들어오는 민석에게 향했다.

"아닐 거야."

할아버지가 민석을 알 리도 없거니와 만약에 안다면 결사반대일 게 뻔했다. 할아버지는 딴따라를 싫어하셨다.

"어떻게 된 일이지?"

아무리 머리를 굴려도 이해할 수가 없었다.

"안녕하십니까? 서민석입니다."

"장난하지 마요."

"오늘 예쁘다."

"……."

그의 한마디에 나사가 풀려 버린 새롬이었다. 정신을 차려야 하는데 솔직히 떨렸다. 심장이 두근거리고 있었다. 어젯밤 둘은 침대 위에서 몇 번이고 섹스를 했었다.

"설명이 필요해요."

"내가 할아버지와 아버님을 설득했어. 원래 이 자리에 앉을 사람은 다른 남자였지만 딸과 밤을 보낸……."

"미쳤어요? 우리가 섹스를 했다고 어른들에게 말했다고요?"

뒷목을 잡을 일이었다. 할아버지는 아마 기절하셨을 것이다.

"아니, 깊은 사이라고만 말했어."

이걸 다행이라고 해야 할지 아니라고 해야 할지 도무지 갈피를 잡을 수가 없었다.

"도대체 왜 이러는 거예요?"

"왜 이런다고 생각해?"

"괴롭히려고 이러는 것 같아요."

"결혼하려고 하는 거야."

그가 처음으로 결혼이라는 말을 꺼냈다.

"미쳤어요? 분명히 하고 싶지 않다고 했잖아요."

"맞아, 그런데 새롬이라면 한번 해 보는 것도 나쁘지 않을 것 같았어."

"……."

"아버지가 위암이셔. 다행히 말기는 아니지만 그래도 걱정이 많아. 내가 결혼하는 걸 꼭 보시겠다고 하니 소원을 들어드리고 싶어."

거부하기도 힘든 이야기를 하고 있었다.

"미안하지만 전……."

"거절하지 말아 줘. 어차피 할아버지 때문에 해야 하는 결혼이라면 나랑 하는 것도 나쁘진 않다는 생각이 드는데?"

"할아버지는 설득할 수 있어요."

말은 이렇게 했지만 솔직히 자신은 없었다. 그녀의 황소고집은 할아버지에게 물려받은 것이었다.

"결혼은 사랑하는 사람과 해야 하는 거예요."

"사랑이라……."

그가 이상하다는 표정으로 새롬을 보았다.

"그렇게 따지면 섹스도 사랑하는 사람과 해야 하는 것 아닌가?"

"……."

말로 이길 생각을 하면 안 되는 인간이었다.

"이렇게 여자에 대한 배려가 없는데 어떻게 같이 살아요."

"동지 의식을 가지고 잘 살면 되는 거야. 사랑은 언젠가는 식게 되지만 동지는 영원하지. 같은 뜻을 가지고 뭉치면 돼."

"서민석 대표님."

"우린 서로가 필요한 상황이야."

음식이 나왔다. 배도 고프고 스트레스도 받고 해서 새롬은 얼굴도 들지 않고 스테이크를 먹기 시작했다. 확실히 스트레스를 받을 땐 먹는 게 최고였다.

"천천히 먹어. 고개도 좀 들고."

"……."

"너무 섹시해서 음식이 안 넘어 가니까."

무심하게 던진 말 같지만 그의 눈을 보는 순간 새롬은 말을 할 수 없었다.

"다음엔 둘이 있을 때만 오늘 같은 디자인의 옷을 입도록 해."

"내가 하라면 하고 말라면 마는……."

"하라는 대로 하는 게 좋을 거야. 안 그러면 당장 바닥에 눕혀 버릴 것 같으니까."

"이, 이봐요."

"날 솔직하게 만든 건 새롬이의 키스야. 먼저 시작했으니까, 책임을 져야 하지 않을까?"

"말이 안 통하네요."

"우리 사이에 말이 통한 적이 있나?"

"그 여자분은……."

"정리했어."

민석은 추진력이 굉장히 강한 사람이었다. 하지만 연애에 있어서도 어마어마한 추진력을 발휘할 줄은 몰랐다.

"바보 같아요."

"왜?"

"날 선택한 건 바보 같은 짓이라고요."

"내가 다른 여자를 선택하면 현명한 선택인가? 참을 수는 있고?"

참을 수 없을 것이다. 정곡을 찌르는 말에 새롬은 입술을 깨물었다.

자존심이 상했다. 그의 손바닥 안에서 노는 느낌이 들었기 때문이다.

"날 너무 쉽게 생각하는 거 아니에요?"

"아니, 그런 적 없어."

"오늘 내 모습도 너무 이상해요. 난 이런 취향이 아니라고요. 우린 너무 달라요."

"사람은 누구나 달라. 그리고 내 취향이지 새롬이 취향이라고 한 적 없어. 어울리는 것과 좋아하는 건 다를 때가 있어."

"이 옷이 어울린다고 생각해요?"

"지나치게 잘 어울려."

그는 덤덤하게 말했고 더 이상 말해 봤자 소용이 없다는 걸 깨달은 새롬은 음식을 먹기 시작했다. 그가 얄미웠다.

와인을 마실 때까지 새롬과 그는 대화를 하지 않았다.

"시간을 줘요."

"얼마나?"

"……."

"오래 기다리게 하진 마."

"……알았어요."

그들은 저녁을 먹은 후에 헤어졌다. 그가 집에 데려다준다고 했지만 새롬이 거절했다. 자꾸 그에게 끌려 다니기만 하는 것 같아 싫었다.

그리고 옷을 갈아입어야지 이대로 들어갔다가는 쫓겨날 것 같았다.

엄마는 옷만 받았지 보지 않은 게 확실했다. 이걸 봤다면 절대로 그녀에게 들려 보내지 않았을 것이기 때문이다. 차에서 옷을 갈아입은 새롬은 화장도 대충 지우고 머리도 하나로 묶은 후에 집으로 들어갔다.

"할아버지, 누나 왔어요."

할아버지도 오신 모양이었다. 할아버지는 그녀의 집 근처에 사셨다.

아버지가 모신다고 해도 할머니와 사시던 집을 떠나지 않으신다고 고집을 부리셨다.

"그러고 간 거야?"

"아니에요."

"앉아."

할아버지는 청바지에 티셔츠 차림인 그녀를 보고 혀를 차셨다.

"언제쯤이면 조신하게 입고 다닐 거야?"

"이 정도면 단정한 거예요."

"어디서 말대답이야?"

"죄송해요."

"어땠어?"

엄마가 끼어들며 주제를 돌렸다.

"뭐, 그냥……."

"서 대표님은 누나의 어디가 좋아서 선을 보겠다고 그렇게 사정을 한 거야?"

"사정?"

동생 한결의 말에 새롬이 물었다.

"그래, 지난번에 집에 다짜고짜 쳐들어와서는 오늘 선보겠다고 어찌나 떼를 쓰던지."

"왜?"

"결혼하겠다고 하던데?"

"할아버지, 딴따라한테 절 시집보내시게요?"

"지금은 딴따라는 아니지. 엄연히 회사 대표라던데?"

할아버지가 이렇게 돈을 좋아하실 줄은 몰랐다.

"할아버지가 재벌을 좋아하실 줄은 몰랐어요."

"돈 싫어하는 사람이 어딨어."

할아버지의 의외의 말에 새롬은 놀랐다.

"그놈하고 결혼해. 널 고생시키지는 않을 놈이더라."

"할아버지."

"수많은 아이들을 가르쳐 봤다. 이 나이가 되니 이제 사람 보는 눈이 조금 생기더구나. 그놈, 아주 괜찮은 녀석이더라."

"……."

더 이상 말을 했다가는 그녀에게 불똥이 튈 것 같았다.

"서 대표에 대해서는 생각해 보기로 했으니까. 더 이상은 강요하지 마세요."

"생각은 무슨 생각? 당장 결혼해."

"할아버지!"

할아버지의 고집은 꺾을 수가 없었다. 아버지도 옆에서 절절매고 있었고 엄마도 그녀의 편을 들어 줄 수 없었다.

"할아버지, 누나가 생각해 본다고 했으니까 시간을 좀 주세요."

웬일로 한결이 그녀의 편을 들어 주었다.

"마지막 자존심 아니겠어요."

얄미운 놈이었지만 어려울 땐 그녀의 편이 되어 주기는 했다.

"누나 얼른 씻고 자. 얼굴이 그게 뭐냐? 거울도 좀 보고."

한결이 눈짓을 했다. 새롬은 어른들께 인사를 하고는 자신의 방으로 향했다.

"독립을 하고야 말겠어."

스물아홉 살이었지만 어른들이 결사반대를 하고 계셔서 그녀는 아직 본가에서 생활을 했다.

"단칸방이라도 내 집을 갖고 싶다."

어른들의 참견이 날이 갈수록 심해지자 새롬은 요즘 들어 계속해서 독립을 생각하고 있었다.

옷을 벗어 던지고 욕실로 향한 새롬은 거울에 비친 자신의 모습을 보고는 경악을 금치 못했다.

"판다보다 더하네."

다크서클이 얼굴 전체를 덮었다.

"이런데도 결혼하자는 말이 나와?"

민석이 눈이 이상한 건지 아니면 아버지 때문에 모든 걸 포기하고 오로지 결혼을 택한 건지 알 수 없었다.

"외모는 안 보나?"

왜 이렇게 민석에게는 모든 게 신경이 쓰이는지 알 수가 없었다. 남을 의식하지 않는 새롬이었지만 민석은 달랐다. 그의 시선이 신경 쓰였다.

그녀를 뜨겁게 바라보는 민석의 시선을 생각만 해도 몸이 후끈 달아올랐다.

"미친 게 확실해."

그녀는 차가운 물로 샤워를 했다. 그렇지 않고서는 뜨거워진 몸을 식힐 방법이 없었다.

깔끔한 사무실은 모든 게 화이트였다. 소파도 책상도. 하다못해 전화기도 모두가 하얀색이었다. 마치 보호색을 연상시키는 색 때문에 물체가 쉽게 구분이 되지 않았다. 사무실 안에서 유일하게 사람들만 화이트가 아니었다.

태주는 정신병원에 의사와 면담을 하는 기분으로 앉아 있었다.

"기사가 또 났네……."

오 사장의 소름 끼치는 목소리가 들렸다. 마치 사람을 죄인 취급을 하는 것 같아 기분이 나빴다.

"기사야 매일 나는 거 아닙니까."

"그렇지, 계약 기간도 이제 한 달 남았고."

재계약을 하지 않으면 배우로서 인생은 끝이었다. 거기다가 오 사장에게 빌린 돈을 갚아야 하는데 지금 태주는 그럴 여유가 없었다.

"여자와 약 사는 데 들어간 돈은 언제 갚을 거지?"

"그야, 영화에 출연하고 출연료를 받으면 되고 또 콘서트도 하고……."

"누가 이렇게 문제가 많은 배우를 주연으로 써 준데? 그리고 콘서트는 갤럭시가 모여야 하는 거야."

"저 혼자서도 했잖아요."

"내가 억지로 마련한 거고 텅텅 비었던 거 기억 안 나?"

갤럭시의 인기는 솔직하게 서민석 때문이었지만 서 대표 다음으론 태주가 인기가 많았다.

"약에 찌들어서 춤도 못 추잖아."

"아니에요."

"숨이 찰 텐데? 그래서 예전에도 그만둔 거 아니야?"

"……."

정곡을 찌르는 말에 더 이상 반박을 할 수가 없었다.

"저더러 어쩌라고요?"

"이제 그냥 너의 길을 가."

"사장님……."

오 사장이 차갑게 말했다. 그래서 몇 년 동안 한솥밥을 먹었는데 이건 너무했다.

"잘못했습니다."

매번 사고를 치고 나서는 이렇게 용서를 구하면 오 사장은 못 이기는 척하며 사과를 받아 주었지만 오늘은 뭔가가 다른 느낌이었다.

"사장님……."

"방법이 없진 않은데……."

"네, 뭐든지 하겠습니다."

"좋아, 그러면 갤럭시를 다시 재결합시켜."

"네?"

"네가 쓴 돈을 만회하려면 그 방법이 한 번에 끝내기도 좋고 이제 인기가 없는 너에겐 다시 한 번 도약의 발판이 될 테니까. 서민석에게 빌어서라도 콘서트 한 번 하자."

"안 될 겁니다."

"그럼, 우리 둘의 계약은 끝이야."

태주는 하늘이 무너지는 기분이었다. 서민석의 마음을 돌릴 방법은 없었다. 거기다가 그가 민석의 아버지에 관한 사실을 하이뉴스에 넘긴 걸 민석이 안다면 일은 완전히 끝이 날 게 뻔했다.

"어쩌지?"

입술이 타들어 가는 느낌이었다. 오 사장의 정신병원 같은 사무실을 나오는데 눈앞이 깜깜했다. 하지만 이대로 무너질 순 없었다.

"형……."

그는 민석에게 전화를 걸었다.

"지금 볼 수 있을까?"

[아니, 우린 이제 안 보는 게 좋을 것 같다. 네 얼굴을 보면 가만히 두지 않을 것 같으니까.]

"오해가 있으면 풀어야지. 내가 형 사무실로 갈게."

이렇게 말을 하고는 일방적으로 전화를 끊은 태주였다.

"제발……."

재발 그의 마음이 돌아서야 하는데 걱정이었다. 민석이 내용을 알 리가 없었다. 아직 기사가 나간 것도 아니고.

태주는 오 사장에게 돈을 빌려 구입한 벤츠를 몰고 MS엔터테인먼트로 향했다. 갤럭시가 다시 한 번 뭉친다면 그는 재기할 수 있었다.

"갤럭시……."

그의 인생에서 가장 황금기였던 시간이 갤럭시 활동을 하던 때였다. 그때는 그가 돈과 여자 그리고 약을 지배하던 때였다. 날이면 날마다 유흥이었고 그는 돈을 물 쓰듯이 썼었다.

"그때가 좋았지."

하지만 그것도 잠시뿐이었다. 민석이 갑자기 갤럭시를 해체했다. 태주의 의견은 묻지도 않은 채로 말이다. 그때부터 태주는 하향길을 걷고 있었다. 이제 떨어질 바닥도 없었다.

"누나."

그가 누군가에게 전화를 걸었다.

"이따가 집으로 갈까?"

[집은 곤란해. 눈치챈 것 같아.]

"그럼, 어떻게 하지?"

[우리 별장에서 보자.]

"8시까지 갈게."

태주는 오 사장의 마누라와 바람을 피우고 있었다. 오 사장보다 더 부자인 미주는 외모는 별로지만 다른 건 완벽한 여자였다. 문제는 태주가 외모를 우선시한다는 거지만 말이다. 그래도 돈이 나오는데 외모 따위는 괜찮았다. 불 끄고 하면 다 그 얼굴이 그 얼굴이었다.

Errrrrr—

이번엔 하나의 전화였다. 그는 하나가 점차 귀찮아지기 시작했다.

"왜?"

[뭐 그렇게 퉁명스럽게 받아요?]

"바빠."

[나도 바빠요.]

"그럼 전화는 왜 했어?"

[부탁이 있어서요.]

지금 누구의 부탁을 들어줄 상황이 아니었다.

"지금은 좀 그래."

[여혜린 알죠? 서 대표하고 이번 시상식에 나란히 들어간 애.]

"알아."

[걔네 아버지가 끝장나는 정치계 거물인 것도 알아요?]

그건 어디까지나 소문이었다.

"그런데?"

[혜린이가 서 대표에게 정말 관심이 있는 것 같아요.]

"그게 무슨 상관이야?"

[서 대표, 여자 있잖아요.]

"말해."

[그 애만 치워 주면 오빠 뒤를 봐 주겠다고 했어요. 그리고 물론 혜린이와 서 대표도 연결해 줘야겠죠. 서 대표가 오빠 말이라면 다 들어주는 거 알아요.]

모두가 오해하고 있었다. 민석이 그를 굉장히 아끼는 걸로 말이다.

"한번 말해 볼게."

[고마워요. 그리고 서 대표에게 우리 기사 좀 막아 달라고 말해요.]

"알았어."

지금 태주는 확실하게 민석을 건드리면 안 된다는 걸 실감하고 있었다. 그에게 지금 필요한 건 오 사장이 아니라 서민석이었다.

평소와 마찬가지로 민석의 사무실로 그냥 들어간 태주였다. 오 사장의 정신병원 같은 사무실과는 확실하게 비교가 되는 공간이었다. 이게 2천 억 자산가의 힘이었다. 모든 게 명품인 민석의 사무실은 언제나 부러움의 공간이었다.

"형!"

얄미운 최 실장이 그를 째려보았다.

"이렇게 자꾸 들어오시면 안 됩니다."

"동생이 형 사무실에 오는데 허락 맡고 옵니까?"

그때였다. 민석이 책상에서 일어나 그를 향해 걸어오고 있었다.

퍽!

"대표님!"

최 실장은 말로만 서 대표를 불렀지 말리진 않았다. 운동 마니아인 민석은 음악도 천재적이었지만 주먹도 핵폭탄급이었다. 민석이 그가 그의 비밀을 넘겼단 사실을 아는 게 분명했다. 그렇지 않고서는 어떤 경우도 이성을 잃지 않는 민석이 이렇게 돌변할 리가 없었다.

"오해라고."

"오해?"

"그래, 형이 왜 이러는 줄 알아. 하지만 오해야. 난 형에 대한 이야기를 한 적 없어."

민석이 고갯짓을 하자 최 실장이 나갔다.

퍽!

최 실장이 나가자마자 민석의 주먹이 더 거칠게 날아들었다.

"악! 날…… 죽일 셈이야?"

"아니, 난 이제 개 값은 그만 물어 주고 싶다."

"내가 개야?"

"개만도 못한 새끼지."

퍽!

또 한 차례 주먹이 날아들었지만 얼굴은 때리지 않았다. 얼굴을 때리면 너무 티가 나기 때문에 민석은 얼굴을 때리진 않았다.

"형, 내 말 좀 들어봐……. 우리 갤럭시 다시 만들자."

"뭐?"

"내가 정신 차리고 일을 하려고 해. 그러니까……. 윽!"

또 한 차례 주먹이 날아들었다.

"한 번만 도와줘."

"꺼져!"

"진짜 너무하는 거 아니야?"

"아니, 내가 너무하는 게 아니라 네가 너무하는 거야. 그러니까 이제는 내 눈앞에 나타나지 마."

민석이 경고했다.

"형은 갤럭시를 하게 될 거야."

"과연 그럴까? 밖에 아무도 없어?"

민석이 인터폰을 누르자 경비들이 들어와 그를 끌어냈다.

"형은 꼭 하게 될 거야."

태주는 소리치며 사무실에서 끌려 나왔다.

5. 타오르는 질투

"자나 깨나 스캔들, 꺼진 스캔들도 다시 보자……. 참 유치찬란하다."

박 부장의 책상 앞에 붙여진 표어를 보고는 김 선배가 혀를 찼다.

"요즘 뉴스가 없긴 없나 봐요."

"그러니까. 노인네가 아주 미치지."

사무실은 거의 살얼음판이었다. 뭐 하나 제대로 된 뉴스를 찾기 어려운 모양이었다. 게다가 요즘은 연예인들도 잔머리만 늘어서 기상천외한 방법으로 둘만의 연애를 즐기니, 기자들이 쉽게 알 수가 없었다.

"김하나, 윤태주 말고. 톱스타들의 뉴스가 없잖아."

"그러게요. 가뭄이네요."

"날씨도 덥고 우리 부장 뚜껑은 열리고 오늘은 조용히 있자."

"넵."

새롬과 선배는 조용히 책상을 지키고 있었다.

탕!

오늘도 서류를 책상 위로 집어 던지며 요란하게 등장한 박 부장은 거품을 물며 기자들의 머리에 욕을 퍼붓고 있었다. 오늘은 사장한테 깨진 모양이었다.

"야! 이것들아? 여기가 잡지사지, 은행인 줄 알아? 얼마나 더 해 줘야 직성이 풀릴래?"

이번엔 목소리가 큰 걸로 봐서 액수가 꽤 되는 모양이었다.

"누구 기사야?"

"김 의원."

"아."

여배우와 스캔들 기사가 난 국회의원이 손해배상을 청구한 적이 있었다.

"그런데 그거 사실인데?"

"시끄러!"

그녀의 목소리를 부장이 들은 모양이었다.

"찍소리도 하지 마!"

오늘은 안 건드리는 게 나을 것 같았다.

"전 나갑니다."

"나도."

새롬과 선배가 가방을 든 순간 뒤통수가 따끔거렸다.

"어디 가!"

"취재하러 갑니다."

이럴 땐 삼십육계 줄행랑이 최고였다.

"요즘 박 부장님 윗사람들한테 많이 깨지더라."

"그래요?"

"안 됐어."

"웬일이에요. 선배가?"

"그냥 같은 남자끼리 좀 그렇더라. 애들 학교 다니고 마누라는 집안일 하느라 바쁘고 돈 나올 구멍은 박 부장 하난데……."

하긴 요즘 40대 남자들의 비애 같은 것이었다. 어디에도 낄 수 없고 상사들의 욕받이에 부하직원들 눈치까지 봐야 하니 말이다.

"넌 어디 가게?"

"오늘 빅스톰 인터뷰 있어요."

"성공한 덕후냐?"

"아뇨, 아직 성공하지 못한 덕후죠."

"좋겠다. 나도 여혜린 취재하고 싶다."

여혜린이란 말에 새롬의 얼굴이 굳었다. 민석과 팔짱을 끼고 시상식장에 나타난 게 생각이 났기 때문이었다.

"생일이 언제야?"

"11월이요."

"전갈자리네."

"왜요?"

"혹시 AB형이야?"

"넵."

선배가 그녀와 거리를 두고 떨어졌다.

"왜요?"

"질투의 화신이니까."

"그런 걸 믿어요? 그리고 누군 전갈자리에 AB형으로 태어나고 싶어서 태어났겠어요? 다 신의 섭리죠."

그녀의 말에 선배가 손을 흔들며 자신의 차로 향했다. 며칠째 민석을 피하고 돌아다닌 새롬이었다. 정말 생각할 시간이 필요했다.

그와 섹스를 하는 것과 결혼을 하는 건 별개의 문제였다.

"내가 아주 개방적인 여자였어."

그녀는 이렇게 말을 하고는 시동을 걸었다. 그리고 MS엔터테

인먼트로 향했다. 차를 주차하고 카메라 세팅을 하고 있는데 누군
가 그녀의 차에 와서 유리창을 두드렸다. 민석의 오른팔인 최 실
장이었다.

"어머 실장님."

이렇게 회사 앞에 대기하고 있는 기자를 찾을 사람이 아니었다.

"안녕하십니까?"

"네."

"이거, 대표님께서 드시라고 보내셨습니다."

"네?"

커피와 종이봉투를 그녀에게 건넨 최 실장이었다.

"샌드위치도 드십시오."

"이걸 왜?"

"원래 알다가도 모를 분 아닙니까. 이런 일은 저도 처음 해 보는
일이라서……."

최 실장은 갤럭시로 활동할 때부터 민석의 일을 봐 주던 사람이
었다. 최측근 중의 한 사람이 바로 그였다.

"너무 더우니까 오래 있지 마시라고 하셨습니다."

"아, 네……."

최 실장도 어색한 모양이었다. 자신의 대표가 여자에게 먹을 걸
가져다주라고 했으니 그도 당황한 것 같았다. 그래도 기분은 좋았

다. 음식을 챙겨 줘서가 아니라 최 실장이 당황한 걸로 봐서 그가 여자를 챙긴 게 처음 있는 일인 것 같았기 때문이다.

"아주 귀여운 구석이 있네."

다시 자신의 차에 탄 새롬은 그가 보낸 커피와 샌드위치를 먹었다. 그런데 그때 마이바흐가 빠져나오고 있었다.

"이거 먹여 놓고 무슨 수작이지?"

새롬도 서둘러 차를 쫓았다. 입안엔 샌드위치를 가득 물고 눈은 그의 차를 쫓는데 정신이 없었다. 그리고 그의 차가 멈춘 곳은 병원이었다. 곧바로 차 안에서 민석이 나왔고 그가 여혜린을 안아 들었다.

"여혜린?"

왜 갑자기? 라는 생각이 들었다. 사색이 된 민석의 얼굴을 보니 순간 새롬은 불이 확 올라오는 느낌이었다.

"다른 사람은 없어?"

왜 굳이 그가 여혜린을 병원까지 데리고 왔을까? 사람들의 시선은 아랑곳하지 않고 있는 그의 모습에서 새롬은 처음으로 질투를 느끼고 있었다.

"다른 여자……."

그가 다른 여자를 걱정하고 있었다. 그녀가 아닌 다른 여자를 말이다. 그녀와 비교도 안 되게 예쁜 여혜린을 그가 걱정하고 있었다.

"어쩌지……."

화가 났지만 지금은 달리 방법이 없었다. 쫓아 들어가 봐야 하나? 왜 다른 사람들은 없고 서 대표가 직접 왔냐고 물어야 하나? 머릿속이 너무나 복잡해지고 있었다.

"왜?"

신경질이 난 그녀는 그가 준 샌드위치 봉투를 차 바닥에 내팽개 쳤다. 그리고 카메라를 들었다. 어쨌든 찍을 건 찍어야 하니까 말 이다. 병원으로 들어간 새롬은 응급실 앞에서 뒤늦게 도착한 여혜 린의 매니저와 마주쳤다.

"매니저님."

"어, 박 기자님."

"무슨 일이에요?"

"기자님은 어떻게?"

"우연찮게 보게 됐어요. 많이 아파요?"

"모르겠어요. 갑자기 연습실에서 쓰러져서……. 원래 말랐어도 체력은 좋은 편인데 몸이 안 좋았나 봐요. 거기다가 대표님과 이 번 영화에 대해 이야기하던 중이었거든요."

"여혜린 씨 보호자 분?"

"네."

지금 민석은 보이지 않았다.

"어디 간 거지?"

잠시 후에 민석은 한 무리의 의사들과 응급실 안으로 들어갔다. 의사와 이야기를 나누느라 그녀도 보지 못한 것 같았다.

"아주 정신이 나갔네."

응급실에 들어간 민석도 그리고 매니저도 밖으로 나올 생각을 안 하고 있었다. 그런데 그때 병원이 웅성거리기 시작했다. 이번 대권주자인 이학우 대표가 병원에 들어섰기 때문이었다.

그는 잔뜩 굳은 얼굴로 응급실 안으로 들어갔다.

"뭐지?"

여혜린과 스캔들이 난 인물 중에 하나가 이 의원이었다.

"쯧쯧쯧, 딸 같은 애랑……."

돈과 권력은 언제나 미인을 차지한다는 결론이었지만 조금 씁쓸한 생각이 들었다. 그렇게 한참을 기다리자 응급실에서 사람들이 우르르 나왔다.

"다 나왔네."

새롬은 카메라에 그들의 모습을 담았다. 그러자 갑자기 누군가 그녀의 카메라를 빼앗았다.

"이봐요!"

"사진은 안 됩니다."

이 대표의 경호원이었다.

"카메라 안 내놔요?"

"삭제하고 드리겠습니다."

경호원이 그녀가 찍은 사진 중에 여혜린과 이 대표의 사진을 삭제한 후에 카메라를 그녀에게 주었다.

"지금이 어느 시댄데 기자의 카메라를 뺏어요?"

"죄송합니다."

남자는 얼굴색 하나 변하지 않고 말했다. 그렇게 소란스러운 사이에 이 대표는 사라지고 그녀 앞에 경호원 대신에 민석이 서 있었다.

"뭐예요?"

"뭐라니? 보고도 몰라?"

"여혜린과 무슨 관계예요?"

"혜린이와 난……."

"혜린이?"

그의 말에 귀에 거슬렸다.

"알았어요. 더 이상 말하지 말아요."

그녀는 뒤도 돌아보지 않고 밖으로 향했다.

"꺄악!"

그때 뒤에서 민석이 그녀를 안아 들었다.

"뭐예요?"

"뭐긴, 내 여자가 말없이 가려는데 못 가게 하는 거지."

내 여자란 소리에 새롬의 심장이 쿵쾅거리고 있었다. 민석은 여자들이 뭐에 설레는지 잘 아는 사람이었다. 사람들이 민석을 알아보고 웅성거렸지만, 그는 신경 쓰지 않는 것 같았다.

"나보단 여혜린이 낫다는 결론인가요?"

"……."

"이 여자 저 여자 다 찔러 보는 거예요?"

툭!

말을 하는 사이에 그의 마이바흐에 짐짝처럼 던져진 새롬이었다.

"이게 뭐 하는 거예요? 내 차는 어떻게 하라고요?"

"차 키 줘."

"네?"

그가 그녀의 가방에서 차 키를 꺼내 그의 기사에게 주었다.

"집 앞으로 가지고 와."

"네."

운전기사를 보낸 그는 직접 자신의 차를 운전했다.

"왜 이러는 거예요?"

"생각할 시간은 충분히 준 것 같아서."

"뭐라고요?"

"시간을 너무 줬더니 쓸데없는 곳에 신경을 쓰니까."

"뭐가 쓸데가 없어요. 여혜린한테 아주 푹 빠진 것 같던데……."

"내 앞에서 쓰러진 우리 회사 연기자야. 그 이상도 그 이하도 아니야."

민석이 거짓말을 한다는 생각은 들지 않았지만 서운했던 마음은 그대로 남아 있었다. 어느새 그의 집에 도착한 새롬이었다. 아직 퇴근 시간이 되지 않았다. 오늘 회사에 가지 않는다면 부장의 히스테리는 극에 달할 것 같았다.

"저, 회사에 들어가 봐야 해요."

"그만둘 건데 들어가서 뭐 해."

"네?"

그는 새롬을 집에 앉혀 둘 모양인 것 같았다.

"제가 언제 그만둔다고 했어요?"

"그럼, 남편은 기획사 사장이고 부인은 연예부 기자면 우리 소속사 식구들은 어떻게 되겠어? 불안하지 않겠어?"

"……."

그는 소속사 가수와 연기자를 보호할 의무가 있었고 그녀는 정직한 기사를 쓸 의무가 있었다.

"그러니까, 우리가 결혼 같은 거 안 하면 되잖아요."

"진심이야?"

"……네."

그가 화가 난 표정으로 자신의 집으로 들어가 버렸고 새롬은 그의 뒤를 따라 집 안으로 들어갔다.

"아니 무슨 남자가 그렇게……. 읍."

문안에 들어서자마자 그가 입을 맞추었다. 어찌나 강하게 허리를 안았는지 숨쉬기가 힘들었다.

"으으음……."

민준은 며칠 굶은 사람이 미친 듯이 먹을 것을 먹는 것처럼 그녀의 입술을 먹어 치우고 있었다. 일주일이었다. 그들이 만나지 않은 시간은 고작 일주일이었다. 하지만 지금 민석은 그녀를 마치 몇십 년 만에 만난 것처럼 거칠게 탐하고 있었다.

"내가 다른 여자와 있는 걸 보지도 못하면서 결혼을 안 한다고?"

"……."

"내가 다른 여자와 같이 있어도 상관없어? 어차피 난 결혼을 해야 해."

민석이 그녀를 보고 비웃듯이 말했다.

"같이 있는 거 싫어요. 됐어요?"

"아니."

그가 그녀의 양쪽 어깨를 아프게 잡았다.

"나와 결혼할 때까지는 안 됐어."

"서민석 씨!"

화가 났다. 그녀의 마음을 들여다보는 것 같아서 기분이 좋지 않았다. 민석이 그녀를 벽으로 밀어붙였다. 차가운 벽이 그녀의 등에 닿았다. 여름 더위에 그녀의 티셔츠가 땀으로 젖어 있었다.

"젖었어……."

"……."

"날 원하나?"

그가 끈적이는 목소리로 새롬에게 물었다. 그의 숨결이 그대로 느껴지고 있었다.

"날 원하냐고 물었어."

"……그래요."

솔직하게 그를 원했다. 그와 하는 짐승 같은 섹스가 좋았다. 그들은 서로를 탐할 때 가리는 것이 없었다. 오로지 짐승의 그것처럼 본능에 충실할 뿐이었다.

"결혼은?"

"생각할…… 시간이 필요해요."

그가 그녀의 어깨를 잡고는 그에게서 떨어뜨려 놓았다.

"섹스만을 원하나?"

"……잘 모르겠어요. 하지만 지금 상황만을 묻는다면 난 당신을 갖고 싶어요."

"……."

그는 복도를 따라 거실로 들어가 버렸다. 실망한 게 그대로 느껴지고 있었다. 하지만 결혼은 아직 생각하기 싫었다.

"이봐요, 서 대표님."

"……."

"서민석!"

그녀가 달려가 뒤에서 그의 허리를 감쌌다.

"다른 여자랑 있는 거 싫어요. 여혜린을 걱정하는 당신의 눈빛도 싫었어요. 이렇게 질투가 나는 건 평생 처음이라고요."

"……."

"결혼은…… 조금 더 시간을 줘요."

새롬은 솔직하게 말했다. 그의 심장소리가 그녀의 귀에 그대로 들리고 있었다. 그의 심장이 거칠게 뛰고 있었다. 새롬의 손이 대범하게 그의 가슴을 지나 점점 더 아래로 내려가고 있었다.

"난 당신 몸이 좋아요. 너무 탄탄하고 섹시하고……."

"훅!"

그가 숨을 들이마셨다.

"내가 본 남자 중에 최고예요. 물론 내가 본 남자는 당신뿐이지만……."

그녀가 피식 웃었다. 그리고 그의 페니스를 잡았다. 그의 페니스는 너무나 멀쩡한 그의 모습과는 다르게 흥분해 있었다.

"여긴 솔직하네요."

"난 솔직해."

"아뇨, 당신은 음흉하죠. 날 코너에 몰아넣고……."

"흡!"

이번엔 그의 바지 속으로 손을 깊숙이 넣은 새롬이었다. 그는 전력 질주를 한 사람처럼 거칠게 숨을 몰아쉬고 있었다.

"마음에 들어요."

"박새롬!"

"맞아요, 박새롬. 당신 옆에 있어야 하는 여자는 박새롬 하나예요."

"욕심이 많군."

그가 새롬의 손을 바지 속에서 빼냈다. 그리고 그녀를 향해 돌아섰다.

"내가 당신을 욕심내는 게 싫어요?"

"아니."

그가 새롬의 입술을 강하게 삼켰다. 조금 전의 키스보다 더 절

박하게 그녀의 입술을 삼켰다. 그래서인지 입안에서 피 맛이 났지만 누구도 상관하지 않았다.

"으음……. 어서요."

그녀가 재촉하자 그가 새롬의 티셔츠를 머리 위로 벗겼다. 그리고 그녀의 속옷도 한꺼번에 벗겨 버렸다. 그리고는 눈 깜짝할 사이에 새롬을 알몸으로 만든 그였다.

"마녀……."

"으으음……. 오늘은 각오해요. 내가 당신을 먹어 치울 거니까."

그녀의 경고에 민석이 으르렁거리며 새롬을 안고는 침실로 향했다. 그사이 새롬은 민석의 얼굴을 잡고는 깊은 키스를 했다. 너무나 섹시한 남자가 그녀와 섹스를 하고 있었다. 한 시대를 풍미했던 아이돌은 지금 새롬의 품 안에 있었다.

사실 새롬은 어린 시절 갤럭시의 열성적인 팬이었다. 하지만 그 사실을 민석에게 말하진 않았다. 그냥 그녀의 좋은 추억에 갤럭시가 속해 있었고 그중에 민석도 있었다.

"츄읍츄읍."

그들의 입술이 부딪치는 사이에 어느새 침실에 도착했는지 그녀의 등에 폭신한 침대가 닿았다.

"으으읍!"

하지만 침대가 아니어도 좋았다. 그들이 함께 있는 곳이라면 어디든 섹시할 테니까 말이다.

쫘악!

그가 자신의 셔츠를 찢어 버렸다. 사방에 단추가 튀었고 새롬은 어린 시절 그가 콘서트에서 옷을 찢던 모습이 떠올랐다. 그런데 이렇게 가까이서 보니 더 섹시했다.

"더 멋지네."

"응?"

"아니, 공연에서보다 훨씬 섹시하다고요."

그는 새롬이 예전 자료를 본 것이라고 생각한 모양이었다. 사실 용돈을 털어서 친구들과 공연을 보러 갔다는 말은 하지 않을 것이다.

그의 벗은 몸은 언제 봐도 그녀를 흥분시키고 있었다.

"멋져요."

"오늘따라 칭찬이 후한데?"

"사실이니까……."

새롬은 그의 목에 팔을 감고는 그를 끌어당겼다.

"이렇게 있으니 마치 꿈꾸는 것 같아요."

"아주 야한 꿈이 될 거야……."

그의 혀가 그녀의 유두를 핥고 있었다. 축축한 혀가 주는 느낌이 아주 자극적이었다. 온몸에 소름이 돋아나기 시작했다. 이대로 죽어도 좋다는 생각이 들 정도였다.

"으으으음."

그의 혀가 가슴을 지나 배꼽의 움푹 파인 곳에 들어갔다. 그리고 위험스럽게 점점 더 아래로 내려가고 있었다. 그녀의 여성은 그가 가져다줄 쾌감을 기대하며 벌써부터 축축하게 젖어 들어 있었다.

"민석 씨!"

그녀의 검은 숲에 그의 입술이 닿자 온몸에 전기가 통하는 것 같았다.

"빨리 넣어 줘요."

"아직은 안 돼."

그가 단호하게 말하며 그녀의 다리를 양쪽으로 벌렸다. 그녀의 모든 게 보이도록 했다. 부끄러움은 사라진 지 오래였다. 새롬의 눈에는 오롯이 민석만 보였다.

"왜 나한테 이러는 거예요? 다른 여자들은……. 읏……!"

그녀의 말은 민석의 집요한 애무에 묻혀 버렸다. 그녀를 흥분시킬 줄 아는 민석이었다. 정신을 차릴 수 없게 그의 손가락이 그녀의 젖은 질 안으로 밀고 들어와 참을 수 없는 욕망을 불러일으키고 있었다. 두려운 마음이 들 정도로 그의 애무는 새롬을 미치게 만들었다.

그의 손가락이 그의 것과 같은 리듬으로 움직이고 있었다. 새롬도 허리를 활처럼 휘며 그의 손길에 몸을 맡겼다. 환상적인 기분이 들었다.

"아아앙……."

"내가 새롬에게 집착하는 이유야."

그는 그녀의 몸에 집착을 하고 있었다. 다시 말해 섹스 때문에 그녀와 결혼하고 싶은 것이다. 하지만 이런 이성적인 생각도 그의 손길에 의해 무너져 내리고 있었다. 어쨌든지 간에 지금은 그가 없으면 죽을 것 같았다.

"아웃……."

헉헉거리는 그의 숨소리가 새롬을 더욱더 미치게 만들고 있었다. 그의 몸이 그녀의 위로 올라와 자리를 잡았다. 그의 페니스가 그녀의 여성을 누르고 있었다.

"아악!"

"으으윽!"

"아파……."

그를 받아들이는 게 처음은 아니지만 처음처럼 아팠다. 거대한 페니스는 그녀를 고통과 쾌락 속으로 몰아가고 있었다. 방 안 가득 그들의 살 부딪치는 소리가 가득했다. 그의 손이 새롬의 허리를 강하게 잡고 자신의 페니스를 밀어 넣고 있었다.

끊이지 않을 쾌락에 새롬은 정신을 놓을 것 같았다. 그와 이렇게 계속해서 있고 싶다는 생각이 들었다. 움찔거리며 그를 받아들이고 있는 질은 그의 페니스를 놓아 줄 마음이 없는 것 같았다.

"으으윽……. 너무 조여……."

"아아아앙……."

"너무 좋아……."

그가 좋다는 말을 연속해서 하고 있었다. 확실한 건 서민석은 박새롬의 몸을 좋아한다는 것이었다. 하지만 공허한 마음이 드는 건 사실이었다. 그 이상을 바라면 안 되는데 그녀는 그의 사랑까지 바라고 있었다.

결혼은 안 된다고 하고 사랑은 달라고 하면 그의 반응은 뻔했다. 그녀가 생각해도 욕심이 너무 많았다. 새롬은 땀으로 젖은 그의 등에 손가락을 세웠다. 더 깊이 그를 받아들이기 위해 엉덩이도 살짝 들었다.

"더…… 깊이……."

그녀의 바람을 민석이 들어주었다. 그의 강한 체력에 다시 한번 놀란 새롬이었다. 그는 변함없이 처음처럼 강하게 그녀를 차지했다. 아랫부분이 불에 덴 듯 화끈거렸지만 새롬은 좋았다.

새롬은 서민석이라는 남자에게 완전히 홀릭이 되어 버렸다. 하지만 사랑이라고 하기엔 뭔가가 부족했다. 사랑을 해 본 적이 없어서 정의할 수 없는 걸까? 거칠게 그가 허리짓을 하는 바람에 새롬은 다시 그에게 집중하게 되었다.

그의 몸은 온통 땀으로 젖어 있었다. 여름의 무더위보다 더 뜨거운 그들의 섹스 때문인 것이다. 본능에 충실한 그들이었다.

"아아악!"

"으윽!"

그가 마지막을 향해 피치를 올리고 있었다. 맹렬하게 먹이를 공격하는 사자와 같이 그는 새롬을 차지했다.

"헉헉헉……."

그가 새롬의 몸 위에서 거친 숨을 몰아쉬고 있었다. 그의 분신들은 그녀의 몸 안에 따뜻하게 퍼졌다. 그는 왜 그녀의 몸 안에 사정을 한 걸까? 지금은 아무런 생각도 하고 싶지 않아 땀에 젖은 그의 머리를 끌어안았다.

"헉헉헉, 좋았어?"

"네……."

솔직하게 그와의 섹스는 최고였다.

"너무 잘하는 거 아니에요?"

"하하하……."

그가 거친 숨을 몰아쉬며 웃었다. 새롬은 땀으로 젖은 얼굴에 미소가 번진 모습을 한참이나 보았다. 웃지 않을 것 같은 남자였다. 언제나 화난 얼굴에 얼음처럼 차가운 분위기의 남자였다.

그의 겉모습만큼이나 일하는 모습 또한 냉정했다. 그래서 독하다는 기자들도 서 대표에겐 두 손 두 발 다 들 정도였다. 그런데 그가 그녀를 향해 웃고 있었다. 어울리지 않는 만큼 더 설레었다.

"웃지 마요."

"왜?"

"설레니까."

"……."

그녀의 말에 그가 알 수 없는 야릇한 표정으로 그녀를 내려다보았다.

"남자들이 잘 꼬였나 봐?"

"네?"

"넘어간 남자들이 많을 것 같아서."

"뭐, 아니라곤 못하지만 깊은 관계는 없었어요."

"그건 내가 더 잘 알고."

얄밉게도 그녀가 그와의 관계가 처음이었다는 걸 말하는 것이었다.

"이제 새롬이도 나이가 들었으니 안정된 생활을 해야지?"

"지금도 생활은 안정되어 있죠. 남들은 들어오고 싶어도 쉽게 들어갈 수 없는 곳이니까요."

"자부심인가?"

"뭐, 그렇다고 해 두죠. 그리고 비켜 줄래요? 씻고 가 봐야 해요. 누구누구 씨처럼 집이 없어서 부모님의 눈치를 봐야 하거든요."

그녀가 일어나려 했지만 그가 꼼짝하지 않고 있었다.

"내 집으로 들어와."

"싫어요."

"……오늘은 자고 가."

"네?"

"부모님께는 내가 말씀드릴 테니까."

"나더러 그냥 접시 물에 코 박고 죽으라고 해요."

엄마의 강 스파이크와 아빠의 절대적인 잔소리, 동생 한결의 무림 고수들만 할 수 있다는 비웃음 권법이 그녀를 죽일 게 뻔했다.

"날 못 믿어?"

"암요."

그가 웃더니 핸드폰을 집었다. 그리고 전화를 걸었다. 새롬은 침대에 일어나 바로 무릎을 꿇었다.

"내가 알아서 한다고요."

"자고 갈 거지?"

"네……."

민석이 핸드폰을 던지더니 침대로 와서 새롬을 안아 들었다.

"오늘 정말 왜 이래요?"

"그냥…… 혼자 있기 싫은 날."

"……알았어요."

욕실로 들어간 그들은 또 한 번의 섹스를 했다. 이 집에만 오면 미친 사람이 되는 것 같았다. 새벽까지 그가 괴롭히는 바람에 새롬은 기절하듯 잠이 들었다.

부스럭거리는 소리에 잠에서 깬 새롬이었다. 옆을 보니 민석도 꿀잠을 자고 있는 중이었다. 오늘이 휴일이기에 망정이지 정말 회사 출근도 못할 뻔했다.

"잘 잤어?"

그는 눈도 뜨지 않고 그녀를 뒤에서 끌어안으며 말했다. 그의 따뜻한 품이 좋았다. 새롬은 민석의 팔뚝에 툭 튀어나온 힘줄을 만지며 미소 지었다. 이 남자에게 빠져들고 있었다. 아니 이미 빠져 버렸다.

"이래도 되는 걸까……?"

"당연하지."

새롬의 말을 들었는지 그가 말했다.

"앞으론 자주 이렇게 될 거야."

"누구 맘대로?"

"내 맘대로."

그는 새롬의 말에 단 한마디도 지지 않았다. 그가 새롬의 몸에 입을 맞추자 새롬은 온몸에 소름이 돋았다. 그녀의 성감대를 아주 기가 막히게 찾아내는 민석이었다.

"그만해요."

이번엔 풍만한 가슴을 주무르고 있는 민석이었다. 짜릿했다. 유두는 이미 기대에 차서 우뚝 솟아 있었다.

"여긴 그만하라고 안 하는데?"

"……너무해요."

그가 새롬을 자신 쪽으로 돌리더니 정신이 쏙 빠지는 깊은 키스를 했다.

"으으음……."

그때였다.

벌컥!

"민석아!"

"……."

놀란 새롬과 갑작스레 등장한 목소리의 주인공의 눈이 허공에서 부딪쳤다. 낯이 익은 얼굴이었다. 누구지? 라는 생각과 동시에 새롬은 빛의 속도로 이불 속으로 숨어 버렸다.

"어머니!"

어머니? 민석의 어머니란 소리에 새롬은 이제 죽었구나 라는 생각이 들었다.

"어!"

민석의 어머니도 놀란 눈치였다. 바로 문이 닫히는 소리가 들렸다.

"나와도 돼."

이불 속에서 머리도 못 빼고 있는 새롬에게 민석이 말했다.

"이미 들켰어. 인사라도 드려야지."

"하지만……."

"어차피 인사드려야 하는데 잘됐지 뭐."

"먼저 나가요. 전 씻고 바로 나갈게요."

"알았어."

새롬은 침대에서 뛰어나와 욕실로 향했다.

"미쳤어."

빛의 속도로 샤워를 한 새롬은 옷을 입고 거울을 보았다. 손이 떨려서 머리를 제대로 말리지 못하고 대충 하나로 묶었다. 어차피 그의 어머니는 새롬을 이상하게 볼 게 뻔했다. 그런데 어디서 봤지? 인터뷰를 했나?

별생각을 다 하며 밖으로 나갔다. 하지만 오늘 그의 집에 있는 건 어머니뿐만이 아니었다. 민석의 아버지도 오셔서 소파에 앉아 계셨다.

"안녕하십니까?"

새롬은 잔뜩 기합이 들어간 신병처럼 뻣뻣하게 어른들에게 인사를 했다.

"그래, 앉아요."

"네."

그의 옆에 앉은 새롬은 어쩔 줄을 모르고 있었다.

"우리 아들이 일만 하는 줄 알았는데……. 할 건 다 하고 다녔어."

"아버지."

"왜 내가 틀린 말 했어?"

"……."

새롬은 눈을 어디에다 둬야 할지 몰랐다.

"아가씨는 뭐 하는 사람인가?"

자기소개가 늦은 새롬이었다.

"인사가 늦었습니다. 저는 톱스타매거진의 기자 박새롬입니다."

"기자 양반이었군."

"네."

"우리 아들하고 만난 지 오래됐나?"

"그렇진 않습니다."

"그럼, 요즘 애들처럼 원나잇인가…… 뭐 그런 거 한 거야?"

"아버지!"

난감한 질문이었다.

"아닙니다."

"그럼?"

"우리 결혼할 사이예요. 지난번에 여자 있다고 했잖아요."

"아, 그 아가씨……."

민석의 아버지는 가늘게 눈을 뜨고는 둘을 바라보았다.

"결혼할 사이 확실해?"

"박 기자 집안 어른들께는 이미 말씀드렸어요."

"우리는?"

"조만간 인사시키려고 했어요."

"서운하네."

아버지의 얼굴에 서운함이 가득했다.

"여보, 그만해요."

어머니가 주방에서 뭔가를 하시다가 거실로 오셨다. 손에는 잡채가 들려 있었다.

"먹어 봐요."

"맛있어."

이 와중에 잡채를 받아먹은 아버지였다.

"오늘 민석이 생일이에요. 그래서 아침밥 먹으려고 왔는데 이렇게 됐어요. 이해해요."

"아, 네……."

오늘이 그의 생일이었다.

"어서 밥 먹어요. 음식은 식으면 맛없으니까."

새롬의 손을 잡고 민석은 식탁으로 향했다. 그 모습을 아버지가 흐뭇하게 보고 있었지만 새롬은 알지 못했다.

"제가 도울 일이라도."

"오늘은 그냥 먹어요. 결혼하면 매일 할 일이니까."

어머니는 부드럽게 미소 지었다.

"아……. 그때……."

"맞아요, 이제 기억이 났나 봐요?"

"말씀 편하게 하세요. 아까는 완전 핵폭탄이 투하된 것처럼 놀라서 아무것도 생각이 나지 않았어요. 좋지 못한 모습 보여 드려서 죄송합니다."

"이해해요. 놀랐겠지. 어서 앉아요."

"네."

식탁은 완전히 진수성찬이었다. 미역국에 갈비, 잡채에다가 각종 나물에 전까지 완전히 큰상차림이었다.

"생일 축하한다."

"잘 먹겠습니다."

"우리 민석이는 케이크는 별로 안 좋아해요."

"네……."

마치 알아두라고 말하는 것 같았다.

"입맛엔 맞아요?"

"너무 맛있습니다."

새롬은 정신없이 음식을 먹었다. 어제 그에게 기운을 죄다 빼앗겨서 그런지 음식이 더 맛있게 느껴졌다. 그런 그녀를 식구들이 말없이 보고 있었다.

"어머니는 새롬이를 아세요?"

"지난번에 너 반찬 가져다준 날, 내가 어떤 예쁜 아가씨가 도와줬다고 너에게 얘기했지?"

"네, 기억나요."

"오늘 그 아가씨를 만났구나. 세상 참 좁아."

새롬도 그렇게 생각했다. 아니 어떻게 그분이 민석의 어머니였을까?

"우리 민석이 어디가 좋아요?"

"네?"

"어디가 좋아서 만나는 거예요? 내가 보기엔 아가씨가 더 아까운데?"

"어머니!"

어머니의 말에 기분이 좋아진 새롬이었다.

"다 좋습니다."

"……."

그녀의 말에 이번엔 민석의 입이 귀에 걸렸다.

"그렇게 말하면 우리 민석이 기가 살아서 다루기 더 힘들어져요."

"어머니!"

"사실입니다. 좋은 사람이라고 생각해요."

이렇게 화기애애한 분위기에서 그들은 아침을 먹었다. 생각보다 어색하진 않았고 민석의 어린 시절 이야기를 들을 수 있어서 좋았다. 집으로 돌아와서도 어른들을 생각하니 미소가 절로 지어졌다.

"좋은 분들인 것 같아."

자신이 낳은 아이도 아닌데 그들은 정말 친자식처럼 민석을 대하고 있다는 게 기억에 남았다. 외박을 했지만 엄마와 아버진 그녀를 혼내지 않았다. 아무래도 민석이 전화를 한 것 같았다. 이러다가는 정말로 그와 결혼을 하게 도는 게 아닌가 하는 생각이 들었다.

6. 악연

요즘 들어서 서 대표가 자주 히죽거리고 있었다. 최 실장은 차라리 차가운 표정의 서 대표가 좋았다. 이렇게 웃고 있으니 더 무서운 생각이 들었다. 도대체 무슨 일인데 히죽거리며 웃는 것인지 불안한 생각이 들었다.

"대표님?"

"……."

"무슨 좋은 일이라도……?"

"아니, 오늘 일정 말해."

"오늘은 오후에 연습생들 월말 평가가 있고 별다른 일은 없습니다."

"그래?"

"아 참, 혜린이가 대표님께 감사 인사를 드리고 싶다고……."

"괜찮아."

"그래도……."

"아니."

서 대표는 소속사 연예인들과 스캔들이 나는 걸 극도로 싫어했다. 그렇게 소속 연예인들과 스캔들에 휘말리면 누가 딸자식을 자신에게 맡기겠냐는 소리를 자주 했었다.

"그리고 서울호텔의 사장님께서 점심시간에 잠깐 들러 달라고 말씀하셨습니다."

"서울호텔 사장님이?"

"네."

"알았어."

서울호텔의 사장은 서 대표의 골수팬이었다. 50대의 이 사장은 서 대표만 보면 아주 사족을 못 썼다. 서울그룹의 장녀로 아직까지 시집을 가지 않고 독신주의를 고집하는 그녀는 물심양면으로 서 대표를 돕는 아군 중의 아군이었다.

그래서인지 서 대표도 이 사장의 호출이라면 어지간해서는 꼭 가는 편이었다.

"점심시간에 간다고 말씀드려."

"네."

참으로 조용하게 시작된 하루였지만 이상하게 자꾸 뭔가가 걸리는 게 있었다.

"늙었나?"

요즘 하루가 다르게 자주 피곤함을 느끼고 불안감도 많이 느끼는 최 실장이었다.

점심시간을 이용해서 서울호텔을 찾은 민석이었다. 이 사장은 이모같이 그를 살뜰하게 챙겨 주시는 분이었다. 재벌가의 딸로 태어나 사업가로도 성공한 그녀는 배울 점이 많은 사람이라서 민석은 이 사장을 존경했다.

그녀의 품위 있는 행동은 돈을 주고도 살 수 없는 것이었다.

"왔어요?"

"네, 사장님."

이 사장을 보는 순간 민석의 얼굴에 미소가 가득했다.

"그간 찾아뵙지 못해서 죄송합니다."

"아니야. 우리 밥부터 먹을까?"

사업 얘기를 말하기 전에 언제나 밥부터 먹이는 게 이 사장의 스타일이었다. 배가 부르면 사람이 느슨해지기 마련이었다. 그 틈을 공략하는 그녀였다. 오늘은 정신을 바짝 차려야 할 것 같았다.

레스토랑의 룸으로 들어가 식사를 한 그들은 다시 장소를 그녀의 사무실로 바꾸었다.

　"맛있게 잘 먹었습니다."

　"더 해 주고 싶은 마음이지."

　"감사합니다."

　"아, 참. 오늘 내가 소개할 사람이 있어요."

　가끔 그의 팬이라며 사람들을 데리고 오는 경우가 있었다. 그래서 민석은 별생각 없이 그녀의 사무실에서 사람을 기다렸다. 커피를 마시고 있는데 문이 열리더니 대선배인 윤희정이 안으로 들어왔다.

　은막의 스타이자 80년대를 주름 잡던 아이콘인 그녀의 등장에 솔직히 민석은 놀랐다.

　"이야기들 해요."

　"사장님은……."

　모르는 사람과 둘만 있는 걸 별로 좋아하지 않는 민석이었다.

　"회의가 있어. 그리고 오늘 희정이가 특별하게 부탁을 하기도 했고."

　"……."

　이 사장이 나가고 윤희정과 둘만 남은 민석은 눈을 어디에다가 둬야 할지 알 수가 없었다.

"서민석 씨?"

"네."

그가 시선을 피하고만 있자 윤희정이 그에게 말을 걸었다.

"이렇게 실물로 보는 건 오랜만이네요."

"절 보신 적이 있나요?"

이런 대스타를 만났다면 그가 기억을 했을 것이다.

"아주 어릴 때 봤었죠."

"……."

기억이 나지 않았다. 어머니에게서도 윤희정을 만났다는 말은 들은 기억이 없었다.

"왜 저를 보자고 하셨는지……."

"여혜린, 알죠?"

"네, 저희 소속사 배우죠."

여혜린이란 이름이 나올 거라고는 상상도 하지 못했었다.

"혜린이 아버지와 잘 아는 관계죠. 부탁을 받았어요."

"무슨……."

"서 대표와 혜린이가 결혼하면 좋겠다고 하셔서……."

"이 대표님이요?"

"맞아요."

정치계의 거물인 이 대표가 혜린의 아버지란 걸 알았을 땐 조금 당황했었다. 하지만 그런 것을 티 안 내고 연기에만 몰두하겠다는 혜린의 열정에 감동해서 그는 혜린을 뽑았었다. 그런데 뜬금없이 결혼이라니.

"전 이미 결혼할 사람이 있습니다."

"결혼을 한 건 아니잖아요?"

"……."

말이 통할 것 같지 않았다.

"하실 말씀 다 하셨다면……."

"아니, 앉아요."

그녀가 그를 다시 자리에 앉혔다. 목소리에 힘이 있는 사람이었다.

"나 기억 안 나요?"

"제가 기억해야 하나요?"

"어머니가 이야기를 안 했나 봐요?"

"무슨……."

불안했다. 왠지 모르게 이 여자의 입에서 나올 말이 불안한 민석이었다.

"서 대표가 아주 어릴 적엔 우린 아주 긴밀한 사이였죠. 물론 내가 서해수에게 당한 일을 생각하면……."

"서해수?"

윤희정은 서해수를 알고 있었다. 그렇다면 그가 서해수의 아들이라는 것도 아는 것 같았다.

"당신 누구야?"

"내가 누굴 것 같아?"

"……."

"서창섭 씨가 그렇게 숨기고 싶어 하는 사람이 바로 나일 거야. 나란 존재가 나타나지 않아야 여럿이 편할 테니까."

"……."

"서 대표의 귀에 절대로 들어가서는 안 되고 서 대표가 나의 존재를 절대로 몰라야 하니까."

"그만 일어나 보겠습니다."

"민우야!"

민우라는 이름이 귀에 익었다. 하지만 기억하고 싶지 않았다. 두려웠다.

"민우가 원래 네 이름이야. 내가 뱃속에 널 갖고 있을 때부터 부른 이름이니까."

윤희정이 그의 친모라고 말하고 있었다. 미친 소리였다. 그녀가 친모라면 어떤 그리움이라도 있어야 하는데 전혀 그렇지 않았다.

그의 표정을 살피더니 윤희정이 서류봉투 하나를 그에게 건넸다.

"확인해."

"……."

"왜 그렇게 사람 말을 못 믿니?"

"갑자기 나타나서 어머니라고 말하는 사람의 말을 어떻게 쉽게 믿나요?"

서류를 들고 그 안의 종이를 꺼냈다. 마치 막장 드라마를 보는 느낌이었다. 그 안에는 예상대로 친자 확인에 관한 내용이 들어 있었다.

"사람들의 손을 좀 빌렸지."

어디서 그의 머리카락을 구한 모양이었다. 친자임이 확실하다는 내용이었다.

"이 사장이 내가 이렇게 서 대표의 속을 뒤집어 놓은 줄 안다면 당장 나를 쫓아내려고 하겠지?"

"……."

한 대 맞은 기분이었다. 평생을 살아오면서 그의 어머니는 지금의 어머니 한 분뿐이었다. 이효순 여사가 그의 어머니였지 윤희정이 아니었다.

"사람을 잘못 찾으신 듯합니다."

민석은 표정 하나 변하지 않고 말했다.

"아니, 넌 내 아들이 맞아. 그리고 아들이 대통령의 딸과 결혼을 하면 아주 좋을 것 같구나."

"미쳤어."

"제정신으로는 살기 어려운 세상이지."

"윤희정 씨!"

"당장 엄마라고 부르라는 건 아니야. 안 불러도 상관없어. 하지만 네가 내 아들이란 건 변하지 않아. 그러니 인정할 건 인정해."

그녀가 자리에서 일어났다.

"오늘은 여기까지. 다음엔 더 진솔한 대화를 나누자꾸나."

"다음은 없습니다."

"과연 그럴까?"

"네."

민석은 단호하게 말했다. 하지만 솔직히 그는 마치 꿈을 꾸는 기분이었다. 기분 나쁜 악몽을 꾼 것 같았다. 지금 그는 새롬이 어느 때보다 보고 싶었다. 마음의 위로를 받고 싶은 민석이었다.

"어디야?"

[어딜까요?]

"글쎄, MS 앞?"

[재미없다.]

"거기 있어, 곧 갈 테니."

[내가 갈게요. 사람들 눈에 띄어서 좋을 건 없으니까. 어디예요?]

"서울호텔."

[금방 갈게요.]

전화를 끊은 민석은 손발이 떨리고 있었다. 아무래도 극도의 스트레스를 받은 것 같았다. 그러니 몸에 이렇게 경련이 오는 것이었다.

"아닐 거야."

아니어야 했다. 30년 넘게 그의 어머니는 이효순 여사였다. 그건 앞으로도 변하지 않는 사실이었다. 어릴 때 그를 아버지의 학대에서 구해낸 사람은 이 여사지 윤희정이 아니었다. 민준이 기억하기로 그녀에겐 딸이 있었다.

"수향?"

걸그룹인 그녀는 윤희정이 늦은 나이에 난 딸이었다. 지금 스무 살도 되지 않은 나이였다. 오 사장의 기획사에 있는 소녀마음이라는 5명의 멤버 중의 하나로 기억했다.

"뭐 하자는 거지?"

마음이 복잡했다. 잃어버린 엄마를 찾았으니 좋아해야 하는데 괜히 원수를 만난 기분이었다. 도대체 왜 갑자기 나타나서 사람 속을 뒤집어 놓는 것일까? 그리고 그 당당함은 절대로 잊지 못할 것 같았다.

"자식을 버렸는데 어떻게 저렇게 당당할 수 있지?"

기가 막혔다. 그는 주차장까지 어떻게 왔는지 모를 정도로 정신이 나가 있었다. 그의 차 안에는 이미 새롬이 타 있었다.

"김 기사님이 내 차 가지고 갔어요. 마이바흐 운전하다가 소나타 운전하는 거 정말 싫을 것 같아요."

"……."

"이 차는 언제 봐도 끝내 주는 것 같아요. 주인처럼…… 읍!"

조잘거리는 그녀의 입술을 자신의 입술로 막아 버렸다. 이러고 나니 숨을 쉴 수 있을 것 같았다. 새롬은 어느 순간부터 그에게 위로가 되는 사람이 되어 있었다.

"으으음……."

그녀의 달콤한 입술을 한참이나 맛본 후에 민석은 간신히 입술을 떼어 냈다.

"무슨 일 있어요?"

"아니."

"아닌데……."

눈치까지 빠른 여자였다.

"있잖아요, 아주 이상하게 들릴지 모르겠지만 서 대표님의 기분을 느낄 수 있어요. 표정 하나 변한 것 없는데, 왜 나는 느낄 수 있을까요?"

"……."

정말 그런 것 같았다. 새롬은 그의 기분을 느끼고 안 좋으면 풀어 주려고 노력하는 것 같았다.

"왜 그러는 거야?"

"뭐가요?"

"왜 노력하냐고."

차를 출발시키며 그가 물었다.

"……모르죠. 나도 내가 왜 그러는지 모르겠으니까요."

"결혼하자."

"아악! 진짜!"

새롬이 소리를 질렀다. 아주 질색을 하고 있는데 그 모습이 우스웠다. 이렇게 웃을 수 있다는 게 신기했다. 어릴 때부터 그는 잘 웃지 않았다. 웃을 일도 없었고 굳이 즐거운 생각을 하며 웃는 것도 싫었다.

그래서 어머니께서 많은 걱정을 하셨다. 어머니 이효순 여사는 그런 그에게 혼신의 힘을 다했다. 불임이라는 게 안타까울 정도로 모성애가 강하신 분이었다. 그런데 갑자기 어머니라고 나타난 윤희정이 뻔뻔하다는 생각이 들었다.

Errrrrr—

그때 모르는 번호로 전화가 왔다.

"전화 받아요."

"모르는 번호야."

"그래도 급한 일일 수도 있고……."

새롬이 그의 휴대폰을 들어 그에게 건넸다.

"여보세요?"

[네가 만나는 아가씨가 박 기자야?]

윤희정의 목소리였다.

"지금 뭐 하시는 겁니까?"

[엄마가 아들이 만나는 여자에 대해 궁금해하는 건 당연한 일이야.]

"엄마라니? 이봐요. 뭔가 오해를 하는 모양인데 이쯤 하시죠. 더 이상 나서면 나도 어떻게 돌변할지 모르겠으니까."

[역시 너의 아빠랑 똑같구나. 서해수도 그러더라, 내가 널 낳아서 데리고 오자 죽여 버리겠다고 난리였지. 그러다가 자기가 죽었지만.]

"이봐!"

[아들이 엄마에게 반말하는 건 그다지 좋게 들리지 않아. 그 아가씨랑 헤어져. 그렇지 않으면 뒷감당이 힘들어져.]

"여보세요?"

욕을 한 바가지 해 줄 걸 그랬다는 생각이 들었다. 엄마라니. 사람을 기가 막혀 죽게 만들 수 있는 여자였다.

"누구예요?"

"아무것도 아니야."

그는 새롬과 함께 그의 집으로 가려다가 한강으로 향했다. 답답해서 견딜 수가 없었다.

"왜 그래요?"

"아니야."

그가 새롬을 자신의 품 안에 안았다.

"좋다."

"……."

새롬은 말없이 그의 품에 안겨 있었다. 뭔가를 느꼈는지 아무런 말도 하지 않고 그를 내버려 두었다. 그런 소리 없는 위로가 오늘은 큰 위안이 되었다.

그렇게 한강에서 한참을 있다가 그는 새롬을 집으로 데려다주었다. 그리고 한창 영화 촬영 중인 여혜린의 촬영장을 찾았다.

"대표님!"

그의 등장에 여혜린이 환한 표정으로 그를 맞이했다.

"잠깐 얘기할 수 있을까?"

"물론이죠."

감독에게 양해를 구한 그는 혜린의 밴에 올랐다.

"커피 드실래요?"

"좋지."

혜린은 착한 아가씨였다. 예쁘게 연기도 잘하고 욕심도 많고 자기 관리도 철저한, 어떻게 보면 완벽한 연기자였다. 그 이상의 감정은 하나도 없었다.

"몸은 어때?"

"많이 좋아졌어요. 그날 감사했습니다."

"왜 그런 거야?"

"다이어트 때문예요. 이번 배역은 말라야 하거든요."

모델 역할을 맡았기 때문이었다.

"지금도 충분히 말랐어."

"아니에요."

혜린이 그를 보지도 못하고 바닥만 보고 있었다.

"갤럭시 팬이었다고?"

"네, 아주 광팬이었죠. 특히 대표님을 좋아했고요. 팬클럽 임원도 했었어요, 입시 때문에 회장은 못했지만. 그래서 좋은 대학에도 갔어요."

혜린은 S대학 출신의 재원이었다.

"공부를 더 하지."

"아뇨, 대표님을 멀리서나마 보려고 MS엔터테인먼트에 들어왔고, 제 학벌은 이곳 오디션 볼 때 아주 유용하게 쓰였죠."

"그랬군."

대중들은 공부도 잘하고 끼도 많은 사람들을 선호했다. 그 둘 다 가진 사람이 혜린이었다.

"왜 나지?"

"……."

"난 그냥 혜린이가 아주 어릴 적에 좋아하던 추억의 스타로 남길 바라."

"아뇨, 전 그렇게 생각하지 않아요."

"……아버지의 힘까지 이용할 셈이야?"

"필요하다면요."

"대선에 도움이 되질 않아."

"아버진 오로지 저 하나만을 보고 살아오셨죠. 정치는 그다음이에요. 전 어릴 때부터 갖고 싶은 건 다 가졌어요."

"거기서 난 빼 줘."

"다 빼도 대표님은 뺄 수가 없어요."

"……윤희정은 어떻게 알지?"

"아, 제가 대표님에 대해 모르는 건 아무것도 없어요. 서해수 씨에 관한 일까지도."

"이 정도로 치밀한 사람인 줄은 몰랐군."

"……."

혜린이 대답 대신에 피식 웃었다.

"그만둬."

"아뇨, 이제 시작이에요. 초반부터 이러시면 제가 너무 재미없어요."

"재미있으라고 하는 말 아니야."

그가 차갑게 말했다.

"저도 오랜 세월 대표님만 보고 살았으니 이 정도는 괜찮다고 생각해요. 오늘날 대표님을 이 자리까지 오게 한 건 팬들이니까요."

"여혜린 씨!"

"촬영 들어가야 해요."

혜린은 생각보다 강하게 나왔다.

"아, 참. 박 기자는 이쯤에서 정리하세요. 그게 서로를 위해서 좋을 테니까."

소름이 끼치는 여자였다.

"포기하는 게 좋을 거야."

"그건 제가 대표님에게 드릴 말씀이에요."

민석의 인상이 굳어졌다.

차에서 내린 혜린은 어딘가로 전화를 걸었다.

"어머니, 저 혜린이요."

[어, 그래. 촬영 중 아니야?]

"맞아요."

[여름 촬영은 모기가 많은데 안 물리게 조심하고. 얼굴 같은데 물리면 골치 아프거든.]

확실히 연기자라서 그런지 세세한 부분까지 신경을 써 주고 있었다.

"오늘 민석 씨 왔어요."

[효과가 빠른데?]

"맞아요, 송 의원님은 편안하시죠?"

윤희정은 지금 송덕희 의원과 결혼을 한 상황이었다. 물론 그전에 한 번의 결혼을 했지만 지금은 송 의원과 재혼해서 딸까지 낳고 아주 잘 살았다.

[아버지께 안부 전해 줘. 덕분에 잘 지내고 있다고.]

"전할게요."

[그리고 이번 원내대표에 우리 송 의원님이 나설 계획이니까 좀 도와달라고…….]

"알아요, 그리고 당연히 원내대표가 되셔야죠."

[고마워.]

혜린은 어릴 때 어머니가 돌아가시고 아버지의 손에 키워졌다. 아버진 정치 때문에 재혼은 하지 않았다. 그래서인지 혜린에게 온갖 정성을 다했다. 혜린도 아버지의 체면을 세워 주는 일을 톡톡히 하며 자랐다.

하지만 아버지도 못 꺾은 게 그녀의 팬심이었다. 서민석을 향한 그녀의 마음은 오래되었고 아주 깊었다. 이제 와서 포기하라니 있을 수 없는 일이었다. 예전에 인터뷰에서 민석이 자신은 같은 계통의 여자와 결혼을 하고 싶다는 말을 했고, 그길로 혜린은 연예인이 되기 위해 준비를 했다.

오로지 그의 한마디 때문에 연예인의 길로 들어섰는데…….

"포기하라고?"

웃기는 소리였다. 그의 신상 조회는 생각보다 쉬웠다. 아버지의 정보원들에게 부탁을 하니 정말 놀라운 사실들이 톡톡 튀어나왔다. 그중에 가장 센 정보가 서해수의 일이었다. 민석의 먼 친척을 통해 얻어낸 정보로 혜린은 민석의 친어머니에 관한 정보까지 알아낼 수 있었다.

어떻게 해서든지 그를 자신의 남자로 만들고 싶었다. 아니 그는 그녀의 남자가 될 수밖에 없었다. 가장 감추고 싶은 비밀을 혜린이 알기 때문이었다.

"속 빈 겉껍데기라도 갖고야 말겠어."

혜린은 이렇게 다짐을 하고는 촬영장으로 향했다. 그녀는 솔직히 연기하는 게 지루하고 싫었다. 순전히 민석을 위한 일이었다. 그의 반려자가 되려면 비슷한 수준은 되어야 했기 때문이었다. 그래서 아버지의 후광도 거절했다.

오로지 자신의 실력만으로 우뚝 서고 싶었다. 하지만 민석의 마음을 얻는 데는 아버지의 힘을 빌릴 수밖에 없을 것 같다. 사람의 마음은 어떻게 움직일 수가 없으니까. 그게 자존심이 상하긴 했지만 괜찮았다.

"어차피 넌 내 거야."

혜린은 입술을 깨물며 말했다.

오늘은 선배와 함께 일일 드라마 제작 발표회를 찾았다. 국영방송의 일일 드라마는 아줌마들의 전폭적인 지지를 받고 있었고 이번에도 윤희정이 출연을 한다고 해서 정당 원내대표 후보의 부인인 그녀의 내조에 대한 인터뷰를 할 예정이었다.

어릴 때부터 윤희정이 나온 드라마를 보며 자란 새롬은 아무래도 다른 배우들보다 윤희정이 조금 더 연예인 같은 느낌이었다.

"윤희정은 처음이야?"

"네, TV에서만 봤었죠. 선배는요?"

"난 인터뷰 여러 번 했는데, 대단한 여자야."

"왜요?"

"남편 대통령 만들려고 갖은 애를 다 쓰지."

"왜 정치인과 재혼을 했을까요?"

"첫 번째 결혼은 검사와 했는데 정치인으로 만들려고 하다가 실패를 본 것 같아. 남편이 안 하겠다고 하자 바로 이혼한 거야. 거기다가 서해수 스캔들로 온 연예계가 발칵 뒤집어졌을 때니까. 그때 윤희정의 이름도 거론되고 말이야."

연예계의 의문사 중에 최대의 미스터리가 서해수의 죽음이었다. 거기엔 많은 사람들이 연루되었다는 말도 있었다. 다들 유부녀들이었다. 간통죄가 있던 당시에는 아주 충격적이 사건이었다. 그걸 막기 위해 누군가 손을 써서 서해수를 살해했다는 소문이 돌았다.

그러고 보니 그 가운데에 윤희정이 있었다. 아이를 낳았다는 소문이 있었다. 검사인 신랑은 불임인데 누군가의 아이를 임신해서 둘이 이혼했다는 말이었다. 하여튼 별의별 소문이 다 있었다.

서 대표의 친부인 서해수와 인연이 있는 윤희정을 만난다니 기분이 이상하긴 했다.

"여기서 기다리세요."

"네."

기자들이 대기실에서 기다리고 있었다. 단체 기자회견이 아닌 각 언론사마다 개별 미팅이었다. 물론 선별해서 왔기 때문에 그렇게 많지는 않았다. 유명한 곳하고만 인터뷰를 원하기 때문이었다.

이게 다 윤희정 때문이었다. 남편의 정치 생명에 누가 되지 않기 위해서였다. 그리고 일일극에서 윤희정의 인기는 아이돌급이었다. 나이가 있었지만 연기력 하나는 끝내 주는 사람이었기 때문이다.

"호민이 안녕, 박 기자도 오랜만……."

경쟁사인 하이뉴스의 오주환 기자였다. 선배하고는 예전에 다른 언론사 동기였다고 했다.

"정신 사납게 돌아다니지 말고 앉아."

김 선배가 인사는 안 받고 구시렁거렸다. 남들이 보면 싸우는 것 같지만 둘만의 애정표현이었다.

"박 기자 그냥 우리 쪽으로 와. 쟤한테 뭐 배울 게 있다고."

"너보단 나아."

"성질머리하고는……."

"취재 끝나셨어요?"

"응, 우리가 첫 번째였어."

"어때요?"

"어떻긴, 다 자기 신랑 이야기지. 정치인 부인이 아니라 대변인 수준이라니까. 다른 배우들은 눈치만 보느라 말도 제대로 못해. 워낙 대선배인 데다가 인기도 많으니까."

방 안의 분위기는 알 만했다.

"선배……."

"알았어."

직설적인 선배가 또 무슨 말이라도 할까 봐 새롬은 미리 주의를 주었다. 선배가 아니라 물가에 내놓은 애였다.

"톱스타매거진 준비하세요."

다음은 그들의 차례였다. 그들은 배우들이 앉아 있는 방으로 갔다. 대부분은 영화 홍보 때나 이렇게 하는데 윤희정의 전작이 워낙 인기가 있었기 때문에 이렇게 해 준 것 같았다. 그리고 톱스타들이 출연을 하기도 해서 한창 이슈였다.

"안녕하세요?"

"네."

왠지 윤희정이 그녀를 보는 눈빛이 좋지 않았다. 그건 자신만의 착각인가?

"오늘 인터뷰는 박새롬 기자가 하나?"

윤희정이 그녀의 이름을 알고 있었다. 물론 기자들의 명단이 있긴 하지만 윤희정은 지금 손에 아무것도 들고 있지 않았다.

"네."

"그래? 흥미로운데?"

"뭐가 흥미로우신지……."

"아니야, 인터뷰 시작해."

인터뷰는 드라마의 홍보 인터뷰인지 아니면 정치 뉴슨지 도통 구분이 되지 않았다. 이야기의 반 이상이 송 의원에 관한 내용이었고 다른 쪽으로 이야기를 돌리면 윤희정이 말을 막았다.

"오늘은 드라마에 관한 이야기를 하기 위해 온 건데 송 의원님의 이야기는 그만해 주셨으면 합니다."

그녀가 당차게 말하자 이번엔 선배가 놀랐는지 그녀의 옆구리를 찔렀다.

"내가 인터뷰를 하면 그게 드라마 인터뷰지."

"그리고 오늘 초면인데 왜 이렇게 말씀을 놓으십니까?"

"내가 엄마뻘 아닌가?"

"공식적인 자리입니다. 예의를 지켜 주십시오."

그녀의 말에 다른 배우들도 놀란 눈치였다.

"뭐?"

"오늘은 드라마 홍보하는 날이지 정치적인 이야기를 하는 날이 아닙니다. 만약 그렇게 정치적인 인터뷰를 원하신다면 저희는 철수하겠습니다."

"뭐, 뭐 저런 게 다 있어."

"그리고 지금 있었던 일은 모두 다, 그대로, 토씨 하나 빼지 않고 쓰겠습니다."

"······."

윤희정의 표정이 좋지 않았다. 아니 새롬을 잡아먹을 듯이 쳐다봤다.

"호호호, 내가 그랬나? 여기 아무도 그렇게 생각하지 않았는데 말이야."

"밖에 있는 기자들도 아우성입니다. 아마 제가 터트리면 다들 드라마 내용보다 송 의원 이야기를 더 많이 쓸 겁니다. 나쁜 쪽으로요."

"협박하는 거야?"

"아닙니다. 오늘 여기서 뭘 해야 하는지 말씀드리는 겁니다."

"······겁이 없군."

"전 겁이 많습니다."

"좋아, 오늘 인터뷰는 드라마 얘기만 하지."

다음 질문부터는 드라마에 관한 이야기만 했다. 하지만 윤희정의 눈빛은 좋지 않았다. 다른 배우들도 모두 그녀의 눈치만 보기 바빴다.

인터뷰가 끝이 나고 윤희정이 그녀를 불렀다.

"박 기자."

"네."

"잠깐만."

윤희정이 그녀를 손끝으로 불렀다. 개처럼 그녀를 부르는 모습에 화가 났지만 참으면서 윤희정의 앞으로 갔다. 다른 사람들이 없는 아주 조용한 곳으로 간 후에 윤희정이 그녀에게 물었다.

"서 대표하고는 어떤 사이지?"

"……."

"서 대표한테서 떨어지는 게 좋을 거야."

"왜죠?"

"그렇게 하라면 해. 이건 방금 전의 인터뷰와는 다르게 내가 너한테 경고하는 거거든."

윤희정이 손가락으로 그녀의 가슴을 기분 나쁘게 찔렀다.

"모두에게 이렇게 무례하신가요?"

"아니, 난 사람한테만 잘해."

"……."

새롬은 사람이 아니란 이야기였다.

"개한테 물려 보셨어요? 발뒤꿈치 조심하세요."

이번엔 새롬이 윤희정에게 한 방 날리고 자리를 떴다. 정말 참을 수가 없는 여자였다. 어떻게든 서 대표와 윤희정이 얽히지 않기를 바라고 또 바랐다.

7. 꼬여만 가는 인연

사람들은 서로에게 연결된 인연의 끈 속에서 살아가는 것 같았다. 가끔 우연치 않게 만난 사람들이 또 다른 인연이 되어 찾아오니 말이다. 민석의 어머니와의 우연한 만남도 이렇게 이어질 줄은 상상도 하지 못했고, 윤희정도 마찬가지였다.

"미쳤니?"

오늘은 박 부장에게 혼나는 게 아니라 함께 사장에게 욕을 바가지로 얻어먹고 있었다.

"간이 배 밖으로 나오셨나 봐?"

"……."

"어떻게 일을 그런 식으로 처리해?"

윤희정이 회사를 완전히 뒤집어 놓은 모양이었다. 하지만 그녀의 반격은 아직 시작도 하지 않았다.

"사과드려."

"……."

"말 안 해?"

"……."

그녀는 입을 꾹 닫았다.

"죄송합니다, 사장님. 혈기가 넘쳐서 그럽니다. 제가 잘 타이를 테니 한 번만 눈감아 주십시오. 어서 잘못했다고 그래."

"……."

새롬도 이런 부당한 대우를 참을 수가 없었다. 왜 잘못을 지적한 그녀가 용서를 구해야 한단 말인가?

"전 잘못한 거 없습니다. 연예부 기자가 연예면에만 신경 쓰면 되는 것이지 정치면에 나올 만한 기사를 쓰는 건 아니지 않습니까?"

"뭐?"

사장이 뒷목을 잡았고 박 부장은 어쩔 줄을 모르고 있었다.

"우리 회사가 폐간이 돼야 속 시원하겠어?"

"……."

"사장님……."

박 부장이 사장의 앞으로 다가가며 그의 흥분을 가라앉히려 노력하고 있었다.

"저 물건 당장 치워."

"네."

박 부장이 그녀의 어깨를 잡고는 사장실을 나왔다.

"내가 오늘부로 명이 10년은 짧아졌어."

박 부장의 얼굴이 그사이에 핼쑥해져 있기는 했다.

"100년 동안은 사실 거예요."

"뭐?"

"마르고 닳도록 사실 거니까 걱정하지 마시라고요. 전 취재 나갑니다. 이번엔 정치부 기사 쓸 거니까 그렇게 아세요."

"박새롬!"

정치부 기사를 원하면 쓰면 그만이었다. 새롬의 꼭지가 완전히 돌아 버렸다.

"나를 물 먹여? 두고 보라지. 내가 얼마나 돌아이인지 보여 주겠어."

새롬은 아는 정치부 기자들을 하나둘씩 만나기 시작했다. 송 의원의 자료를 받고, 또 그 배후에 있는 이 의원에 관한 자료도 받았다. 다들 건드려서 좋을 게 없다고 말하면서도 그녀가 기사를 쓰겠다고 하니 쌍수를 들고 환영했다.

"다 썩어 빠진 인간들이야. 썩은 이를 뽑아야 시원할 텐데 다들 무서워서 치과에 안 가는 거지."

정치부 기자들이 하나같이 하는 말이었다. 하지만 여권의 실세를 어찌 건드리겠는가?

"적당한 선에서 해."

"넵!"

오늘 하루만 해도 이렇게 많은 정보들이 나오는데 시간을 더 투자하면 얼마나 더 많을까 라는 생각이 들자 기가 막혔다.

"윗대가리들이 이러니……."

새롬은 집으로 향했다. 오랜만에 일찍 들어가 어른들을 보고 싶은 마음이 들었다. 할아버지나 아버지 같은 분은 세상에 흔하지 않다는 걸 알았다. 할아버지는 모은 재산의 전부를 장학재단에 기부하셨고 지금 살고 계신 집도 돌아가시면 사회에 환원하실 예정이었다.

아버진 평생을 교육자로 지내셨고 가진 재산의 일부는 이미 할아버지처럼 장학재단에 기부하셨다. 훌륭하고 바르게 생활하신 분들이었다. 새롬도 그런 어른들이 자랑스러웠다. 지나친 잔소리는 듣긴 싫지만 말이다.

"엄마!"

"왔어?"

"아빠는?"

"할아버지 댁에 가셨어. 한결이하고 같이."

"왜?"

"그냥 괜찮으신지 살피러 간 거지. 거의 매일 가는데 네가 늦게 들어오거나 안 들어오는 날도 있으니 몰랐지."

엄마가 혀를 찼다. 그녀의 편인 것 같다가도 아닌 것 같기도 하고 엄마의 노선은 아주 애매했다.

"노선을 정확히 해."

"무슨 노선?"

"나야? 아빠야?"

퍽!

엄마의 손이 어깨에 매섭게 날아들었다.

"아파."

"아프라고 때렸어. 말이 되는 소리를 해야 답을 하지."

"난 심각하다고."

"언제 철이 들래? 그래서 서 대표한테 시집이나 가겠어?"

"물론 가지. 아니 안 갈 거야."

"성질머리하고는."

새롬은 괜히 엄마에게 짜증을 내곤 방으로 들어갔다. 이제 아주 민석을 사위로 생각하는 분위기였다. 샤워를 마치고 나오자 엄마가 과일을 깎아서 방으로 가지고 들어왔다.

"먹어."

"아까는 주워 온 애처럼 대하더니."

"엉뚱한 소리 좀 그만하고 먹어."

수박 하나를 든 새롬은 엄마를 보며 실없이 웃었다.

"우리 딸 시집가서 잘하려나? 밥도 못하지, 빨래도 못하지……. 너무 안 시켰나 싶어."

"부잣집에 시집가서 도우미가 다 해 주면 되지."

"하긴 우리 서 대표는 부자니까 걱정하지 않아도 되겠지만, 시어른들은 또 다른 문제지."

"서 대표 어머니는 음식 솜씨가 아주 좋더라."

"언제 먹어 봤어?"

"응."

"언제?"

"서 대표 생일에."

"그걸 왜 이제 말해? 선물이라도 보냈어야 하는 건데……."

"안 그래도 돼."

엄마는 서 대표의 생일을 모르고 지나간 게 무슨 큰일이라도 되는 것처럼 아주 난리였다.

"그렇게 마음에 들어?"

"아주 훌륭하지. 얼굴 잘생겨. 돈 잘 벌어. 뭐 하나 빠지는 게 없 잖아."

"난?"

"넌 얼굴도 안 돼. 돈도 없어. 성격도 지랄이고……."

"엄마!"

"알았으니까, 수박 먹고 자."

엄마가 방을 나갔는데도 새롬은 엄마가 나간 방문을 한참 동안 바라보았다. 오늘은 이상하게 엄마가 안쓰럽다는 생각이 들었다. 진짜 시집이라도 가게 되면 서운해할 엄마를 생각하니 마음이 아 팠다.

새롬은 잠이 들기 전에 민석의 핸드폰으로 전화를 걸었다. 처음 으로 하는 전화였다. 윤희정을 만난 후에 계속해서 그의 생각이 났다. 아마 서해수 때문에 그런 것 같았다.

"여보세요?"

[어.]

생각보다 목소리가 차분했다. 그녀의 전화에 소리를 치며 좋아 해야 하는 건 아니지만 리액션 치고는 아주 시큰둥했다.

"어디예요?"

[…….]

그때 전화기 너머로 여자의 목소리가 들렸다. 뭐라고 말하는지 확실하게 들리진 않았지만 분명하게 여자의 목소리였다.

"혼자가 아니군요."

[나중에…… 전화할게.]

그의 말에 새롬은 들고 있던 핸드폰을 힘없이 놓았다. 느낌이 좋지 않았다. 처음으로 건 전화인데 여자의 목소리가 들리다니. 기분이 좋지 않았다. 언뜻 듣기에 여혜린의 목소리 같았다.

"뭐지?"

과하게 여혜린과 그를 의심하는 것 같아서 새롬은 머리를 흔들었다. 정신을 바짝 차려야 할 것 같았다. 그래도 지금 이 상황은 조금 납득이 되지 않고 있었다.

"호호호, 장난 좀 친 것 가지고 뭘 그렇게 인상을 쓰고 그래요?"

혜린은 웃으며 대수롭지 않게 말했다. 하지만 민석은 새롬이 들었을 거란 생각이 들었다.

"목소리도 작게 냈으니까 못 들었을 거예요."

혜린이 별일 아니란 듯이 말하며 그의 집 안을 둘러보았다.

"안 갈 거야?"

"집에 손님이 왔는데 차 한 잔도 안 줄 건가요? 그래도 소속사 식군데."

여혜린이 이렇게 뻔뻔한 여자인 줄은 몰랐다. 퇴근 후 집에 도착하자마자 대문 앞에서 기다리고 있는 혜린과 마주쳤다. 할 이야기가 있다고 해서 데리고 들어오긴 했지만 신경이 쓰이는 건 사실이었다.

"커피?"

"네."

그가 커피를 타기 위해 주방으로 간 사이에 혜린은 소파에 얌전하게 앉아서 민석을 바라보고 있었다. 민석은 뒤통수가 따가움을 느꼈다.

"집이 예뻐요."

"고마워."

마음에 들지 않아도 지금은 소속배우였다. 불친절하게 할 필요는 없었다.

"블랙?"

"네, 대표님도 블랙 좋아하시죠?"

"응."

그는 단것이 싫었다. 아마도 오랜 기간 동안 이어진 다이어트 때문에 처음엔 피하다가 이제는 안 좋아하는 입맛으로 굳어져 버린 것 같았다. 일종의 직업병 같은 것이었다.

"커피는 종류 안 가리고 다 좋아하시고, 담배는 국산만 피우시고, 가끔 시가도 즐기시고……."

"나에 대해 많이 아는군."

"이 정도는 팬이라면 기본이죠. 다들 속옷 사이즈도 알고 신발 치수도 알 걸요."

"지나친 관심은 사절이야."

"하지만 팬들의 이런 마음 때문에 많은 걸 누릴 수 있는 거잖아요."

"고맙게 생각하고 있어. 하지만 도가 지나치다면 그건 문제야."

"아니에요. 그건 다 애정의 표현이에요."

민석은 고분고분 말을 잘 듣고 있던 때와는 달리 아주 고집스럽게 자신의 생각을 말하는 혜린을 불안한 눈길로 바라보았다. 처음 겪는 일이 아니었기 때문이었다. 스토커는 항상 그의 주변에 있었다.

그들은 사랑이라는 이름으로 그를 괴롭혔다. 처음엔 너무 놀라고 당황스러웠지만 지금은 짜증이 났다. 겪으면 겪을수록 면역력이 생겨야 하는데 점점 더 지쳐 가고 있었다. 오늘 혜린의 눈빛이나 말투는 그를 괴롭혔던 수많은 스토커들과 다를 바가 없었다.

"자."

"감사해요."

그도 소파에 앉았다. 혜린의 시선은 그에게 꽂혀 있었다. 소름이 끼쳤다.

"아주 어릴 때부터 따라 다니던 팬들이 많았어."

"최고였으니까요."

"처음엔 나도 날 좋아해 주는 사람들이 있는 게 행복했지."

"……."

"그런데 처음에 악수하던 손이 내 팔을 만지고, 내 옷을 찢고 할 퀴기도 했어."

"좋으니까 과격해지는 거죠."

"그 정도까지는 이해했지만 숙소에 비밀번호를 알고 들어와서는 앞치마만 걸치고 저녁을 준비하던 스토커를 본 후부터는 거리를 두었고, 다음은 강경하게 대응했지."

혜린은 마치 남의 이야기를 듣는 것처럼 얼굴에 표정 하나 변하지 않았다.

"커피 다 마셨나?"

"아뇨."

"커피만 마시고 돌아가. 오늘은 피곤해. 그리고 다시는 집 앞에 오지 마. 또 한 번 이런다면 계약 해지야."

그는 단호하게 말했다. 여혜린이 벌어다 주는 이익도 있었지만 여혜린 하나 없다고 꿈쩍할 MS가 아니었다.

"너무 그렇게 단정하진 마세요. 사람 좋아하는 게 흉은 아니잖아요?"

"흉은 아니지만 상대방이 원하지 않으면 범죄가 될 수도 있지."

"경고인가요?"

"어떻게 생각하든 관심 없어. 그리고 난 배우 여혜린과 일하고 싶지. 다른 의미의 여혜린에겐 매력을 느끼지 못해."

"……잔인하네요."

"가 봐."

"박 기자는 뭐가 그렇게 좋아요?"

"네가 상관할 일이 아니야."

그가 자리에서 일어났다. 여혜린은 너무나 피곤한 여자였다. 어서 집 밖으로 끌어내고 싶은 마음이 굴뚝같았지만 민석은 꾹 참았다.

"일어나. 쉬고 싶어."

"알았어요. 오늘은 이만 갈게요."

여혜린은 더 이상 그를 건드리지 않고 갔지만 민석은 이제부터가 시작이라는 생각이 들었다. 혜린이 자신의 진을 다 빼놓을 것 같다는 생각이 들었다.

왜 여기에 와 있는지 알 수 없었지만 새롬은 지금 민석의 집 앞에 와 있었다. 차에서 내려야 하나 고민이 됐지만 트레이닝복 차림인지라 잠시 망설이다가 포기했다. 차 안에서 집으로 가야 하나

어째야 하나 망설이다 보니 30분이 훌쩍 지나 버렸다.

화가 난다기보다는 두 눈으로 확인을 하고 싶어서 단번에 쫓아와 버렸지만 들어갈 명분이 없었다. 이렇게 오는 것 자체도 어쩌면 자존심 없어 보이는 것 같았다.

지금 새롬의 눈에 보이는 건 높은 회색 담과 커다란 검정색 대문. 그리고 담 위로 살짝 보이는 나무뿐이었다. 더 이상은 보이지 않았다. 이렇게 있어 봐야 직접 들어가지 않는 이상은 시간 낭비였다.

"가자, 여기 있으면 뭐 해."

그녀가 막 시동을 걸려고 하는 사이에 민석의 집 앞에 검은색 벤츠가 와서 섰다. 그리고 잠시 후에 대문이 열리고는 여혜린이 나왔다.

"여혜린이었어?"

여자의 직감은 언제나 무서운 법이었다. 느낌이 좋지 않아서 이곳까지 왔는데, 실제로 보니 현실이었다.

"후······."

한숨과 함께 화가 났다.

"양다리인 거야?"

새롬이 가장 싫어하는 것 중의 하나가 양다리였다. 그건 상대방을 가장 잔인하게 모욕하는 방법이었다. 너무 화가 난 새롬은 전화기를 꺼내 스스로가 치졸하게 느껴졌지만 민석의 번호를 삭제하고는 집으로 향했다.

"다시는 상종하나 봐라……."

씩씩거리며 집으로 온 새롬은 밤새도록 울다가 까무룩 잠이 들었다.

이른 아침 눈이 제대로 떠지지 않은 채로 식탁에 앉은 새롬을 식구들이 동물원 원숭이 보듯이 보고 있었다.

"눈이 왜 그래?"

그녀의 일거수일투족에 관심이 많은 한결이 밥숟가락을 입으로 가져가며 괜히 무심한 척 물었다. 덕분에 엄마, 아빠의 시선이 칼같이 그녀에게 꽂혀 버렸다.

"뭐가?"

새롬은 아무렇지 않게 밥숟가락을 떴지만 모두의 시선은 이미 그녀를 향했다.

"밥은 보이나 보네."

"……."

한결이 얄밉게 계속해서 말했지만 새롬은 밥만 먹었다.

"오늘 서 대표 어머니랑 밥 먹기로 했다."

"캑!"

밥이 목에 걸렸다. 간밤에 그녀는 눈물로 민석을 지우려고 애를 썼었다. 더 이상은 그와 엮이고 싶지 않았다.

"만나지 마."

"왜?"

"결혼한다고 한 적 없어. 그런데 왜 만나?"

애써 눈물을 참으며 말했지만 간밤의 일이 생각이 나서 울컥하는 바람에 목소리가 흔들렸다.

"너희들 싸웠어?"

다들 눈치는 백단이었다.

"싸웠으면 화해하면 되는 거지. 왜 그래?"

"결혼은 안 해. 그러니까 만나지 마."

"딸자식 하나 있는 게 왜 이렇게 속을 썩이는지……. 하루가 편할 날이 없어. 경찰서에서 빼내 오질 않나, 외박을 하질 않나?"

"다녀오겠습니다."

아버지의 잔소리에 새롬은 숟가락을 놓고 일어났다.

"앉아, 어디 어른이 말씀하시는데……."

이번엔 엄마가 화를 내는 바람에 새롬은 다시 자리에 앉았다.

"뭐가 그렇게 마음에 안 들어?"

지금은 마음에 들고 안 들고가 문제가 아니라 여자가 있고 없고가 문제였다. 천하의 바람둥이가 민석이라고 가족들에게 말할 수는 없었다.

"……."

"서 대표 결혼했었어? 돌싱이야?"

요즘 엄마가 드라마를 너무 많이 보는 모양이었다. 상상력이 너무 풍부했다.

"아니야."

"그게 아니면 서 대표가 무슨 흠이 있어? 결혼하자고 하면 넙죽해 버려야지. 네가 언제 그런 남자를 만나? 너 여태 만난 남자들하고는 차원이 다른데."

엄마는 민석이 무슨 백마 탄 왕자라고 생각하는 모양이었다.

"잔말 말고 결혼해."

"아빠."

이번엔 아버지까지 난리였다.

"누나, 나도 엄마의 말에 동감이야. 서 대표가 머리에 총을 맞은 것 같으니까 정신이 없는 틈을 타서 결혼해 버려."

"야! 동생이 아니고 아주 원수야, 원수."

"사람은 진실을 듣는 걸 싫어하지."

"난 진심이야. 이 원수야."

"그만해! 둘 다 나이를 어디로 먹은 거야?"

엄마가 둘의 싸움을 말렸다.

"할아버지 아시면 역정 내시니까. 빨리 서 대표와 화해하는 게 목숨 부지하는 길인 것 같다."

아버지가 조용히 한마디 하셨다. 어제까지 존경의 마음을 가졌는데 오늘은 다들 미웠다.

"왜 내 편은 없는 거야? 우리는 가족인데……"

"시끄러, 마저 먹고 가. 음식 남기면 벌 받아."

새롬은 다시 밥을 먹기 시작했다. 이 와중에도 엄마에게 한 대 맞는 건 싫었다. 나이 스물아홉에 매를 무서워하다니 그녀도 알고 보면 참 불쌍했다.

"머릿속에 신데렐라나 백설공주 그런 거 그리지 마. 누나는 계모랑 사는 게 아니거든."

"야!"

"다 누나 좋으라고 하는 얘기야."

속이 부글부글 끓었지만 더 이상 말하다가는 큰 싸움이 날 것 같아 새롬은 참고 또 참았다.

70평이 넘는 고급 빌라에 온통 명품들이 가득했다. 이태리산 가구에, 특별 주문 제작이 된다는 명품 가전들에, 일반인들은 꿈도 못 꾸는 예술품까지. 서른이 안 된 여배우 혼자 사는 집이라고는 믿어지지 않는 집이었다.

새롬은 입을 떡 벌리고 여혜린의 집을 감탄 어린 시선으로 보고 있는 선배의 어깨를 세게 쳤다. 솔직하게 새롬은 그날 밤 이후 여혜린이 세상에서 가장 미웠다. 그녀의 삶에 여혜린은 나쁜 악연이 분명했다.

탁!

"아파, 무슨 여자가 손이 이렇게 매워!"

"인터뷰하러 왔지 집 보러 왔어요?"

아침부터 까칠한 새롬이었다. 요즘은 윤희정의 남편인 송 의원에 꽂혀서 연예부 기자가 아닌 거의 정치부 기자가 다 되었다. 그런데 오늘은 박 부장이 아침부터 선배와 같이 여혜린 인터뷰를 하라고 보냈다.

안 간다고 떼를 썼지만 소용이 없었다. 안 가면 세트로 잘라 버린다고 했고, 박 부장이 정말 화가 난 것 같았기 때문에 꼬리를 내렸다. 하지만 오늘 인터뷰를 하러 온 진짜 이유는 여혜린이 궁금했기 때문이었다.

정말 민석과는 어떤 사이인지도 궁금했고 왜 그날 그의 집에서 나왔는지도 궁금했다. 그리고 오늘 인터뷰는 혜린이 원했다는 이야기도 들었다.

이번에 촬영하는 영화는 촬영 초기라서 영화 홍보를 위한 것도 아니었다. 그럼 왜 혜린이 새롬을 콕 찍어서 인터뷰를 한다고 했을까? 그것도 프라이버시를 중요시하는 걸로 유명한 여혜린이 말이다. 이상하리만치 거의 모든 사생활이 베일에 쌓인 혜린이었다. 그래서 기자들 사이에서도 유명 정치인의 세컨드다, 조폭인 스폰서가 있다는 둥 말이 많았었다.

"앉으세요."

여혜린이 직접 다과를 내왔다. 여자가 보기에도 예쁜 여자였다. 물론 화려한 외모의 연예인들을 많이 봐 온 새롬이지만 이 정도로 단아하면서도 고급스러운 미모는 처음이었다. 우리나라 최고의 성형팀이 공들인 작품이라는 말이 있었지만 그건 어디까지나 소문일 뿐이다.

"안녕하십니까?"

다른 때는 잘 나서지 않는 선배가 얼굴까지 홍당무가 되어 인사를 했다. 마음에 들지 않았지만 선배가 평소에 여혜린의 팬이었다는 걸 알기 때문에 참았다. 여혜린이 대답 대신에 웃어 보이자 선배는 나사가 완전히 빠져 버렸다.

바보도 저런 바보가 없어 보였다. 정신 차리라는 의미로 새롬이 선배의 옆구리를 찔렀다. 그 모습을 혜린이 보았는지 선배에게 더 화사하게 웃어 보였다. 남자를 홀리는 재주가 있는 여자였다.

"톱스타매거진 기자들과 단독으로 인터뷰하는 건 처음이에요. 내가 원했지만요."

혜린이 여유 있는 미소를 지었다.

"오늘 인터뷰는 영화 이야기가 아닐 것 같은데요. 개봉일도 많이 남았고……."

새롬이 떨떠름한 표정으로 물었다.

"맞아요. 오늘은 제 개인적인 삶을 조금이나마 공개하기 위해 인터뷰를 하기로 했죠."

"대부분은 프라이버시 때문에 이런 인터뷰는 잘 안 하시는데 의외네요."

"얼마 안 있으면 결혼할 테고……."

"결혼이요?"

선배가 불쑥 끼어들었다. 여혜린이 결혼발표를 톱스타매거진과 단독으로 한다면 이건 특종 중의 특종이었다. 상대가 누구냐에 따라 대박이 될 수도 있었고, 일반인이라고 해도 최소 중박은 칠 수 있었다. 그래서 김 선배의 눈이 반짝이기 시작했다. 기자의 본성이 나오는 것이니 바람직한 표정이었다. 하지만 이상하게 새롬은 불안한 생각이 들었다.

혹시 민석의 이름이 나올까 봐 걱정이 되었다. 오늘 어머니들끼리 만난다고 했는데, 도대체 민석은 무슨 생각으로 이렇게 양다리를 걸치는지 알 수 없었다.

"신랑에 대해 말씀해 주실 수 있나요?"

김 선배가 집요하게 묻기 시작했다.

"같은 업계 사람이죠."

혜린의 시선이 힐긋힐긋 그녀를 향하고 있었다. 불안한 퍼즐 게임이 시작되었다.

"배우인가요?"

"배우는 아니에요."

김 선배의 질문이 계속되고 범위가 좁아질수록 새롬의 표정이 굳어 갔다.

"그럼 가수?"

"예전에요."

이건 빼도 박도 못하는 이야기였다.

"그럼 지금은 아니란 말씀이신가요?"

"지금은 관련된 일을 하는 정도라고만 말하죠."

"저희가 결혼 발표를 해도 되나요?"

김 선배는 입가의 미소를 감추지 못하고 물었다.

"아직은 아니지만 결혼 발표를 하게 되면 김 기자님에게 먼저 말씀드릴게요."

"감사합니다."

김 선배와 혜린이 북 치고 장구 치는 동안 새롬은 아무런 말도 하고 있지 않았다. 새롬은 생각이 많아졌다. 혜린이 자꾸 그녀를 떠본다는 생각이 들었다. 마치 그녀와 민석의 관계를 알고 있다는 듯이 말이다.

"박 기자는 원래 말이 없어요?"

혜린이 불쑥 새롬에게 물었다.

"오늘은 여혜린 씨 팬인 김 기자님에게 기회를 드린 거죠."

그녀의 말에 혜린이 김 선배를 보며 눈웃음을 쳤다. 저런 걸로 민석을 꼬셨을까? 안 넘어가는 게 웃기는 일이었다.

"예비 신랑분은 어떻게 만나셨어요?"

김 선배가 오랜만에 쓸 만한 질문을 던졌다.

"어릴 때부터 좋아했어요. 김 기자님은 좋아하던 가수나 아이돌 없었어요?"

"전 갤럭시의 팬입니다."

"아, 정말요?"

표정에서 혜린도 갤럭시의 팬이었음을 느낄 수 있었다.

"혜린 씨는 누구를 좋아했나요?"

"노코멘트요."

머리 좋게 빠져 나가고 있었다. 보통 여우가 아니었다.

"안 넘어 가시네."

"호호호, 너무 쉬우면 재미없죠. 처음엔 그 사람처럼 가수가 되려고 했는데 제가 노래를 못해요. 아주 음치는 아닌데 가수를 하기에는 무리가 있었죠. 춤은 어릴 때부터 한국무용, 발레, 재즈댄스까지 섭렵해서 좀 췄지만 노래 때문에 포기했어요."

혜린의 춤 솜씨는 모두가 잘 알고 있었다. 배우가 아이돌 뺨치게 춤을 춰서 세간의 화제가 된 적도 있었기 때문이었다.

"왜 발표를 안 하시나요?"

"정리할 게 남아서요."

"정리라면……?"

"그것도 노코멘트에요. 사람관계를 좀 정리해야 해서요. 능력 있는 남자라면 주변에 달라붙는 여자들이 워낙 많아서요. 그 사람은 그게 아닌데 여자들이 너무 오버해서……."

왠지 새롬을 두고 하는 말 같아 기분이 좋지 않았다.

"질투 안 느끼세요?"

"오래된 사랑이라서 그런 면에선 정리만 된다면 용서할 수 있죠. 사랑하니까요."

"많이 사랑하시나 봐요?"

"네, 목숨과도 바꿀 수 있는 사람이죠."

"와……."

혜린이 마치 그녀에게 들으라는 식으로 이야기를 하는 것 같았다.

"새롬 씨는 사랑하는 사람 없어요?"

"……."

이번엔 혜린이 그녀에게 궁금한 걸 물었다. 하지만 답하고 싶은 마음이 없었다.

"우리 박 기자는 저 외엔 남자가 없습니다."

"설마요."

"아니요, 절 너무 사랑해서요. 하하하."

김 선배가 너스레를 떨었지만 혜린과 새롬은 웃지 않고 있었다.

"전 사랑하는 사람은 당당하게 말해야 한다고 생각해요. 얼마나 좋아요."

"맞습니다."

김 선배는 완전히 여혜린의 팬이었다. 인터뷰가 끝이 나고 나오는 길에 혜린이 그녀를 불렀다.

"이거 받아요."

제법 커다란 쇼핑백을 그녀에게 건넸다.

"이게 뭔가요?"

"커피예요. 기자분들은 늦게 까지 일하시니까 저보다 더 필요할 것 같아서요. 부담 갖지 말아요. 우리 대표님이 특별히 저한테만 주신 거예요."

"……."

"서 대표님 아시죠?"

새롬이 답을 안 하자 혜린이 얄밉게 확인시켜 주었다.

"……."

"제가 결혼할 사람은 그분이죠. 너무 멋지지 않아요? 하지만 아직까지는 비밀이에요. 잘 가요."

"확실할 때 말씀하시죠. 아직은 발표할 단계가 아니신 것 같은데……."

"너무 서둘러서 좋을 건 없죠."

혜린은 얼굴에 기분 나쁜 표정을 지었다가 금세 바꾸었다. 그게 더 소름이 끼쳤다.

"나중에 기사나 잘 써 줘요."

"확실해지면요. 커피는 잘 마시겠습니다."

혜린이 준 쇼핑백을 쳐다도 보지 않고 선배에게 건넸다.

"뭐야? 뭔데 둘이만 그렇게 오래 말을 해?"

"여혜린 씨가 줬어요."

"오올……."

"뭐지?"

차 안에서 선물을 받은 김 선배는 호들갑을 떨었다.

"어? 이게 뭐지?"

선배는 카드 한 장을 꺼내 읽었다.

"너무 사랑하는 혜린아, 피곤할 때 마셔. 민석? 서민석?"

일부러 그녀에게 준 것이었다. 혜린과 서민석의 관계를 알려 주려고 말이다. 얄미운 짓을 해도 정도가 있었다. 새롬은 완전히 끓어 넘치는 냄비가 된 상태였다.

Errrrrr—

엄마의 전화였다.

"받아."

김 선배가 차를 출발시키며 말했다.

"여보세요?"

[새롬아 지금 엄마하고 안사돈하고 밥 먹고 상견례 날짜 잡았어.]

"엄마!"

그녀가 소리를 빽 지르자 운전하던 김 선배도 깜짝 놀라 새롬을 보았다.

[귀청 떨어지겠다.]

"아직 확실한 거 아니라고."

[이것보다 더 확실한 게 어디 있어? 안사돈이 널 너무 좋게 보셨더라.]

"엄마······."

[상견례는 다다음주 토요일이야. 장소는 우리가 정해서 말하기로 했고. 서 서방한테는 네가 말해.]

서 서방이란 소리가 그렇게 자연스러울 수가 없었다.

"아니라고……."

[뭐가?]

"결혼 안 한다고!"

[철없는 소리 계속할래? 안 그래도 네가 올해 아홉수라 내년 초에 하는 게 어떨까 생각이 드는데 넌 어떠니?]

"아악! 엄마!"

[그래 알았으니까, 집에 와서 얘기하자.]

엄마가 전화를 끊었다.

"야! 간 떨어질 뻔했잖아. 왜 그렇게 목소리가 커."

"……죄송해요."

"무슨 일이야. 결혼하라고 하셔?"

"……."

"신랑감 없으면 난 어떠냐?"

"조용히 해요."

"넵!"

선배는 새롬의 안색을 살피더니 더 이상의 말은 하지 않고 운전에만 집중했다. 오늘 인터뷰를 빨리 정리하고 싶은 게 확실했다. 혜린이 그녀를 부른 이유가 확실한 만큼 민석에게 이유를 물어야 할 것 같았다.

피하는 게 대수는 아니었다. 잘못하다가는 어른들까지 상처를 입게 생겼다. 오늘 밤 그녀는 서민석을 만나 단판을 지을 생각이었다.

8. 무서운 집착

여혜린의 인터뷰를 정리하고 나자 늦은 시간에 퇴근을 하게 된 새롬은 무조건 민석의 집으로 향했다. 전화는 하지 않았다. 만약에 수화기 너머로 여혜린의 목소리가 또다시 들린다면 그때는 정말 무너져 내릴 것 같았기 때문이었다.

그의 집 앞에 가서도 한참이나 망설인 후에 그녀는 초인종을 눌렀다.

삑—

길게 누르자 안에서 응답이 왔다.

"새롬이?"

역시 집돌이인 민석은 오늘도 집에 있었다.

"네."

문이 열렸다. 솔직히 집 안에 혜린이 있을까 두려웠다. 그래서 민석이 그녀에게 오늘은 돌아가라고 하면 어쩌지? 라는 생각도 했었다. 하지만 오늘은 혜린이 없는 모양이었다. 그가 반바지만 입은 채로 현관 앞에 나와 있었다.

운동을 했는지 가슴근육을 따라 땀이 흘러내리고 있었다. 새롬은 그의 가슴에서 눈을 돌렸다. 그와 섹스를 할 때마다 보았던 가슴이었다. 그래서 더 보기 싫었다. 여혜린과도 그랬을까? 그녀와 할 때처럼 그렇게 좋아했을까? 그런 생각이 들자 마음이 아팠다.

그가 갑자기 새롬의 손을 잡았다.

"오늘 잘 왔어. 며칠 동안 공사를 했는데 오늘 완성됐거든."

그가 아주 신이 난 아이처럼 그녀를 데리고 집 안이 아닌 밖으로 향했다. 작은 수영장이 있다는 건 알았지만 아직은 가 보지 않았다. 하긴 그와 섹스를 하느라 다른 건 신경 쓸 여유가 없었다.

"수영장이요?"

수영장을 보여 주려는 건 아닌 것 같았다. 수영장은 그대로였기 때문이었다.

"아니, 이거."

노천탕이었다. 아직 여름이라서 더워 보이긴 했지만 겨울엔 아주 좋을 것 같았다. 그가 부자이긴 한 것 같았다. 원하는 걸 이렇게 마음대로 가질 수 있으니 말이다.

"그리고……."

그가 리모컨을 들자 이번엔 롤스크린이 내려 왔다. 노천탕에서 영화 관람이 가능했다.

"와……."

저도 모르게 감탄사가 나와 버렸다. 이렇게 넋 빠진 표정을 지으려고 온 건 아닌데 말이다.

"오늘 피곤하지?"

"……."

그녀가 뭐라고 말을 꺼내기도 전에 그가 그녀의 옷을 단번에 벗겨 버렸다. 그리고 놀랄 틈도 없이 그녀를 안고는 노천탕으로 들어갔다.

"서 대표님, 할 말이 있어요."

"나중에."

그는 그녀에게 말할 틈을 주지 않았다. 노천탕의 물은 기분 좋게 따뜻했다. 오늘의 피로를 완전히 녹여 버릴 온도였다. 민석은 자랑이라도 하듯이 스크린에 영화를 틀었다. 분위기와는 전혀 맞지 않는 히어로 영화였다.

"안 어울려요."

"난 영웅을 좋아해."

그의 사무실에 있는 커다란 피규어들이 떠올랐다. 알려지지 않았지만 그는 히어로들의 광팬이었다.

"……."

새롬을 뒤에서 안은 민석이었다. 그의 체온이 뜨거운 물과 함께 그녀를 달아오르게 하고 있었다. 이렇게 어물쩍 넘어갈 일이 아니었다. 그가 아무리 섹시하게 그녀를 안고 있다고 해도 반드시 혜린과의 일은 물어야 했다. 등에 닿은 그의 탄탄한 가슴 때문에 새롬의 심장이 터져 버릴 것 같아도 오늘은 반드시 물어볼 것이다.

하지만 그녀의 가슴 위를 배회하는 그의 손 때문에 새롬은 화가 난 상황을 제대로 묻지도 못하고 있었다. 이성보다 섹스의 힘이 더 강한 것 같았다. 정신을 차려야 했다. 그녀가 얼마나 혜린에게 당했는지를 떠올려야 했다.

"으으음……."

똑바른 단어 대신에 신음이 터져 나오고 있었다. 유두를 꼬집은 건 엄연히 그의 반칙이었다. 섹시함이 뚝뚝 떨어지는 민석 때문에 새롬은 정신이 없었다. 화도 나고 자존심도 상했는데 그녀의 몸은 다른 소리를 하고 있었다.

"아앙……."

이번엔 그의 치아가 새롬의 목을 마치 흡혈귀처럼 물었다.

"안 돼……!"

그녀가 살짝 몸을 뺐다.

"왜?"

그가 아무렇지 않게 물었다. 그녀의 복잡한 감정을 민석은 모르는 눈치였다.

"여혜린 씨와는 무슨 관계예요?"

드디어 말을 꺼냈다.

"아무 관계도 아니야."

그는 구렁이 담 넘어 가듯이 말을 하며 다시 그녀의 목에 입술을 댔지만 새롬은 그런 그를 피했다.

"어제 집에……."

"퇴근해서 와 보니 집 앞에서 기다리고 있었고, 들어와서 차 한 잔 준 게 다야."

그는 아주 귀찮다는 듯이 빠르게 말을 하고는 그녀를 꽉 안았다.

"오늘 인터뷰했어요."

새롬의 말에 그의 손에 힘이 풀렸다. 여혜린의 인터뷰 스케줄을 모를 것 같진 않았다.

"인터뷰 스케줄이 있다는 건 알았지만 새롬이 간 줄은 몰랐어."

"절 콕 찍어 지명했어요. 그리고 결혼도 서 대표님과 할 거라고 말했어요."

"믿지 마."

그는 단호하게 말했지만 그의 입술의 움직임은 다른 주제로 넘어 가고 싶은 것 같았다. 새롬은 그의 말을 100% 신뢰할 수가 없었다. 그녀의 의심을 그는 풀어 주지 못하고 있었다.

"오늘 어머니한테 전화가 왔어. 새롬의 어머니와 만났고 다다음주에 상견례를 잡았다고."

그가 말의 방향을 돌렸다. 더 이상 혜린에 대한 이야기는 하고 싶지 않은 눈치였다.

"솔직하게 말해요."

새롬은 피하려는 그에게 다시 물었다.

"뭘?"

"여혜린과의 관계요. 여혜린 같은 여자가 있는데 왜 난지."

"새롬 때문에 결혼을 생각했으니까. 여혜린은 그냥 소속 배우야. 약간은 스토커 같은 여자지. 한 번도 그렇게 생각한 적 없었는데…… 서해수의 일까지 들먹이며 협박했었어."

여혜린이 그의 과거를 알고 있었다. 협박이라니 충격적이었다. 하지만 그의 말이라고 해서 무조건 그대로 믿을 수는 없었다.

"어릴 때부터 날 좋아했다고 하면서 내가 알리고 싶지 않은 것들을 줄줄 말하더라고."

"……."

"그러면 내가 자신에게 갈 거라고 생각한 모양이야."

오늘 만나 보니 충분히 그런 행동을 할 만한 여자였다.

"난 소름이 끼쳤어. 서해수의 이야기는 이제 알려져도 상관없어. 난 그냥 서창섭 씨와 이효순 여사의 아들이니까."

"……."

그는 담담하게 말했지만 새롬의 마음이 무너졌다. 어린 시절 꼬마 서민석이 겪었을 마음의 상처를 생각하니 가슴 아팠다.

"대표님은 제 약점을 너무 잘 알아요."

"……."

"너무 안쓰러워서 떠날 수가 없잖아요."

그녀는 민석이 너무 안쓰러웠다. 나이가 많은 그였지만 상처가 너무 많았다. 아빠, 엄마의 사랑을 지나치게 많이 받고 자란 그녀와는 달랐다.

새롬이 그녀의 가슴 위에 있는 그의 손을 잡아 입을 맞추었다.

"상처받지 말아요."

그녀가 여혜린 때문에 받은 상처는 잠시 잊고 있었다. 지금은 여혜린과 민석의 관계보다는 상처받은 민석이 더 마음이 쓰이는 새롬이었다.

"새롬이 결혼을 해 준다면 상처받을 일은 없어."

"서 대표님……."

"내가 이 정도로 사정했는데 좀 받아 주면 안 돼?"

"……."

그는 사람의 마음을 약하게 하는 재주가 있었다.

"생각해 볼게요."

"이제 생각은 그만해. 지난번에도 말했지만 이제 날 따라오기만 하면 되는 거야."

"읍!"

민석이 새롬의 고개를 돌려 진한 키스를 돌렸다. 다른 때와는 다른 부드러운 키스에 새롬은 녹아내릴 것 같았다. 영화가 나오고 있었지만 그들 중에 누구도 영화를 보고 있지 않았다. 밖에서 하는 섹스는 처음이었다.

더운 열기가 후끈 달아올랐지만 그 누구도 신경 쓰지 않았다. 그의 입술은 여전히 그녀의 입술을 삼키고 있었고 단단하고 힘이 좋은 손은 그녀의 부드러운 가슴을 강하게 만지고 있었다. 하지만 다른 날보다 오늘은 부드러움의 극치였다.

짐승 같았던 그의 열정은 아주 부드러운 열정으로 바뀌었다.

"오늘 이상해요."

"뭐가?"

"아, 웃……. 너무 부드러워서 미칠 것 같아요."

"부드러운 건 나한테 안 어울려."

그는 이렇게 말을 하고는 새롬을 자신의 몸 위로 앉혔다. 그의 눈동자가 타오르고 있었다. 이런 눈으로 새롬을 보면서 어떻게 여혜린을 집으로 불러들일 수 있었던 걸까? 새롬은 이해가 되지 않았다.

"이런 몸을 보고 어떻게 부드러울 수가 있지?"

"민석 씨……."

그가 그녀의 유두를 입술로 물었다. 그리고 강하게 빨아들이기 시작했다. 가슴을 그에게 내밀며 새롬은 등을 활처럼 휘었다.

"요물이야."

"아……."

그리고는 자신의 페니스를 그녀의 여성에 그대로 문질렀다.

"넣어 줘요……. 미칠 것 같아."

하지만 그는 단번에 그녀의 부탁을 들어줄 마음이 없어 보였다. 그녀를 일으켜 세운 그가 여성에 입을 맞추었다. 화들짝 놀란 새롬은 몸의 중심을 잃었지만 허리를 꽉 잡은 그의 손 덕분에 버틸 수 있었다.

"가만."

허리를 단단히 잡은 손에 힘이 들어갔다. 그리고 위험스럽게 그녀의 여성에 입을 다시 가져다 댄 민석이었다. 그의 현란한 혀 놀림 때문에 그녀의 여성은 이미 젖어 들어 있었다.

"아아아…… 불공평해요."

"뭐가?"

"나만 정신이 나간 것 같아……."

"나도 마찬가지야."

그때 갑자기 그의 굵은 손가락 하나가 그녀의 질 안으로 미끄러지듯이 들어왔다. 그리고는 마구 휘저었다. 더 이상 버틸 수가 없었다. 이번엔 새롬이 그의 손가락을 빼내고는 그의 위로 앉았다.

"아, 아파……."

"으윽!"

그녀의 돌발 행동에 민석도 놀란 듯 말리지 않았다. 그들은 하나로 연결이 되어 있었다.

"좋아?"

"으으응……."

그가 허리를 움직이기 시작하자 새롬은 더 이상 아무런 생각을 할 수가 없었다. 그들의 긴 신음은 그렇게 한동안 지속되었다.

늦은 저녁, 태주는 뜻하지 않은 초대를 받았다. 여혜린이 그를 초대한 것이었다. 태주는 혜린과 작업을 한 적은 없었다. 그런데 그녀가 왜 갑자기 윤희정을 통해서 그를 불렀을까? 혜린은 S대 출신의 MS엔터테인먼트 연기자로 유명했다.

똑똑한데다가 예뻤기 때문에 감독들도 선호했다. 연기력도 그만하면 아주 훌륭했다. 스캔들도 없고 조용한 스타일의 배우였다. 그가 알기론 정치인과의 스캔들 한 번 빼고는 특별히 흠잡을 게 없는 배우였다.

너무 스캔들이 없어서 그게 더 수상한 여자였다.

그런데 혜린이 왜 그를 보자고 했을까? 한마디로 모범생과 문제아의 만남이었다. 그런데 놀라운 건 혜린이 사는 집이었다. 월세로 산다고 해도 이 정도의 규모라면 월에 몇 천은 주어야 임대를 할 수 있는 곳이었다.

샀다고 하면 몇십 억은 줘야 살 수 있을 만했다. 그런데 스폰서도 없이 어떻게 이런 집에 사는 것일까? 사람 속은 모르는 법이었다. 모르긴 몰라도 혜린이 재벌이 아닌 이상 그녀의 뒤를 봐 주는 스폰서는 아주 대한한 인물임에 틀림없었다.

"선배님, 오래 기다리셨죠?"

혜린은 평상복도 명품이었다. 태주는 오늘 혜린을 다시 보게 되었다. 오늘 그에게 관심이 있어서 불렀다면 그는 온몸을 불사를 준비가 되어 있었다. 기꺼이 세컨드의 세컨드가 되어 줄 생각이었다.

"아니, 괜찮아요."

"말씀 편하게 하세요."

"초면에 그럴 수는 없죠."

"그럼 편하신 대로 하세요."

생각보다 아주 당찼다. 뭐든 쉬우면 재미가 없으니까 이런 혜린의 반응이 태주에겐 아주 즐겁게 다가왔다.

"부탁 하나만 들어주면 이번에 오성태 감독님의 신작에 주인공으로 넣어 줄게요. 그리고 다음 작품도 주인공 자리 약속해요. 흥행하고 상관없지만 출연료는 두둑한 작품성 있는 작품들이 될 거예요."

"하하하, 그걸 어떻게……."

웃기는 소리였다. 오성태 감독은 깐깐하기로 유명한 감독이었고 슈퍼스타급 배우들이 그의 부름을 기다리고 있었다. 그런데 어떻게 감히 그가 오 감독님의 작품에 조연도 아닌 주연이 될 수 있겠는가?

집 안을 둘러보며 그녀를 유혹하려 했던 마음이 갑자기 사라지려 했다.

"그럼 혜린 씨도 주연인가?"

"전 당분간은 드라마에 매진할 겁니다."

"오 감독님과는 무슨 관계죠?"

설마 돌부처 오 감독과 사귀는 게 아닌가 하는 생각이 들었다.

"아버지와 아주 잘 아는 분이에요. 거절하긴 힘드실 거예요."

오 감독과 아버지가 친하다면 불륜은 아닐 것이고 점점 더 미궁에 빠지는 느낌이었다.

"아버지가 대통령이라도 되나 보죠?"

아무런 단서를 잡지 못하자 태주는 슬쩍 농담을 던졌다.

"아니, 되실 예정이에요."

"……."

당당하게 말하는 그녀 때문에 태주는 할 말을 잃었다. 혜린은 놈담이 아닌 진실을 말하고 있는 것 같았다. 대권을 생각하는 사람 중에 여 씨는 없었다. 하긴 본명이 아니니 여 씨는 아니었다. 그렇다면 이 씨가 혜린의 본래 성씨니까 이 씨 성을 가진 의원들 중에 하나일 텐데, 차기대권 주자 중에 이 씨는 한 사람뿐이었다. 설마…….

"하하하, 진짜 농담도 잘하는 사람이네."

태주는 한 번 더 혜린을 떠 보았다.

"농담 아니에요."

"……."

"서해수 알죠? 하이뉴스에 다 떠벌리고 다녀서 모를 리는 없고."

"……."

혜린이 알고 있었다. 태주가 민석과 관련된 이야기를 하이뉴스에 홀린 것까지 알고 있었다. 두려움에 태주는 얼굴이 파랗게 질려 있었다.

"내가 서해수를 어떻게……."

내가 어떻게 서해수에 관한 이야기를 알겠냐는 듯이 모른 척하며 말했지만 혜린을 속일 수는 없었다.

"무슨 말을 하는지 모르겠네."

일단은 모른 척할 수밖에 없었다.

"이번엔 서민석의 어머니가 윤희정이라고 말해 줘요."

"……."

혜린의 말에 태주는 그대로 얼어붙어 버렸다. 서 대표의 어머니가 윤희정이라니…….

"아, 아니……. 그, 그러니까……"

살면서 이렇게 놀란 적은 없었다.

"내 말대로 해 주면 아까 말한 대로 당신을 살려 줄 거예요. 서 대표에게 갤럭시의 부활이니 뭐니 하면서 구걸할 필요도 없어요."

"하지만……."

태주의 입장에선 날로 먹는 일이었다. 거기다가 이번 일로 민석의 뒤통수를 제대로 칠 수 있었다.

"그런데 진짜 사실이야?"

"……."

왠지 불안감이 스쳤다.

"사실이 아니라면? 서 대표가 가만히 안 있을 텐데?"

"그 정도의 위험은 받게 될 대가에 비하면 아무것도 아닐 텐데?"

"하지만……."

"하기 싫으면 관둬요."

"누가 하기 싫대?"

마음이 급했다. 이건 태주의 입장에선 기회였다.

"알았어요. 내가 뭘 하면 되는 거지?"

그는 혜린의 손을 잡기로 마음먹었다. 아니, 혜린에게 매달려야 할 판이었다. 꿩 먹고 알 먹고인 이 일로 그동안 그가 받은 설움을 앙갚음할 수 있었다. 솔직히 배가 아플 정도로 민석의 성공이 부러운 태주였다.

"그런데 왜 서 대표를 물 먹이려고 하지? 나처럼 이유가 있는 것도 아니고?"

자세한 이유가 알고 싶었다.

"결혼할 거예요."

"뭐요?"

"서 대표랑 결혼할 거라고요."

"서 대표는 이미 여자가……."

"닥쳐요."

혜린의 얼굴에 핏대가 섰다. 서 대표와 잘 안 되는 모양이었다. 그러니 박 기자의 이야기를 꺼내자마자 화를 내는 것이었다.

"내가 도와줄까요?"

혜린의 열받은 모습에 미소가 절로 지어진 태주였다. 서민석 때문에 속이 상하긴 한 모양이었다.

"시키는 일이나 하세요."

혜린이 그를 보며 호통을 쳤다. 마치 하인에게 말하듯이 말이다. 이렇게 명령하는 게 익숙한 것 같았다. 태주는 혜린이 소문과 달리 차기 대권 주자인 이 의원의 딸이라는 걸 확신할 수 있었다. 차기 대권 주자의 딸이라⋯⋯.

"잡지사엔 내가 제보하라고 할 때 하시고, 일단은 서 대표에게 가서 어머니에 대해 알고 있다고 말하세요. 그리고 원래 윤희정 씨랑은 잘 알지 않나요?"

"친하죠."

시어머니 될 사람에게 윤희정 씨라니 기가 막혔다. 뭔가 믿는 구석이 있으니까 저렇지, 아무것도 없는 사람이 저렇게 대범할 순 없었다.

"이제 그만 가 보세요. 연락은 제가 드릴게요."

"네, 그럼요."

태주는 굽실거리며 혜린의 집을 나섰다. 뭔가 이제부터 일이 잘 풀릴 것만 같았다.

최고급 와인이 오늘따라 쓰디썼다. 평생을 원하는 걸 다 갖고 산 혜린이었다. 아버지의 전폭적인 지지로 그녀에게 좌절이란 없었다. 그런데 서민석은 쉬운 상대가 아니었다. 돈이 없으면 돈으로라도 매수를 하겠지만 돈으로 따지자면 민석이 혜린의 아버지인 이 의원보다 더 부자였다.

민석보다 나은 게 있다면 권력을 가진 아버지를 둔 것이었다. 아버지는 검사 출신의 정치인이었다. 최연소 사법고시 합격자이기도 하고 최연소 국회의원이기도 했다. 아버지의 이름 앞에는 언제나 최연소가 붙어 있었다.

정치하는 아버지 밑에서 자란 자식은 얌전한 삶을 강요받기 마련이지만 혜린은 예외였다. 아버지가 바빴고 어머니도 없었기 때문에 언제나 자신이 하고 싶은 일을 했다. 아버진 재정적인 지원만을 해 주셨다.

그러다 보니 아버진 그녀에게 미안한 감정을 갖기 시작했고 혜린은 그런 아버지를 잘 이용하고 있었다.

Errrrrr—

윤희정이었다. 태주의 일이 궁금한 모양이었다.

"어머니."

[이야기는 잘 됐고?]

윤희정은 그녀의 배경을 알고 있었다. 그래서인지 몰라도 그녀에게 어찌나 잘하는지 혜린은 가만히 있어도 귀찮은 일을 나서서 처리해 주기도 했다. 마치 이모처럼 말이다. 그게 다 그녀의 남편을 위해서이지만 그렇다고 해도 필요 이상으로 적극적이었다.

"네, 그럼요."

[그럼 내가 계속해서 서민석의 친모인 척하면 되는 거지?]

"네, 그럼요."

[알았어. 우리 송 의원님 좀 잘 부탁해.]

아니나 다를까 역시 자신의 남편을 부탁했다.

"네."

전화를 끊고 나서 혜린은 와인을 단숨에 마셨다. 서민석의 어머니는 윤희정이 아니었다. 사실은 윤희정의 사촌 언니인 무명배우 윤미란의 아들이었다. 하지만 윤미란은 지금은 이 세상 사람이 아니었다.

친자확인은 얼마든지 가짜로 만들 수 있었다. 친자 확인서 하나 쥐어 주고 윤희정에게 제안을 한 건 혜린이었다. 어떻게 해서든지 서민석을 가져야 했다.

디리릭—

그때였다. 아버지가 그녀의 집을 찾았다. 처음 있는 일이었다. 아버지의 등장에 혜린은 안절부절못하고 있었다. 다른 집 같으면 홀아비 밑에서 자란 딸이면 아버지를 향한 마음이 애틋할 텐데 그녀와 아버지는 그런 관계가 아니었다.

그렇다고 겉으로 보기에 나쁜 관계처럼 보이진 않았다. 그들은 그저 서로가 살아가는데 필요한 존재들이었고, 서로의 삶에 걸림돌이 되지 않으려고 노력했다.

"오셨어요?"

국회의원이자 거대 정당의 우두머리인 아버지는 보는 것만으로도 사람을 주눅 들게 만들었다.

"그래."

이제는 TV에서 보는 게 더 자연스러운 사람이 아버지였다. 잘생긴 외모에 검사출신으로 머리도 좋고, 거기다가 상처(喪妻)까지 해 어린 딸을 홀로 키워 유권자들에게 측은한 마음까지 들게 하는 아버지는 정치인으로서는 최고의 주가를 올리고 있는 사람이었다.

"앉아라."

아버지가 근엄한 목소리로 명령하듯 말했다.

"네."

혜린은 얼른 와인잔을 치웠다.

"술 마신 거야?"

걱정을 하는 게 아니라 핀잔을 주듯 말하는 아버지였다.

"한 잔이요."

"혼자서 술 마시면 자꾸 늘어."

"주의할게요."

"네가 좋은 대학 나와서 내 뒤를 이을 생각도 하지 않고 좋다고 목을 매는 서민석이와는 잘 돼 가는 거야?"

"……"

아버지의 최대의 관심사는 민석이었다. 자신의 안쓰러운 딸이 어린 시절부터 짝사랑한 남자였고 지난번 병원에서 보니 아버지 보시기에도 흡족하셨던 모양이었다. 간호사들에게 둘러싸인 건 아버지가 아니라 민석이었기 때문이었다. 자신보다 인기가 많은 사람은 처음 보는 아버지였다. 그러니 그에 대한 호감이 상승할 수밖에 없었다.

인기가 많다는 건 아버지의 선거에 도움을 줄 수 있다는 뜻이기 때문이었다.

"빨리 날 잡아. 선거 전에 결혼을 해야지. 총선이 다가오는데 그러면 너무 바빠서 아비가 결혼식장에 못 가는 상황이 벌어질 수도 있어."

"네."

서두르더라도 아버지가 현역에 있을 때 결혼식을 올리는 게 좋을 것 같다는 말이었다. 선거 기간엔 딸을 위해 시간을 쓸 수도 없는 사람이 그녀의 아버지였다. 하지만 그녀는 아버지로 인해 절제된 삶을 강요받았다.

아버지의 보좌관들은 그녀의 스케줄도 관리했다. 언제나 최고의 것을 받았지만 그녀는 공허했고 그때마다 위로가 되었던 건 서민석뿐이었다.

"오늘은 무슨 일로 오셨어요?"

"이번에 총선에 네 도움이 필요할 것 같아."

"제 도움이요?"

"그래, 아무래도 서 대표가 사위가 되면 선거 운동을 하는 데 도움이 될 것 같아서. 그래서 말인데 너희들의 결혼 발표를 먼저 할까 싶어서."

"안 돼요."

처음으로 단호하게 말한 혜린이었다. 그의 마음은 이미 떠나 있는데 아버지의 선거운동 이야기까지 나온다면 그는 그녀가 잡을 수 없는 곳으로 도망칠 게 뻔했다.

"좋아하는 여자가 따로 있어요."

덤덤하게 핵심을 말했다.

"뭐?"

"하지만 결혼은 저와 할 거예요."

"……"

다른 아버지 같으면 펄쩍 뛰면서 당장 집어치우라고 말할 테지만 아버진 그러지 않았다. 일단 민석이 마음에 들었고 이번 선거에도 유용하게 쓸 수 있기 때문일 것이다.

"그 여자가 누구야?"

상대 여자를 궁금해하다니 민석이 마음에 들긴 한 모양이었다.

"박새롬이라는 기자예요."

"기자?"

정치인들에게 기자는 항상 조심해야 할 1순위였다.

"어디 소속인데?"

"톱스타매거진이요."

아버지의 얼굴이 조금 펴졌다. 주요 신문사가 아닌 연예계의 가십거리나 취재하는 곳이라고 생각한 모양이었다.

"내가 나서야지 안 되겠다."

"아니에요. 제가 잘하고 있어요."

"아니야."

아버지는 자신의 할 말만 하고는 자리에서 일어났다.

"쉬어라."

"가시게요?"

"그래, 저녁에 약속이 있다."

"늦은 밤이에요."

"정치에 낮밤이 어딨어?"

아버지는 이렇게 말을 하고는 집을 나섰다. 아버지의 도움을 받지 않으려고 했지만 지금은 모든 도움을 다 받아야지 그를 가질 수 있을 것 같다.

Errrrrr—

그때 전화벨이 요란하게 울렸다.

"여보세요?"

[아가씨, 김용태입니다.]

"말해요."

[서 대표님 집에 박 기자가 들어가서 나올 생각을 안 하고 있습니다.]

"그래요? 알았어요. 혹시 나오면 전화 줘요."

[네.]

박 기자를 감시하는 김용태는 아버지의 경호원이 아닌 그녀가 사설로 고용한 남자였다. 워낙에 지독하다는 소문이 난 사람이라서 안심이 되었다.

혜린은 핸드폰을 보았다. 서 대표에게 전화를 걸까 하다가 그냥 포기했다. 만약에 전화를 걸었다가 새롬이 그들의 관계가 거짓이었다는 걸 확실하게 안다면 그녀에게 불리한 상황이 되기 때문이었다.

"아이, 짜증나!"

혜린은 속에서 천불이 나고 있었다. 그녀가 아는 서민석은 여자보다는 일이 우선인 사람이었다. 그런데 이번에 박 기자는 지난 여자들과는 많은 차이가 있었다. 그의 집에 여자를 불러들이고 그 여자와 밤을 새운 건 혜린이 알기론 박 기자가 처음이었다.

서민석의 얼음성이 녹아내리는 기분이었다. 불안했다.

새롬은 요즘에 아주 정신이 없었다. 연예부 일도 취재를 해야 하고 정치부 일도 손을 댔으니 몸이 두 개라도 모자랄 판이었다. 그런 그녀에게 박 부장이 일거리 하나를 더 주었다.

"오늘 MS엔터테인먼트 서민석 대표 취재는 김호민하고 박새롬이 해."

"부장님……."

김 선배도 정신없이 바쁜 와중이라 짜증을 내고 난리였다. 그럴 만도 한 게 이번 기획기사 마감일이 내일이었기 때문이었다. 아무리 왕년에 갤럭시의 팬이라도 선배에겐 마감이 더 급하고 중요한 일이었다.

"네, 다녀오겠습니다."

노천탕을 같이 즐긴 이후 5일간 얼굴도 보지 못해서 솔직하게 그가 보고 싶은 마음이 들기도 했다. 둘 다 전화 통화를 자주 하는 사람들이 아니라서 만나지 않으면 그만이었다. 그래서 이 기회에 그녀가 그를 찾아가기로 했다.

　　저도 모르게 얼굴에서 미소가 피어올랐다.

　　"왜 그래?"

　　그녀가 실실거리자 김 선배가 이상했는지 물었다.

　　"선배와 저는 실과 바늘 아닙니까?"

　　그녀가 김 선배의 팔짱을 끼며 눈을 깜빡거렸다.

　　"무슨 꿍꿍이야?"

　　선배가 팔을 빼며 경계의 눈빛을 보내고 있었다. 뭔가 절실히 필요할 때면 이렇게 어울리지 않는 애교를 부렸기 때문이었다.

　　"뭐가요?"

　　"빅스톰 때문에 그러지? 혹시나 만날까 해서?"

　　"네."

　　"거 봐 내가 눈치 하나는 백단이라고."

　　김 선배는 기분이 좋은지 연신 웃고 있었다.

　　"그런데 요즘에 좋은 일 있어?"

　　"네?"

　　"아니 나오기 전에도 혼자서 히죽거리고, 요 며칠 혼자서 아주 좋아 죽던데? 연애해?"

"아, 아뇨."

당황한 나머지 말까지 더듬은 새롬이었다.

"수상해……."

"내가 남자친구가 어딨어요?"

"그럼 그렇지 너 같은 천방지축을 누가 좋아하겠냐? 나 정도의 인성이 되니까 너랑 같이 일하는 거지. 사귀는 사람은 무슨 죄냐?"

"미쳤어요?"

"내가 미쳤으면 좋겠냐?"

선배의 말에 기분이 상해서 새롬은 먼저 주차장으로 향했고, 한참이 지난 뒤에 선배가 왔다. 선배도 화가 난 모양이었다.

"내가 말이 심했어요."

"그게 아니라……."

"뭔데요?"

"이거."

새롬의 눈이 커져 있었다.

"여혜린 결혼 전격 발표?"

선배의 핸드폰으로 기사를 확인한 새롬은 망연자실했다.

"우리한테 주기로 해 놓고 이런 반칙을 쓸 줄 몰랐네……."

선배의 표정이 좋지 않았다.

"우리 기사 아직 안 나갔지?"

"그건 잡지책에 실릴 거잖아요. 그래도 인쇄는 들어갔을 텐데……."

"아이 씨, 뒤통수 맞았네."

"이거 믿지 마요."

"어?"

"서 대표 결혼할 사람은 여혜린이 아니에요."

김 선배가 그녀를 의아한 눈으로 보았다.

"무슨 정보 받았어?"

"정보는 아니고 확실히 여혜린은 아니에요. 이런 기사 받아서 썼다가 나중에 낭패 보니까 쓰지 마요."

그녀가 확신에 차서 말하자 선배도 뭔가 느낌을 받았는지 고개를 끄덕였다.

"알았어, 난 인쇄 들어가기 전에 기사 수정해야 할 곳이 있어. 미안한데 혼자 다녀와."

"네."

새롬은 어쩔 수 없이 혼자서 인터뷰를 하러 가기로 했다. 지금쯤 기사를 읽고 서 대표가 완전 노발대발일 텐데 걱정이었다. 회사를 나와 MS엔터테인먼트로 향하는 길은 다른 날보다 막히지 않았다.

"좋은 일이 있으려나?"

쾅!

"아!"

뒤따라오던 차가 신호대기 중에 그녀의 차를 들이받았다. 좋은 일이 있기는 개뿔!

"좋은 일이 있으면 그게 이상한 거지."

뒷목을 잡고 내린 새롬은 뒤차에서 내린 검은 양복을 입은 남자 앞에 섰다. 남자는 아주 불쾌한 기운을 뿜어내고 있었다.

"뭐예요?"

"죄송합니다. 어제 야근을 했더니 깜빡 졸았어요. 보험처리 해 드리겠습니다."

남자의 눈은 졸린 눈이 아니었다. 뭐랄까? 사고를 내서 그런지 잔뜩 긴장한 눈이었다. 다른 차들은 빵빵거리고 난리였다.

"알았어요."

"명함 드릴게요. 이쪽으로."

그가 자신의 차가 있는 쪽으로 그녀를 데리고 갔고 그녀는 명함을 받기 위해 남자를 쫓아갔다.

"뒤에 있는 친구가 줄 겁니다."

남자는 운전석에 올랐고 뒷문이 열렸다.

"여기요."

"아, 네……. 악!"

명함을 주는 척하며 남자가 새롬의 팔을 잡아당겼다. 그리고 차가 그대로 출발했다.

"뭐, 뭐 하는 거예요?"

"……."

그녀의 옆에 앉은 남자는 아무런 말을 하지 않고 그녀의 손목을 묶었다. 뒤를 보니 그녀의 차를 다른 누군가 운전하며 따라오고 있었다. 3인조 강도였다.

"이건 납치예요. 차를 박은 것 때문에 이러는 거면 전 괜찮아요."

"……."

남자들은 답이 없었다. 차를 박은 것 때문에 이러는 거라면 일이 더 커지는 건데 이 사람들은 그럴 사람들 같아 보이지는 않았다. 마치 군인 같은 느낌의 남자들이었다. 운전을 하고 있는 남자도 그렇고 뒤에 앉은 남자도 그랬다.

"누구예요?"

"……."

"얘기는 해 줄 수 있잖아요."

"……."

"돈이 필요해요? 난 부자가 아니라고요. 잘못 짚었어요. 수입차도 아니고 기자 월급이 얼마나 되겠냐고요?"

"……."

남자들은 끝까지 말을 하지 않았다.

한참이 걸려 도착한 곳은 인천의 한 항구였다. 그들은 차에서 내려 담배를 피우고 있었다. 그래도 차 문의 양옆을 둘이 막고 있어서 탈출은 불가능했다. 그렇다고 핸드폰도 없고……. 새롬은 울기 일보 직전이었다.

"도대체 왜 이러는 거지?"

시간이 흘러 이제는 어두운 밤이 되었다. 영문을 알지 못하는 새롬은 더욱 두려워졌다.

"섬 같은 데 팔려고 이러는 건가?"

급기야 눈물이 나려고 했다. 평생 이렇게 두려웠던 적은 없었다.

쾅! 쾅! 쾅!

손이 얼얼할 정도로 차창을 두드렸지만 남자들은 미동도 하지 않고 있었다. 차 안의 시계를 보니 벌써 저녁 8시가 훌쩍 지나간 시간이었다.

"왜 이러냐고요! 살려 줘요!"

목 놓아 소리 쳐도 뱃고동 소리에 그녀의 목소리는 묻혀 버렸다.

민석의 속은 이제 시커먼 숯검정이 되어 버렸다. 오기로 약속되어 있던 시간이 2시간이나 지났고 회사에선 이미 출발한 상황이라고 했다. 거기에 그녀의 차는 회사 근처에서 발견이 되었고 경찰은 협조할 수가 없다고 했다.

"이상하죠? 사람이 사라졌는데 협조할 수가 없다니……."

최 실장이 발을 동동 구르며 그의 옆에서 더 정신없게 만들고 있었다.

"여혜린은?"

"혜린 씨는 왜……?"

이 상황에서 혜린을 찾는 그가 이상하게 생각이 되었는지 최 실장이 멍하게 그를 보았다.

"여혜린 어디 있냐고."

"기사 난 것 때문에 화가 나신 건 알지만, 그건 저희 쪽에서 공식 발표를 할 예정입니다. 혜린 씨는 지금 촬영 중……."

그때였다. 검은 옷을 입은 남자들이 그의 사무실 안으로 들어왔다.

"누구시죠?"

"어르신께서 기다리십니다."

"어르신?"

느낌이 싸한 것이 이상했다. 민석은 왠지 새롬과 이 일이 관련이 있는 것 같아 그들을 쫓아 지하주차장으로 향했다. 그곳엔 검은색 벤츠가 주차가 되어 있었다.

"어서 오게."

차에 오른 그는 깜짝 놀랐다. 혜린의 아버지인 이 의원이 그 자리에 있었다.

"의원님."

정치인들 중에 인기가 가장 많은 차기 대선주자가 이 의원이었다. 지난번 봤을 때도 느꼈지만 이 의원은 사람을 당기는 힘이 있었다.

"그래 잘 지냈나?"

"……."

"오늘은 일정이 많은 관계로 짧게 말하지. 내 딸과 결혼하게."

"싫습니다. 전 결혼할 여자가 있습니다."

"마음을 바꾸지 않으면 결혼할 여자는 없을 걸세."

"의원님."

"내 말이 거짓말 같은가?"

이 의원 같은 사람이 그런 일로 거짓말을 하지 않는다는 걸 알기 때문에 민석은 더 두려웠다.

"박 기자 어딨습니까?"

그가 단도직입적으로 물었다.

"조용한 곳."

이 의원도 눈 하나 깜빡하지 않고 말했다.

"결혼은 이런 식으로 하는 게 아닙니다."

"결혼도 때로는 사업일 때가 있지."

"뭘 원하십니까?"

그는 결혼이 아닌 다른 이유가 분명히 있다는 생각이 들었다.

"원하는 거 없어. 그냥 내 딸이 행복하길 바랄 뿐이야."

"다른 사람의 딸은 불행해집니다."

"말귀를 못 알아듣는 건가?"

평소 이 의원에 대해 좋은 이미지를 가지고 있었는데 정이 완전히 뚝 떨어지는 순간이었다. 그는 바쁜지 자꾸 시계를 보고 있었다.

"새롬이는 가만 두시죠."

"뭐?"

"제가 정치는 잘 모르지만 이렇게 경찰에게까지 압력을 넣으실 정도면 너무 앞뒤 생각 안 하시는 거 아닙니까?"

"하하하, 내가 그래 보이나?"

"네."

이 의원이 웃음기를 싹 지우고 민석을 보았다.

"난 내 딸을 위해 그 정도의 힘은 쓸 수 있는 사람이지."

"전 제가 사랑하는 여자를 위해 여론을 흔들 수 있는 사람입니다."

"……."

둘의 기가 팽팽하게 부딪쳤다.

"새롬이의 목숨 가지고 거래하지 마십시오. 안전하게 돌려보내 주신다면 아무 일도 없었던 것으로 하고 제가 총선을 돕겠습니다."

"……."

"이건 거래입니다. 따님의 마음이야 시간이 지나면 변하겠지만, 총선은 무조건 이겨야 하는 거 아닙니까. 약속합니다. 제가 젊은 층의 표 몰이를 할 수 있도록 저희 아이들을 보내겠습니다."

"아주 마음에 드는 소리를 하는군. 하지만 혜린이를 설득하진 못할 거야."

"박 기자만 돌려보내 주시면 혜린이와 다시 한 번 얘기를 나누겠습니다."

"……좋아."

이 의원의 본심은 총선에서 민석이 자신을 돕길 바라는 마음인 것이다. 딸의 마음 따위는 애초에 관심도 없는 사람이었다. 이 의원이 어디론가 전화를 했다.

"박 기자, 데리고 와."

냉정한 정치 세계였다. 이 의원의 밴에서 내린 그는 곧바로 여혜린의 촬영 장소로 향했다. 그리고 아무 일도 없는 것처럼 촬영을 하고 있는 여혜린을 찾았다.

"대표님."

어찌나 밝게 인사를 하는지 다른 사람들은 그가 응원하러 온 줄 아는 분위기였다.

"얘기 좀 해."

"바쁜데……. 악!"

그가 혜린의 손목을 잡고는 촬영장에서 끌고 나왔다. 사람들이 의아한 시선으로 그들을 보았지만 민석은 신경도 쓰지 않았다.

"뭐 하는 거예요?"

"죽이지 않는 것만으로 감사해."

그는 자신의 차 안에 혜린을 태웠다. 그의 마이바흐에 오르자 혜린의 얼굴에는 웃음이 넘쳤고 민석은 화를 참느라 주먹을 꽉 쥐었다.

"언제 봐도 멋진 차예요. 주인처럼."

"차갑고 냉정하고 하나밖에 모르는 고집스러움이 날 닮았지."

그가 혜린의 목에 손을 가져가 움직이지 못하게 했다.

"뭐 해요! 이거 안 놔?"

"아마 지금 새롬이도 이러고 있겠지? 네가 얼마나 나를 만만히 봤으면 이런 시답지 않은 짓을 하는지 모르겠지만 더 이상은 참지 않아."

"……못 참으면요?"

"난 네 아버지가 뭘 원하는지 알지. 널 정신병원에 넣는 조건으로 네 아버지가 원하는 걸 아낌없이 줄 수 있어. 어느 날 눈을 떠 보니 하얀 병실인 거지."

민준의 얼굴이 무섭게 변하고 있었다.

"윤희정이 내 어머니가 아니란 거 알아."

"……."

"태주를 뒤에서 조정하는 것이 너란 것도 알고. 이제 그만해. 정신 병원에 가지 않으려면……."

"난 아니에요."

"그래? 그렇다면 다행이지. 야망이 큰 아버지에게 딸은 도구에 불과하지."

"……."

여혜린의 얼굴이 점점 창백해지고 있었다.

"선거철만 되면 우리 회사에 얼마나 많은 문의 전화가 오는 줄 알아? 연예인들을 동원하기 위해 오는 전화야. 거기에 네 아버지는 없었을 것 같아? 이번 총선에서 난 아주 전폭적인 지지를 해 줄 거야. 널 정신 병원에 넣게 만들려고."

"난 모르는 일이라고요."

"그 자신감은 어디로 갔지?"

"……."

민석은 손에 힘을 주지 않았지만 혜린은 마치 목이 졸린 사람처럼 콜록거렸다.

"죽여 버리고 싶을 만큼 널 증오해."

"캑!"

그가 혜린을 놓아 주었다. 혜린의 목에 흐릿하게 그의 손자국이 남았다.

"사람을 좋아할 수도 있고 동경할 수도 있지만, 상대방이 싫어할 정도는 하지 말았어야지."

"훈계하지 마. 당신이 뭘 알아? 한곳만 보며 살아온 나야. 고마워해야지."

"아니, 이제 다른 곳을 봐."

"싫어!"

"마음대로 해. 내가 널 꼭 정신 병원으로 보내고 말 거니까."

민석은 태어나서 처음으로 사람을 죽일 수도 있겠다 라는 생각
이 들었다.

Errrrrr—

"여보세요? 어 최 실장."

[돌아 왔어요…….]

최 실장의 목소리가 흔들렸다. 최 실장도 놀란 모양이었다.

"다친 곳은?"

[손목이 묶인 자국 빼고는 멀쩡합니다.]

"알았어."

민석은 새롬이 무사히 돌아왔다는 소리를 옆에서 듣고 있던 혜
린의 표정이 일그러지는 걸 보았다. 구제불능이었다.

"한 번만 더 이런 일이 발생한다면 그땐 널 가만히 안 둬."

"하하하하……."

혜린이 미친 여자처럼 웃기 시작하자 민석은 뒤도 돌아보지 않
고 현장을 떠났다.

"새롬아……."

이 의원이 정치에 욕망이 있는 사람이 아니었다면, 딸을 조금
더 사랑하는 사람이었다면 민석은 새롬을 잃었을 수도 있었다. 그
의 사무실에 앉아 있는 새롬을 보자마자 곧장 달려가서 그녀를 안

았다. 주변에 있는 사람들이 놀란 눈으로 그들을 보고 있었지만 민석은 신경 쓰지 않았다.

"괜찮은 거야……?"

그녀의 몸을 살피다가 손목에 난 상처를 보고 그는 강한 욕설을 내뱉었다. 눈치 빠른 최 실장이 사람들을 밖으로 데리고 나갔다.

"새롬아……."

"괜찮아요."

그녀의 몸이 덜덜 떨리고 있었다.

"이렇게 떨면서 괜찮아?"

"민석 씨 보니까 괜찮아졌어요. 이 꼴로 집에 갈 수가 없어서 이리로 왔어요. 미안해요."

다행히 폭행의 흔적은 없었지만 어른들이 보시면 대번에 무슨 일이 있었구나 하고 생각할 정도로 놀란 얼굴이었다.

"아니야, 잘했어."

민석은 자신의 품에 새롬이 안겨 있다는 것에 감사했다.

"다시는 내 눈 밖에서 벗어나지 마."

"민석 씨……."

"오늘부터 우리 집에서 지내."

"네?"

"내가 어른들에게 말할 테니까."

"안 돼요. 그러면 정말로 뼈도 못 추린다고요."

그녀의 말에 그가 다시 새롬을 안았다. 불안해서 견딜 수가 없었다. 하루 사이에 얼굴이 반쪽이 된 것 같았다.

"그럼 경호원을 붙여 줄게. 회사는 당장 그만둬."

"할 일이 남아 있어요. 그것만 끝내고 그만둘게요."

"박새롬!"

"오늘 절 이렇게 만든 사람들 가만히 안 둘 거예요. 이렇게 사람 목숨을 가지고 장난질을 치는 사람들에게 정치를 맡길 수 없다고요."

"안 돼. 새롬이 대신 내가 처리할게."

"아니에요. 제가 해요. 믿어 줘요."

그녀의 지독한 근성을 말릴 수가 없었다.

"지금은 말하기 그렇지만 진심으로 용서하지 못할 인간이 있어서 그래요."

그녀의 눈이 반짝이고 있었다. 작심을 한 모양이었다. 그도 대충 짐작은 갔다.

"……집에 가자."

"지금 퇴근할 거예요? 아직 퇴근시간이 아닌데?"

"대표는 나야."

"아······."

그가 새롬의 손을 잡고 사무실을 나와 직원들을 뒤로한 채 집으로 향했다. 그의 집으로 가려다가 새롬의 집으로 향한 그였다.

"나 괜찮아요?"

"어, 예뻐."

"그 말이 아니잖아요. 멀쩡해 보여요? 한 대 맞은 거 같아요? 납치됐다가 돌아온 분위기는 아니죠?"

"······."

새롬은 불안에 떨고 있었다. 그의 새롬이 그 때문에 납치를 당했고 티를 안 내려고 안쓰러울 정도로 질문을 계속하고 있었다.

"어쩌죠? 우리 엄마 눈치 빠른데······."

차를 세우자 그도 새롬을 따라 차에서 내렸다.

"오늘 데려다주셔서 감사해요."

힘없이 돌아서는 새롬의 손을 잡은 민석이 그녀와 함께 집으로 들어갔다.

"뭐 하는 거예요?"

"뭐 하긴 집에 데려다주는 거지."

그의 손에 힘이 들어갔다.

"혼자 가도 되는데······."

"……."

새롬을 보호하지 못한 책임이 그에게 있었다. 결혼할 여자 하나 제대로 지키지 못했다. 아니, 바쁘다는 핑계로 신경을 거기까지 쓰지 못한 것이다.

"다녀왔습니다."

"박새롬! 이 가시내야, 방청소 제대로 안 해? 너는 어떻게 시집을 갈 애가 방청소 하나 못하니. 서 대표가 부자이기에 망정이지 너한테 살림 맡겼다가는 큰일 나겠어."

거실에서 민석을 보고 있는 장인어른과 새롬의 동생 한결은 멍하게 있었고, 주방에서 그녀의 목소리만 듣고 야단을 치고 있는 장모님의 잔소리 폭탄 투하는 계속되고 있었다.

"엄마가 봤을 때 넌 도우미 둘은 쫓아다녀야 뒷정리가 되겠어."

"셋을 구할 예정입니다."

"어머!"

장모님이 주방에서 망연자실한 얼굴로 민석을 보고 있었다.

"아니, 그러니까 내 말은……."

"엄마, 다 들었어."

"너무 걱정하지 마십시오. 필요하면 더 구해 줄 수도 있고, 저도 음식이나 청소하는 거 좋아합니다."

"내가 미쳐……. 미안해요. 내가 잘못 키운 거예요. 자기 밥도 못 챙겨."

"엄마!"

"괜찮습니다."

그는 웃으며 장모님께 괜찮다는 말을 했지만 신경은 온통 새롬에게 가 있었다. 새롬은 몸이 안 좋은지 다른 때 같았으면 길길이 날뛰었을 텐데 지금은 반응이 시원치 않았다.

"이리 와서 앉지."

"네, 인사가 늦었습니다. 아버님."

"그래, 자네가 갑자기 와서 좀 놀라긴 했네."

새롬의 아버지는 민석의 아버지같이 교장 선생님을 하셨어서 그런지 점잖으신 분이었다.

"오늘 새롬이가……."

"대표님."

새롬이 말을 막았다.

"몸이 좋지 않습니다."

"우리 누나가요? 저 막강 체력이?"

"박한결!"

"어디가 안 좋은 거야?"

장모님이 언제 야단을 쳤냐는 듯 새롬을 살피기 시작했다. 부러운 모녀 사이였다. 한 번도 느껴보지 못한 부모 자식 간의 정을 보고 있었다. 투박하지만 진심이 담겨 있는 그들의 모습이 부러운 민석이었다.

"저녁은 했나?"

"……."

부담스러워하실까 봐 입을 떼지 못한 민석이었다.

"그럼 같이 먹지. 우리도 오늘 저녁이 조금 늦었어. 냉면에 만두야. 오늘 그거 같이 만드느라 조금 늦었는데 아주 잘됐어. 같이 먹지."

"네, 감사합니다."

새롬은 여전히 웃지 않고 있었다. 그런 새롬이 자꾸 신경이 쓰이는 민석이었다. 자신도 이해가 되지 않았다. 왜 이렇게 새롬의 모든 게 신경이 쓰이는지 그리고 뭐든 해 주고 싶은 마음이 드는지 알 수 없었다.

"자, 먹어요. 입맛에 맞을지 모르겠네."

"잘 먹겠습니다."

입맛이 까다로운 민석이었지만 장모님의 음식은 아주 맛있었다.

"호텔 쉐프들보다 백배는 나으십니다."

"호호호, 그래요?"

"네."

그가 맛있게 먹을 동안 새롬은 거의 먹지 못하고 있었다. 그런 새롬이 신경 쓰여 민석은 자꾸만 곁눈질을 하게 되었고 그 모습을 한결이 보고 있었다.

"누나 왜 그래? 정말 많이 아픈가 보네."

한결이 누나를 걱정했다. 장난을 치긴 했지만 민석의 눈에는 한결이 누나를 얼마나 생각하는지 보였다.

"더 먹어."

"오늘은 좀……."

그가 새롬이 남긴 냉면을 자신의 그릇에 부었다. 그리고는 아무렇지도 않게 먹었다. 그의 행동에 모두가 놀라 입을 다물지 못하고 있었다.

"이렇게 맛있는 냉면은 처음입니다."

"대표님……."

"우리 매형이 누나를 많이 사랑하나 보네. 남은 음식도 먹어 주고."

민석 자신도 신기하리만치 아무렇지도 않았다.

"사랑하면 다 그런 거야. 엄마도 언제 그랬나 싶다."

"우리가 어때서?"

장인이 타박을 했다.

"우리야 이제 정으로 사는 거죠."

"난 아니야."

"오올……. 아버지."

한결이 엄지손가락을 척하고 들어 올렸다.

"멋지십니다."

"남편은 부인을 사랑하고 부인은 남편을 공경해야 하는 거야."

"여보 그게 언제 적 말인데 지금 써요? 애들 피곤해요."

"그런가?"

"네."

새롬의 식구들은 아주 행복해 보였다. 민석은 지금의 부모님이 갑자기 떠올랐다. 친자식이 아닌데도 아낌없이 사랑을 주신 분들이었다. 그런 분들한테 서해수에 대해 아는 사람들에게 협박을 받는다는 사실을 알리고 싶진 않았다.

부모님들이 걱정하는 게 싫었다. 평범하지 않게 태어났고, 지금도 평범한 삶은 아니지만 부모님에게는 그냥 다른 아들처럼 평범하게 느껴지고 싶었다.

식사 후에 그는 새롬과 같이 그녀의 방으로 갔다. 새롬은 방에 들어오자마자 침대에 털썩 주저앉았고 민석은 그녀의 방 안을 보고는 입을 쩍 벌렸다.

장모님의 말씀이 이해가 되는 순간이었다.

"현민, 창호, 지수, 태웅, 수혁 중에 누구야?"

지금까지의 일들은 기억에서 지워지고 질투로 인해 화가 나기 시작했다. 온통 방 안에 빅스톰 사진뿐이었다. 거기다가 굿즈까지……. 방 안이 정신이 없었다. 제일 화가 나는 건 그의 사진이나, 하다못해 갤럭시 사진은 눈을 씻고 봐도 없었다는 것이다.

"다 좋아해요."

"뭐? 그럼 우리 사무실에 숨어들어 온 건 나 때문이 아니었어?"

이곳에 온 이유도 잊은 채 민석은 화를 내고 있었다.

"서 대표님 회사 아이돌이라고요."

"알아, 그래도 내 사진 하나는 있어야 하는 거 아니야?"

새롬이 피식 웃었다.

"지금 웃음이 나와?"

"네, 나와요. 오늘 나 때문에 걱정돼서 온 거 아니에요?"

"맞아……."

"아닌 것 같아요. 그리고 아까 엄마가 나한테 했던 말……."

"화내실 만해."

"이것 때문에 그런 거 아니에요."

"그럼?"

그녀가 침대에서 일어나더니 장롱 문을 열었다. 붙박이장인 줄 알았는데 드레스 룸이었다. 그리고 그는 그 안의 풍경을 보고 입을 떡하고 벌렸다.

"이거 때문에 화를 낸 거예요. 안 버린다고."

"이걸 왜 버려?"

"그쵸? 이건 다 내 추억인데."

그 안에는 방 안의 빅스톰보다 많은 갤럭시의 사진과 관련 상품이 쌓여 있었다.

"팬이었구나?"

민석의 입이 다물어질 줄 몰랐다.

"네, 예전에요."

"지금은?"

예전이란 말에 서운했지만 예전에는 지금의 빅스톰보다 자신을 더 좋아했다는 게 확실하게 느껴졌다.

"빅스톰."

"박새롬!"

"어쩔 수 없는 일이죠. 갤럭시는 사라졌고 빅스톰은 현존하는 최고의 아이돌이니까요."

빅스톰이 좋다는 새롬의 말에도 민석은 기분이 상하지 않았다. 그녀의 과거에 그가 지금의 빅스톤보다도 큰 자리였다는 걸 알았기 때문이었다.

"나 쉬고 싶어요. 이상하게 몸이 떨려서……."

"놀라서 그래."

그가 새롬을 자신의 품 안에 꼭 끌어안았다. 부드러운 그녀가 그의 안에서 녹아내리는 것 같았다. 새롬의 작은 턱을 든 민석은 그녀의 입술에 살며시 입을 맞추었다.

"내가 다 해결할 테니까 이제 집에서 쉬어."

"민석 씨……."

"내 처음이자 마지막 부탁이야. 네가 사라진 순간 느꼈어. 너 없인 안 된다는 걸 말이야. 부탁이야……."

"……."

그가 다시 그녀의 입술에 입을 맞추었다. 그녀를 느끼고 싶었다. 이제 새롬이 없는 그의 인생은 상상을 할 수 없었다.

"읍!"

새롬의 가는 허리를 끌어당겨 입술을 삼켰다. 가뜩이나 마른 새롬의 몸이 하루 사이에 더 마른 것 같았다.

벌컥!

"어머!"

엄마가 커피와 과자를 가지고 들어오다가 그들의 모습을 보고는 화들짝 놀랐다.

"엄마!"

"미안, 나갈게. 하던 거 계속해."

"아닙니다. 제가 이만 가 보겠습니다. 오늘 새롬이 많이 피곤하거든요."

　그는 새롬의 어깨를 손으로 한 번 감싸고는 그대로 새롬의 집을 나섰다. 더 이상 새롬이 힘들지 않기를 바라면서…….

9. 진격의 서 대표

빅스톰의 가을 투어 콘서트 때문에 정신이 없는 MS엔터테인먼트였다. 대형스타 중에서도 초대형 스타인 빅스톰은 한 번 움직일 때마다 어마어마한 사람들이 함께해야 해서 준비가 철저하지 않으면 정말 큰 사고가 나기 마련이었다.

이럴 땐 민석도 아주 예민해져서 아무도 민석을 건드리지 못했다.

"최 실장!"

오늘도 최 실장은 민석의 호출에 조르르 달려갔다.

"장비 상태가 이게 뭐야?"

장비 상태를 아직 확인하지 못한 최 실장이었다. 체크할 게 한

두 개가 아니었고 중요한 것부터 처리하다 보니 장비가 뒤로 밀렸다.

"콘서트에서 내가 가장 중점을 두는 게 뭐지?"

"무대, 장비, 조명입니다."

"그런데 이래?"

"죄송합니다."

"빨리 체크해. 그리고 무대감독 불러."

예민한 민석을 건드리느니 대꾸 없이 일하는 게 최선이었다. 콘서트가 벌써 3일 앞으로 다가와서 그런지 민석은 정신없이 바빴다. 몸이 열 개라도 부족한 상황이었다. 거기다가 점심시간인데도 밥까지 못 먹었으니 더 날카로워진 게 사실이었다.

"바빠요?"

그런데 뜻밖의 인물이 사무실을 찾았다. 새롬이었다. 화사한 웃음을 가득 품은 그녀의 얼굴을 보자 민석은 예민함이 절로 풀어지는 것 같았다.

"바빠도 밥 먹고 해요. 엄마가 점심 싸 주셨거든요."

새롬이 양손 가득 뭔가를 들고 왔다.

"잠깐 앉아 있어."

"네."

새롬은 지금 직장을 그만두고 집에서 창업을 준비하고 있었다.

글 솜씨가 뛰어난 그녀의 재능이 아까워 민석이 제안한 일이었다. 그녀는 지금 경력을 살려서 월간 MS를 만들고 있었다. 주로 MS의 스타군단들을 취재해서 잡지를 만드는 일이었다.

MS엔터테인먼트에 사무실 하나를 내 줄 예정이었다. 지금은 인테리어 중이라서 집에서 일을 하고 있는 새롬이었다.

정신없이 일을 마무리하고는 그녀 옆에 앉아 점심을 먹었다. 김밥에서부터 초밥까지 간단히 먹을 수 있는 음식을 정말 많이 싸왔다.

"사무실 식구들하고 드시라고요."

그녀가 음식을 계속해서 꺼내며 말했다.

"아니, 내가 다 먹을 거야. 장모님의 정성인데……."

"다 드세요."

"잘 먹었다고 말씀드려."

"네, 그런데 많이 바빠요? 아, 참. 빅스톰 콘서트가 있었죠?"

"맞아."

그녀는 이리저리 둘러보았다.

"콘서트 갈 거야?"

"벌써 친구들하고 예매했죠."

솔직한 마음으로는 빅스톰은 이제 그만 좋아하라고 말하고 싶었지만 오늘도 꾹 참았다. 그러면서 은근슬쩍 지나는 말로 표에 대해 말했다. 옹졸해 보이긴 싫었기 때문이었다.

"말하지……."

"아뇨, 팬은 공짜표를 바라지 않아요. 우리가 마음 졸이면서 예매하는 게 더 큰 기쁨이죠."

"어련하시겠어요."

그가 점심을 다 먹을 때까지 함께 있던 새롬은 일찍 자리를 피해 주었다. 그가 바쁜지 아는 모양이었다. 오전에 콘서트 일을 빠르게 마무리하고 오후부터는 다른 일을 했다. 혜린과 관련된, 아니 민석의 가족사에 관한 일을 빠르게 처리하지 않으면 결혼식을 올려도 불안할 것 같았다.

최 실장이 중간에서 신경을 많이 써 주고 있었다. 콘서트와 그의 일까지 같이 신경 쓰니 최 실장도 바쁘긴 할 것 같았다.

"여혜린은?"

"지금 드라마 촬영 중입니다. 주면 상황은 아주 조용하지만 정보원에 의하면 윤태주가 한 번씩 여혜린의 집에 들른다고 합니다."

"둘이서 아주 쿵짝이 잘 맞을 거야."

그의 속을 뒤집어 놓는 데는 최고인 인간들이었다.

"어떻게 할까요?"

오늘은 윤태주부터 처리해 볼까?

그는 오늘부터 바로 실행에 돌입할 예정이었다. 빠르게 처리하고 일에 집중하고 싶은 민석이었다. 그동안 쓸데없는 것에 시달리느라 시간 낭비를 너무 했다. 못되게 구는 것들에게 본때를 보여 줄 때가 온 것 같았다. 그에게 자비는 없었다.

"내가 촬영장소로 가지. 경기도 화성이라고 했나?"

"네."

"알았어, 나가 봐."

최 실장이 나가자 그는 평소에 그의 열성적인 팬이자 의형제까지 맺은 양수파 두목인 육성민에게 전화를 걸었다.

"형님, 접니다."

[이게 누구신가? 잘 지냈는가? 밥은 먹었고?]

"네."

육 사장의 딸이 빅스톰의 팬이고, 육 사장과 그의 아내는 갤럭시의 아주 골수팬이었다. 그래서 인연이 시작이 되었고 처음엔 그냥 그런 깡패인 줄 알았고 우리나라 최고의 조직을 이끄는 두목일 줄은 몰랐었다.

거기다가 갤럭시의 소속사 사장과는 의형제나 다름없는 사이라서 가수 시절부터 그가 운영하는 클럽에서 자주 술을 마셨었다. 그와의 인연은 계속해서 이어지고 있었지만 이런 부탁은 처음이었다.

"부탁이 있습니다."

[내가 우리 동생 부탁이면 뭐든 들어줘야지. 어떤 놈이 자네를 괴롭히는가?]

"태주를 좀 잡아야겠습니다."

육 사장은 태주를 별로 좋아하지 않았다. 갤럭시의 해체의 원인이 태주라고 생각하기 때문이었다.

[잘 생각했네, 안 그랬으면 내가 그놈의 발모가지를 먼저 절단내 버렸을 테니까.]

"경호원들보다는 형님의 아이들에 더 겁을 먹을 것 같아서요."

[내가 아주 독한 놈들로 보내 줄게.]

"감사합니다."

그가 이런 일로 육 사장에게 도움을 청하게 될 줄은 꿈에도 생각하지 못했었다. 그는 한숨을 쉬며 최 실장이 심어 둔 정보원들이 수집한 자료들을 읽기 시작했다. 윤희정과 송 의원, 그리고 여혜린과 이 의원에 관한 자료들이었다.

"다들 아주 썩었어."

민석은 이제 그가 치고 나갈 때임을 알았다. 오늘 태주로 시작해서 다시는 그의 과거를 가지고 협박하는 일은 없게 할 생각이었다.

그리고 민석은 자신의 친어머니에 관한 자료를 물끄러미 보았다. 그를 낳고 아버지에게 버림받은 그의 친모는 미국에서 미국인과 결혼해서 그나마 행복하게 살다가 암으로 세상을 떠났다.

윤희정의 사촌으로 윤희정이 아버지를 소개한 것 같았다. 더 이상의 자료는 없었다. 윤희정이 남편을 위해 여혜린과 짜고 그에게 거짓말을 했다는 게 진실이었다.

민석의 눈이 차갑게 빛나고 있었다.

촬영장의 태주는 요즘 기분이 좋았다. 예전엔 항상 흐린 날씨였다면 요즘은 화창한 날씨의 연속이었다. 이번 드라마가 빠르게 마무리되어 가고 있었다. 조연이었지만 드라마도 어느 정도 성공을 거두었고, 차기작은 오 감독의 작품에 주연으로 발탁이 될 텐데 좋지 않을 수 없었다.

"뭐가 그렇게 좋아?"

잠시 커피를 마시는데 동료배우가 그에게 말을 걸었다.

"어?"

"아니 요즘 계속 실실거리고 다니니까."

"그런 게 있다."

"로또라도 맞았어?"

"빙고! 똑똑한데?"

그가 평소에 하지 않던 농담까지 하자 동료배우가 이상함을 느껐는지 얼른 자리를 떴다.

"이제 너와 나는 레벨이 달라."

그는 멀어지는 동료의 뒷모습을 보며 혼자서 중얼거렸다.

"태주 씨!"

조연출이 그를 불렀다.

"네, 갑니다."

즐겁게 촬영을 마친 그는 오 사장의 부인인 미주에게 전화를 걸었다.

"자기?"

[어, 왜?]

목소리가 떨리는 걸로 봐서 오 사장이 옆에 있는 모양이었다. 이럴 때 요구 조건을 말해야 빠르게 처리가 되었다.

"나 부탁이 있어서."

[말해.]

"용돈이 떨어졌어."

[얼마나 됐다고?]

미주의 목소리가 더 작아졌다.

"자기 정말 이럴 거야? 내가 자기를 얼마나 사랑하는데."

[알았어, 내일 만나.]

"사랑해."

구역질이 나도 돈줄이니 이렇게 하지 않으면 안 된다는 걸 태주
는 알았다. 가난한 부모 밑에서 잘생긴 얼굴 하나 빼고 가진 게 없
는 그가 살아남는 유일한 방법이었다.

"윤태주 씨?"

"네, 그런데요?"

건장한 남자들이 그의 차가 주차되어 있는 곳에 있었다. 주차장
이 외진 곳에 있어서 위험한 일이 생겨도 도움을 받을 길이 없었
다. 태주는 본능적으로 핸드폰의 긴급 버튼을 누르려 했지만 남자
의 손이 빨랐다.

"왜 이러실까?"

"누, 누구세요?"

"죄를 하도 많이 져서 누가 보냈는지도 헷갈리지?"

남자가 대놓고 비아냥거렸다.

"네? 죄, 죄라뇨."

"죄가 없으면 괜찮을 것이고 죄가 있으면 죽어야지."

"……."

태주는 남자들의 기세에 눌려 더 이상 답을 하지 못했다.

"우리 배우님은 우리와 함께 가실 곳이 있어요."

남자는 전라도 사투리가 강했다. 억지로 서울 말투를 흉내 내는
것 같았다.

"돈이 필요하시면……."

"돈이라뇨? 무슨 그런 서운한 말씀을……."

"형님들……."

"워메……. 우리가 액면가는 이래도 졸라 어린데 형님이라니……."

이렇게 말을 하며 그의 차 뒷좌석에 그를 밀어 넣었다.

"살려 주세요."

"그러니까, 왜 우리를 형님이라고 부르냐고."

"아니, 아우님들……."

"워메……. 또 언제 봤다고 아우님이래. 혓바닥을 그냥 확!"

"죄송합니다……."

그들은 태주를 태우고는 어디론 가로 향하고 있었다. 한참 후에 보니 촬영장과 가까운 화성으로 향하는 길이었다. 그리고 그들은 자꾸만 산으로 들어가고 있었다.

"살려 주세요. 내가 돈은 지금 없고 살려만 주면 어떻게든 구해서 가져다줄게요. 2천 억 주식부자 MS엔터테인먼트 서민석 사장하고 친한 거 알죠? 형이 돈을 줄 거라고요."

"하하하."

남자들은 웃기만 할 뿐 답이 없었다. 도대체 얼마의 돈을 원하는 걸까? 드디어 차가 멈추었다. 그냥 내리고 싶지 않았다. 내리면 죽을 것 같았다.

"살려 주세요. 돈은 민석이 형에게……."

"맡겨 놨어?"

"……."

차에서 끌려 내려 처음 본 건 민석의 얼굴이었다. 어찌나 반갑던지. 민석이 그를 찾으러 온 것이었다. 기쁜 마음에 그를 불렀지만 민석은 꿈쩍도 하지 않고 있었다. 잠시 후에 그건 착각이었다는 걸 뼈저리게 느낄 수 있었다.

"형?"

"형이라고 하지 마. 이제 우리들의 악연은 끝을 낼 때가 된 것 같아."

"형…… 왜 그래."

민석이 고갯짓을 하자 육 사장의 부하들이 죽지 않을 만큼 때리기 시작했다. 한 대 맞으면 죽을 것 같은 주먹을 가진 남자들이었다.

퍽퍽퍽!

너무 아프니까 비명도 제대로 나오지 않았다. 왜 민석이 자신을 이렇게 때리게 하는지 이해가 되지 않았다. 아직 윤희정에 대한 이야기는 언론에 흘리지 않았다. 여혜린이 때가 되면 신호를 준다고 했는데 아직이었다.

"아…… 악! 윽!"

"그만!"

민석의 말에 때리던 손들이 멈추었다.

"왜…… 이래?"

"왜 그러냐고? 우리나라 속담에 '은혜를 원수로 갚는다.' 는 말이 있어."

"……."

"넌 내가 베풀어 준 그 수많은 은혜를 네가 알고 있는 그 알량한 비밀 때문에 당연하게 생각해 왔던 것 같아."

"아니야……."

"아니긴, 무슨 일이 생길 때마다 넌 항상 그 이야기를 꺼냈지. 내가 서해수의 아들이란 걸 말이야. 그리고 이번엔 아주 흥미로운 사실까지 들었으니 세상을 다 얻은 기분이었겠지."

"아니라니까."

민석이 서해수의 아들이란 걸 알았을 때 처음엔 놀랐고 두 번째론 기회라는 걸 잡았다는 생각이 들었었다. 그리고 솔직하게 이용한 것도 사실이었다.

민석은 그에 비해 얻은 게 많으니 같은 멤버였던 그에게 좀 나눠 줘도 된다는 생각을 했었다.

"어머니에 대한 것도 궁금하지?"

"……."

그가 안 게 분명했다.

"이분이 내 어머니야."

그가 펼쳐 보인 사진은 윤희정이 아니었다.

"윤희정도 가만히 두지 않을 거니까, 혼자만 당한다고 생각하지는 마."

"형……."

"내가 다 알고 있다는 생각은 못했어? 그리고 나도 너에 대해 많이 알 거라는 사실도 말이야. 나 대신에 널 죽일 사람은 많아. 특히 오 사장."

"……."

"오 사장 와이프하고 아주 신났던데? 호텔에, 모텔에, 별장에……. 집에서까지 오 사장이 자는 침대에서도 즐기고 말이야?"

그가 어떻게 알았을까? 오 사장이 이 사실을 안다면 지금 이 수모는 아무것도 아니었다. 아마 산 채로 땅에 묻힐지도 몰랐다.

"용서해 줘. 오 사장이 알면 그땐 정말 죽어."

"그냥 죽어."

민석은 차갑게 말했다. 그의 이런 모습은 처음이었다. 다정하게 말하는 사람은 아니었지만 그래도 그의 일이라면 끝까지 뒤를 봐주던 형이었다. 태주는 민석의 달라진 모습에 당황했다. 자신이 얼마나 잘못했는지는 모른 채 말이다.

"형, 내가 이렇게 빌게……."

"아니, 그러지 마. 너답게 당당하게 나와야 내가 편하게 널 때리라고 말하지."

민석이 고갯짓을 하자 폭행이 또다시 시작되었다. 조금 전보다 더 심한 폭행에 태주는 정신 줄을 놓고 있었다.

"이건 별거 아니야. 네가 그동안 만났던 여자들의 신상이거든. 다 유부녀더라고."

"……."

"그리고 이건 네가 약을 한 내용이야. 당장이라도 경찰에 넘기고 싶지만 마지막 내 인내심이라고 생각해서 그냥 두는 거야. 만약에 네가 다시 한 번 나의 가족사에 관해서 떠벌리고 다닌다면 넌 연예계뿐만 아니라 이 나라에서도 떠나야 해. 알았어?"

"……."

"대답 안 하지?"

"알았어……."

민석은 자신의 차에 올라 그를 두고 사라졌다.

"연예인 양반이 점잖은 서 대표를 완전히 열받게 했네. 앞으로 우리가 연예인 양반의 일거수일투족을 두고 볼 거야. 다음엔 이렇게 맞는 걸로는 안 끝나 얼굴 하나 살짝 망가트리고 손가락 하나 잘라 버릴지도 모르지."

"아, 알았다고요."

태주는 마음이 급했다. 그리고 정말 죽을 것 같이 두려웠다.

민석의 표정이 굳어 있었다. 태주는 절대로 그에게 덤비지 못할 거라는 걸 알았다. 진작 이렇게 했어야 하는데……. 불쌍하다고 봐준 그의 잘못도 있었다. 다음은 윤희정 차례였다. 송 의원의 비리가 한둘이 아니었기 때문에 한꺼번에 처리하는 게 나을 것 같았지만 송 의원을 완전히 매장시키려면 윤희정을 먼저 쳐야 했다.

"비리 덩어리 같으니."

송 의원은 국회의원이란 자리 하나를 가지고 온갖 안 좋은 일엔 다 얽혀 있었다. 이런 인사가 원내 대표가 된다면 그 당은 완전히 망할 것 같았다.

"여보세요?"

[누구?]

"접니다."

[……]

한참을 생각하는 것 같았다. 아들의 목소리를 모르다니 웃기는 일이었다.

속이려면 제대로 속여야 하는데 한참 어설폈다. 연기상까지 받은 여자치고는 서투른 연기력이었다.

"누군지 모르시나요?"

[모, 모르긴. 당연히 알지.]

"지금 댁 근처로 갑니다."

[뭐?]

"댁 앞에서 뵙죠. 아니면 댁으로 갈까요?"

[어딜 함부로?]

"아들이 어머니 집에 가는 게 함부로입니까?"

[아니, 그러니까…….]

"5분 후면 도착입니다. 송 의원께 들키지 않으려면 빨리 나오셔야 할 겁니다. 송 의원님, 지금 집에 계시죠?"

[나간다고!]

아주 신경질적인 반응이었다.

"똥줄이 타겠지."

민석은 집요한 성격이었지만 그건 어디까지나 회사 일을 할 때뿐이었다. 나머지 일은 거의 신경을 쓰지 않고 살았었다. 그런데 그대로 놔두다가 보니 일이 이렇게 커져 버렸다. 정리를 해야 했다. 새롬을 위해서 말이다.

집 앞에 도착하자 문 앞에 윤희정이 나와 있었다. 성북동의 고급 주택에 사는 윤희정이었다.

"잃을 게 많겠어."

그는 윤희정을 차에 태웠다.

"안녕하세요?"

"무슨 일이야?"

윤희정은 불안한 얼굴로 그와 마주했다.

"아들이 찾아왔는데 더 반겨 주셔야 하는 거 아닙니까?"

"이유나 말해! 의원님 잠드셨단 말이야."

"국회의원이 대단하다고 생각하시나 봅니다."

"그럼, 대단하지. 너 따위가 넘볼 자리는 아니니까."

국회의원의 무슨 왕이라도 되는 줄 아는 여자였다. 아마도 지금까지 그런 대접을 받아 왔던 모양이었다. 그러니 이렇게 강한 집착을 보이는 것이다.

그게 권력의 맛이었고 그 맛에 한 번 빠지면 빠져나올 방법이 없는 것처럼 보였다.

"하하하, 그러면 잘 지키세요. 저따위가 끌어내리지 않게."

"뭐야?"

한 대 칠 기세였다. 돈과 권력의 욕심에 눈이 뒤집힌 여자였다.

"아무리 국회의원이 좋아도 정도껏 하셔야죠."

툭!

그가 서류를 그녀에게 건넸다. 조금 전 태주에게 보여 준 그의 친어머니에 관한 서류였다.

"이게……."

"제 어머니에 관한 내용이죠."

"……."

"부인이 사문서위조에 협박까지 했다면 송 의원님의 정치 생명은 끝이죠."

"서 대표, 그러니까……."

"그러니까 뭐죠? 송 의원을 살려 달라?"

"……그래."

"싫습니다."

"내가 진짜 잘못했어. 이 일은 다 여혜린이 꾸민 거야. 그 애가 이번 역할만 잘해 주면 송 의원의 원내 대표를 보장해 준다고 했어."

어이가 없었다. 남편의 출세를 위해 다른 사람의 아픈 부분을 쑤셔 대는 사람들이었다.

"용서라뇨, 그런 말은 이럴 때 쓰는 게 아닙니다."

"서 대표……."

"송 의원의 정치 생명은 끝내는 걸로……."

"뭐든 다 할게. 다 한다고. 우리 송 의원은 건드리지 마."

아주 필사적이었다.

"내리세요."

"서 대표……."

"일을 이렇게 만든 건 윤희정 씨입니다. 다른 사람을 아프게 하면 본인도 아프다는 걸 아셔야죠."

"내가 죽을죄를 지었어……."

"그 서류는 기념으로 가지세요. 전 많으니까."

그의 기사가 윤희정을 차에서 끌어내렸다. 어찌나 버티는지 윤희정을 돌려보낸 운전기사가 땀을 비 오듯이 흘리고 있었다.

"고생했어."

"아닙니다. 저런 사람은 혼이 좀 나 봐야 정신을 차릴 것 같습니다."

"나도 그렇게 생각해."

그의 일과는 이렇게 마무리되었다.

노천탕에 발을 담그며 바람을 맞고 있는 새롬이었다. 7월에 그를 만나 8월을 지나고 이제 9월, 가을에 접어들었다. 그는 요즘 콘서트 때문에 정신이 없었다. 오늘은 엄마가 만든 밑반찬을 가지고 왔다.

어찌나 사위를 챙기는지 아주 눈물겨울 지경이었다. 사실 검사 검사해서 그녀도 그가 보고 싶었다. 그래서 군소리 안 하고 엄마의 심부름을 하는 것이었다.

그에게 보안 카드키를 받은 후에 처음으로 혼자서 그의 집을 방문했다. 결혼을 하면 이곳에서 신혼살림을 차릴 것 같았다. 아무것도 해 오지 못하게 그는 미리 그녀의 부모님께 말해 둔 상태였다. 그 후로 엄마는 완전히 민석에게 넘어가 버렸지만 말이다.

아버지와 한결의 평생소원인 아이 돌봄 시설을 민석이 지원해 주기로 하였다. 말하자면 고아원인데 부모에게 버림받은 아이들을 돌보고 싶어 하신 아버지의 뜻이기도 했다.

할아버지는 장학재단에 기부하기로 한 돈을 아버지가 하고 싶어 하신 돌봄 시설에 기부하기로 하셨고 아버지도 감사히 받겠다고 말씀하셨다. 할아버지는 정말 사위가 잘 들어왔다며 쌍수를 들고 환영하고 계신 상황이었다.

하지만 새롬은 고민이 많았다. 왜 그가 이렇게 큰일을 벌이는지 이해가 가지 않았다. 자신의 양아버지에게 효도를 하는 것 치고는 너무 일이 커져 버린 상황이었다. 결혼하는 것만 신경 쓰면 되는 사람인데 너무 깊숙이 그녀의 일을 돕고 있다는 생각이 들었다.

그래서 오늘은 너무 그렇게 하지 말라고 말하려던 참이었다. 무슨 일이 그렇게 바쁜지 그녀와 얼굴을 보고 이야기를 한 지도 며칠이 지났다.

"따뜻하다."

첨벙첨벙.

따뜻한 물에 발을 담그고 있으니 졸음이 몰려들고 있었다.

"너무 늦으려나?"

집에 가려고 일어나려는데 그가 들어왔다. 너무 기쁜 나머지 새롬은 맨발로 뛰어가서 그의 앞에 섰다.

"헉헉헉, 왔어요?"

그녀는 얼굴에 미소를 가득 담아서 그를 보았다. 그녀가 사랑하는 사람이 지금 피곤한 얼굴로 서 있었다. 위로해 주고 싶은 마음이었다.

"어."

눈을 반달처럼 뜨고는 민석의 품으로 달려들었다. 오랜만에 안기는 그의 품이 너무나 좋았다. 마치 고향으로 돌아온 기분이었다.

"흠……. 서민석의 냄새다."

그의 체향이 이렇게 좋은 줄 몰랐었다.

"오늘 어쩐 일이야?"

조금 딱딱한 반응에 새롬은 서운한 생각이 들었다.

"엄마가 반찬 가져다주라고 해서요."

"감사하다고 전해 드려 줘."

"네."

둘은 손을 잡고 안으로 들어갔다.

"신발은?"

"노천탕에요. 나 좀 웃기죠?"

"아니, 예뻐."

"남자가 예쁘다고 말하는 경우는 할 말이 없을 때래요."

"하하하, 그래?"

"네."

민석은 샤워를 한 후 그녀가 미리 차려 둔 밥상에 앉았다. 이러고 있으니 결혼을 한 것 같은 느낌이 들었다.

"정말 신기해요."

"뭐가?"

민석은 배가 고팠는지 밥을 먹으며 말했다.

"처음엔 정말 원수같이 미웠는데……."

"갤럭시의 팬 아니었어?"

"맞아요, 하지만 그건 그거고 일은 일이죠."

"빅스톰으로 돌아서서 그래."

"아니에요."

"맞아."

하긴 그 말도 맞았다. 이제 갤럭시는 추억이었고 빅스톰은 현실
이었다.

"맛있어요?"

"응."

그는 피곤한지 별다른 말이 없었다.

"MS매거진은 아주 잘 진행되고 있어요."

그가 묻기 전에 먼저 말을 꺼내 버렸다. 왠지 선생님에게 칭찬
을 받고 싶어 하는 학생 같은 마음이었다.

"알아."

그의 반응이 기대했던 것과는 사뭇 달랐다.

"오늘 피곤해요?"

"조금."

조금이 아니라 많이 피곤한 모양이었다.

"어? 다쳤어요?"

"아니야."

그의 주먹에 싸워서 생긴 것 같은 흉터가 있었다. 마치 사춘기
의 남자들이 넘쳐나는 에너지를 주체하지 못하고 벽을 주먹으로

치고 난 후 같은 그런 상처였다.

"싸운 거 아니죠?"

"아니야."

"사춘기 소년도 아니고 손이 그게 뭐예요? 구급상자 있어요?"

"응, 욕실에."

그녀는 욕실에서 구급상자를 가져와서 밥을 다 먹고 소파에 앉아 있는 그의 옆에 앉았다.

"아!"

생각보다 엄살이 아주 심한 남자였다.

"그러게 손을 왜 이렇게 다치게 만들어요. 가만히 있어요."

그녀가 상처를 소독하고 약을 꼼꼼히 바른 후에 붕대로 손을 감았다. 그래야 약이 잘 스며들 것 같았기 때문이었다.

"다 됐다. 괜찮아요?"

"……."

그가 그대로 잠이 들어 있었다. 어찌나 곤하게 자는지 깨울 수가 없었다. 그녀는 그를 소파에 눕히고 침실에서 이불을 가져와서 덮어 주었다.

"아프지 마요."

그녀는 다정히 속삭이고는 그의 집을 나왔다. 솔직하게 이렇게 그의 집에서 그냥 나온 경우는 처음이었다. 하지만 오늘은 그냥 피해 주어야 할 것 같았다. 자신의 차를 탄 새롬은 집으로 향했다.

"으으윽!"

기지개를 켜자 온몸이 쑤셔왔다. 눈을 뜨고 보니 그는 소파 위에서 잠이 들어 있었다. 처음 있는 일이었다. 그리고 주변을 둘러보았지만 새롬은 보이지 않았다. 그는 붕대에 감겨 있는 자신의 오른손을 내려다보았다.

어제 성질을 참았어야 했는데 참지 못하고 벽을 손으로 내리쳤다. 이제 여혜린만 남았다. 어제는 송 의원의 비리 자료를 검찰에 넘겼다. 그래서 검찰은 지금 내사에 착수했고 조만간 송 의원은 의원직 상실과 함께 교도소로 갈 판이었다.

그런데 어제 너무나 골치 아픈 사건이 터지고 말았다. 여혜린이 그의 가족사를 한 언론사에 제보를 했고 그 언론사가 발표를 해버렸다.

다행히 인터넷 기사라 그가 손을 써서 순식간에 삭제하기는 했지만, 그 소식을 본 다른 언론사들에서 그에게 인터뷰 요청이 쇄도했다. 너무 열이 받은 나머지 그는 사무실의 거울을 주먹으로 박살을 냈다.

놀란 최 실장이 병원에 가자고 했지만 그는 꿈적도 하지 않고 하루 종일 일만 했다. 피가 굳어서 피딱지가 져 버렸지만 그는 상관하지 않았다.

저녁때쯤 언론들은 민석의 일보다는 송 의원의 이야기를 하느라 정신이 없었다.

송 의원은 억울하다며 검찰의 조사를 성실하게 받겠다고 앵무새처럼 떠들어 대고 있었다. 그러나 증거가 너무 확실해서 이번엔 빠져나가기 힘이 들 것이다. 소파에서 일어난 민석은 목이 말라 냉장고로 향했다.

냉장고 앞에는 곤히 자는 것 같아서 먼저 간다는 내용과 아침 꼭 챙겨 먹고 가라는 메모가 적혀 있었다. 민석의 입가에 저절로 미소가 번졌다.

"이제 정말 끝이다."

오늘 그는 마지막으로 정리해야 할 인간들을 정리하기로 했다. 오늘 그는 혜린의 아버지 이 의원을 만날 예정이었다. 어제 혜린 때문에 다친 손이 욱신거리고 있었다. 물을 마신 그는 샤워를 하기 위해 자신의 방으로 향했다.

그러다가 그는 빵 하고 터지고 말았다. 침대 위에 곰 인형이 있었고, 어디서 구했는지 눈썹을 검은 테이프로 화가 난 모양으로 붙여 놓았다.

그가 웃은 건 곰 인형 때문이 아니라 새롬이 써 놓은 메모 때문이었다.

"'못하고 갑니다.'? 하하하……."

새롬의 귀여운 메모 때문에 그는 하루의 시작을 웃음으로 할 수 있었다. 알면 알수록 귀여운 새롬이었다. 그는 오랜만에 휘파람을 불며 욕실로 향했다.

점심시간에 이 의원과 약속을 잡은 민석은 오랜만에 서울 호텔을 찾았다. 자주 오던 곳이었지만 너무 바쁜 관계로 요즘은 뜸하게 찾았다.

오늘은 특별히 서울호텔 사장에게 부탁해서 룸을 잡은 민석이었다. 룸에 도착한 그는 최고로 비싼 식사를 준비시켰고 최 실장도 오늘은 함께했다.

이야기 중간에 최 실장을 부를 예정이라서 일단 먼저 식사를 하고 있으라고 했다.

그렇게 약속시간에서 10분을 조금 넘긴 시간에 이 의원이 나타났다.

"안녕하십니까?"

"잘 지냈나?"

정치인답게 그는 아주 친근한 어투로 말했다.

"네, 덕분에 잘 지냈습니다."

"다행이군."

"어제 혜린이가 일을 터트린 거 아십니까?"

"……."

그는 정치면이 아니면 신경을 안 쓰는 모양이었다.

"요즘은 연예기사도 봐 주셔야 대중을 상대하기가 편하실 겁니다."

"하하하, 그런가?"

"네, 이건 농담이 아니라 진심입니다. 저는 이 의원님이 대권을 잡으시려면 약간의 유머가 더 필요하다고 생각합니다."

"……."

"저는 대중의 사랑도 받아 본 사람이고 지금 저희 회사의 아이돌들을 사랑받게 만드는 사람입니다. 지금보다 더 큰 사랑을 받으시려면 유머가 필요한데, 유머는 책으로 배우는 게 아닙니다."

"그럼?"

이 의원이 눈을 동그랗게 뜨며 관심을 드러냈다.

"제가 잠시 후에 제안을 하나 드릴 테니 마음에 드시면 그렇게 하시면 됩니다."

때마침 음식이 들어왔다.

"먼저 식사부터 하시죠."

"그러지."

그들은 식사를 하면서 가벼운 농담을 했다. 민석은 속으로 이 의원의 야망이 끝이 없다는 생각이 들었다. 딸의 관한 건 그에게 관심의 대상이 아니었다.

이 의원의 관심은 오로지 대권이고 그보다 먼저는 이번 총선의 승리였다.

어느 정도 식사가 마무리되자 민석은 최 실장을 불렀다. 그리고 그가 미리 지시한 대로 회사에 개그맨 한 명을 이 의원의 스피치 선생님으로 추천했다.

"이 친구가 요즘 토크쇼에서 아주 대세인 친굽니다. 고급스럽지만 아주 유머러스한 친구죠."

"그래?"

"네, 저희가 지원하겠습니다. 지난번에 약속한 모든 지원을 아낌없이 하죠."

그가 고갯짓을 하자 최 실장이 연예인들의 프로필 사진첩을 그의 앞에 놓고 나갔다.

"다 이 의원님의 대권을 위해 선거 때 아낌없이 지원할 친구들입니다."

이 의원도 몇몇은 알아본 모양이었다.

"그래서…… 내게 원하는 건 뭐지?"

"여혜린을 당분간 반성하게 해 주십시오. 버릇은 이 의원님께서 잘못 들이신 겁니다. 아버지의 권력을 이용해서 딸이 저러고 다니는데, 이걸 일반 대중들이 안다면 용서하지 않을 겁니다. 정신 병원은 좀 심한 것 같고, 유학이든 뭐든 외국으로 보내는 게 여러모로 좋을 것 같습니다."

이 의원이 심각하게 고민을 하는 것 같았다.

"나중에 정신 병원에 강제 입원시켰다고 하면 문제가 발생할 것 같고 또 대권을 잡으시면 가정이 편안한 이미지가 되어야 하는데, 요즘 혜린이가 맡은 역할들은 너무 센 캐릭터들이라서 호불호가 갈립니다. 선거에 악영향이죠."

이 의원은 그의 이야기를 경청하고 있었다. 표정에서 이미 마음을 정한 게 드러났다. 비정한 아버지였다.

"자네도 정치를 해 보는 게 어떤가?"

"거절하겠습니다. 이 의원님이 정치를 사랑하듯이 전 연예계를 사랑합니다."

"아쉽군."

"감사합니다."

그와 이야기를 한참 나눈 후에 이 의원도 그를 진심으로 인정하는 것 같았다. 그리고 이번 선거에 많은 도움을 바란다며 그의 뜻대로 해 주기로 약속했다.

마지막까지 설마 했지만 이 의원은 그와의 약속을 지켰다. 여혜린이 아닌 이 의원의 딸, 이수빈은 그렇게 시야에서 깨끗하게 사라졌다.

10. 우리 사랑 맞아요?

MS매거진은 MS사옥 중에서도 가장 좋은 위치인 2층에 있었다. 대표실도 2층에 있었고 각종 사무실도 2층이었다. 1층과 지하는 식당과 헬스장, 그리고 커피숍이 있었고 작은 정형외과와 약국도 있었다.

모든 게 소속 연예인들을 위한 배려였다. 그런데 MS매거진은 톱스타들과 맞먹는 대우를 받고 있었다.

"박 기자."

"넵, 선배."

"여기는 천국이다."

"선배도 다니시잖아요."

"가끔은 이게 꿈인가 싶다. 그동안 밤낮없이 차에서 자면서 스토커처럼 쫓아다니던 그 얼굴 보기 힘든 스타들이 여기에 다 있어."

김 선배는 새롬이 톱스타매거진에서 빼 온 것이었다. 김 선배는 아직 그녀가 서 대표와 사귀는 줄 모르고 있었다. 그들은 아직 공식적인 발표를 하지 않고 있었다.

"박 기자, 서 대표 봤냐? 난 아까 전에 식당에서 봤는데, 진짜 다시 보고 또 봐도 잘생겼더라."

"그래요?"

"그래서 내가 갤럭시의 광팬이었잖아."

"남잔데도 좋아요?"

"멋있잖아."

선배의 말에 괜히 새롬의 어깨에 힘이 들어갔다. 사실 새롬도 그와 같이 있을 때마다 깜짝깜짝 놀라긴 했다. 이런 남자와 결혼을 한다는 게 믿어지지 않았다.

"그거 알아?"

"뭘요?"

"송 의원, 이번에 의원직 박탈당할 것 같아."

잘된 일이었다. 송 의원은 비리의 온상이었다.

"누군가 검찰에 아주 확실한 자료를 넘겼다고 하더라고."

"그래요?"

선배가 눈을 가늘게 뜨고 새롬을 보았다.

"박 기자 아냐?"

"아뇨, 제가 그만둔 지가 언젠데요."

"정말 아니야?"

"네."

"거기다가 이상한 일이 한두 가지가 아니야."

"뭐가요?"

"윤태주 알지?"

그 비열한 인간을 어떻게 모를 수가 있겠나.

"윤태주가 어느 날 사라졌어. 이번에 드라마를 끝내자마자 사라졌어."

"행방불명이에요?"

"들리는 말로는 유부녀하고 바람이 났는데 신랑이 조폭이라는 거야. 그래서 무서워서 잠적했다고 하더라고."

"……."

"그런데 사실은 얼굴이 엉망이 됐다는 말도 있어. 조폭한테 완전히 묵사발이 됐다는 말이지."

"설마요. 그건 너무 나간 거 아니에요."

"좀 그렇지?"

"네."

"어쨌든 귀신같이 사라졌어. 약을 한 것도 아니고 여자 문제도 떠도는 이야기만 있었고."

김 선배는 아주 궁금한 모양이었다.

"전 관심 없어요. 착하게 산 사람은 아니니까. 죗값을 받았다면 뭐, 할 수 없는 거죠."

"독해."

"제가요?"

선배가 고개를 끄덕였다.

"지나가던 개가 웃겠어요. 빨리 커피 마시고 일하세요."

"아니, 여기선 박 기자가 부장님 같아."

"제가요? 설마요."

윤태주에 관한 소문은 들었었다. 하지만 원래 해괴한 소문을 몰고 다니는 윤태주라서 신경을 쓰지 않았는데 이번은 뭔가 사달이 나긴 한 것 같았다.

"그리고 여혜린 말이야. 정말 은퇴한 거 맞아?"

"그렇다고 하던데요."

"여혜린도 지금 행방불명이야."

어느 날인가부터 여혜린의 모습이 보이지 않았다. 마치 인간 청소를 한 것처럼 그의 가족사를 아는 사람들이 지금 모두 행방이

묘연했다.

"하여튼 미스터리하다고."

"네, 이제 일이나 같이하시죠. 오늘 여배우들과 인터뷰가 있는
데."

"가야지. 암, 가고말고."

여배우란 말에 선배는 완전히 입이 귀에 걸려 다물어질 줄을 모
르고 있었다.

MS매거진 사무실에는 그 말고도 그녀의 업무를 도와줄 전문가
들이 5명이 더 있었다. 총 7명의 직원들로 구성이 된 매거진팀은
잡지라기보다는 MS소속 연예인들의 이야기를 기사처럼 만들어
홍보하는 곳이었다.

그래서인지 톱스타매거진 때와는 다르게 서로 자신을 홍보해
달라고 난리였다. 그래서 오늘은 여자 배우들의 인터뷰가 있을 예
정이었다. 아이돌과 영화배우, 탤런트, 뮤지컬 배우까지 MS엔터
테인먼트는 말 그대로 우리나라 최고의 대형 기획사라 이곳 아티
스트만 해도 몇 년 치 분량은 나올 것 같았다.

그렇게 정신없이 일을 하다 보니 퇴근 시간이었다. 며칠째 서로
바쁜 나머지 민석을 보지 못한 새롬이었다. 그날 손을 치료해 준
이래로 그들은 얼굴을 보지 못했다.

이제는 그녀만 그를 생각하는 것 같았다. 전화라도 주면 좋으련

만 그는 문자도 잘 보내지 않았다.

"선배."

"다정하게 부르지 마라."

"뭐 좀 물어보려고요."

"말해."

주차장으로 가는 길에 새롬이 선배에게 물었다. 걸음이 어찌나 빠른지 거의 뛰다시피 쫓아가며 물었다.

"선배는 여자랑 사귀면 유통기한이 어떻게 돼요?"

"세 달?"

놀라서 그딴 질문은 왜 하냐고 핀잔을 줄줄 알았는데 의외의 반응이었다.

"왜요?"

"난 그 정도면 매력이 사라지더라고."

"바람둥이."

"난 바람둥이 아니야. 기껏 물어봐서 답해 주니깐……."

"몰라요. 갑니다."

그녀는 선배에게 대충 인사를 하고는 집으로 향했다.

"매력이 없어진 거야?"

하지만 그녀는 더욱더 민석이 좋아졌다. 한번 불붙기 시작하자 빠르게 타오르고 있었다. 그전에는 그냥 좋다는 느낌이었지만 한

번 사랑이 이런 거구나 라는 생각이 든 이후부터는 그를 생각만
해도 가슴이 두근거렸다.

서민석은 박새롬의 심장 질환 유발자였다.

"전화를 해 볼까? 남자가 먼저 하라는 법은 없으니까."

새롬은 휴대폰을 들고는 조금 망설이다가 그의 번호를 눌렀다.

[여보세요?]

그의 목소리가 전화기 사이로 들리는데 갑자기 눈물이 날 것 같
았다. 회사에서, 그것도 같은 층에 있는데 며칠째 마주치지 못했
었다.

"저예요."

[말해.]

"어디예요?"

[집.]

"일찍 퇴근했네요?"

[어.]

그는 아주 짧게 대답만 하고 있었다. 지난번에도 그러더니 점점
더 무뚝뚝해지는 것 같았다. 확실한 건 유통기한이 많이 지난 음
식물 취급받는 기분이었다.

"집에서 일하는 중이에요?"

[아니, 왜?]

"……아니, 그냥 전화해 봤어요. 뭐 하나 해서……."

[그냥 있어.]

"알았어요."

사랑한다는 고백을 바란 것도 아니고 그냥 목소리 듣고 다정한 말 몇 마디만 나누어도 행복하겠다고 생각해서 한 전화인데 그는 너무나 싫은 사람에게 억지로 말하는 것처럼 하고 있었다. 기분이 좋지 않았다.

"괜히 했어."

속이 상했지만 어쩔 수 없이 참고 집으로 향한 새롬은 집 앞에 서 있는 마이바흐를 보고는 화들짝 놀랐다.

"뭐지?"

그녀는 차를 주차시키고는 위풍당당하게 서 있는 차 앞으로 향했다. 그녀가 가까이 가자 차 문이 열리더니 민석이 그녀를 불렀다.

"타!"

조금 전까지 서운했던 마음이 민석의 얼굴을 보자 봄 눈 녹듯이 녹아내렸다. 그의 차에 오른 새롬은 선물을 받은 아이처럼 반짝이는 눈으로 그를 보았다.

"바쁜 거 아니었어요?"

"바빠."

"그런데 왜……."

여전히 그의 답은 실망스러웠다. 갑자기 차를 출발시킨 민석은 아무 말 없이 운전만 했다.

"집에 가려고요?"

"아니."

그는 짧게 답하고는 운전에만 열중했다. 새롬의 시선이 핸들을 잡은 민석의 손으로 향해 있었다. 강한 손과 잔근육으로 이루어진 팔이 눈길을 사로잡았다. 그의 손이 그녀의 몸을 어루만질 때의 느낌이 떠오르자 새롬의 여성이 촉촉하게 젖어 들고 있었다.

낭패였다. 생각만으로도 이럴 수 있다는 게 신기했다. 새롬은 시선을 애써 돌렸다. 이러다가 운전하는 그를 덮칠 것만 같았다.

그때 갑자기 그가 새롬의 손을 잡고 운전을 하기 시작했다. 너무 놀랐지만 강한 그의 손이 주는 느낌에 새롬의 심장이 두근거리고 있었다.

그녀의 귀에 자신의 심장소리가 들리는 것 같아 부끄러웠다.

"흠, 어디 가는 거예요?"

"……."

"멀어요?"

"조금."

내일은 쉬는 날이었다. 그래서 시간은 괜찮았지만 오늘 외박을 하면 정말 집에서 쫓겨날 수도 있었다. 이제 취재를 하러 다니는 게 아니니까 핑곗거리가 없었다.

"후……."

한숨이 절로 나왔다.

"왜?"

"엄마한테 뭐라고 하나 생각하고 있었어요."

"내가 말씀드렸어. 오늘 못 들어간다고."

"……."

그가 말했으면 엄마는 완전 좋아했을 것 같았다. 그만큼 서민석이란 남자에게 무한 신뢰를 보내고 있는 그녀의 가족들이었다.

"우리 가족들이 민석 씨한테 완전히 홀릭된 것 같아요."

"감사하게 생각해."

그렇게 한참을 운전하는 동안에도 그는 별말이 없었다. 피곤해서 그러는 건지 아니면 뭔가 마음에 들지 않는 건지 김 선배처럼 유통기한이 짧은 건지 알 수 없었다. 그녀에 대한 생각이 바뀐 걸까?

그때였다. 그녀의 눈에 바다와 배들이 보이기 시작했다. 강원도인 것 같긴 한데 어딘지 알 수 없었다.

"와, 바다네요?"

그녀의 눈에 동해바다가 보이고 있었다. 설마 이제 그만 정리하자고 말하려는 건 아니겠지? 순간 불안감이 엄습해 왔다. 하지만 그는 아직도 그녀의 손을 잡고 있었다. 미안함에 잡은 것일까?

　나오려는 한숨을 애써 참은 새롬은 어두워서 잘 보이지 않는 바다를 멍하게 보았다. 그러다 보니 어느새 그의 차가 멈춰 있었다. 오늘 하루 일을 너무 열심히 했는지 피곤했다. 장시간 앉아 있었더니 허리도 아팠다.

　차에서 내린 새롬의 마음이 더 불안해졌다.

　"여긴 어디예요?"

　"별장."

　"당신 별장이에요?"

　"응, 가끔 내려와서 쉬는 곳이야."

　어두워서 다는 보이지 않았지만 아주 커다란 별장이었다.

　"먼저 들어가 있어."

　그가 카드키를 주었다.

　"네."

　그가 차에 다시 탔고 새롬은 현관문을 조심스럽게 열었다. 문을 열자 갑자기 복도를 따라 촛불이 켜져 있었다. 얼떨결에 새롬은 그 길을 따라 걷고 있었다. 이래도 되는 건가 싶었지만 궁금하기도 했다.

　"뭐지?"

촛불을 따라 걷다 보니 의자가 나왔다. 그녀에게 앉으란 소리인 것 같았다. 의자에 앉자마자 정면에 보이는 스크린에 영상이 떠올랐다.

"와……."

빅스톰이 결혼을 축하하는 메시지를 보낸 영상이었다. 그리고 MS에 속한 연예인들이 다 축하를 하는 장면들이었다. 이런 게 서 대표의 힘이라는 걸 느끼고 있었다.

[우리 대표님이 여자에게 이렇게 지극정성이었던 적은 없었습니다.]

최 실장님의 축하 메시지도 나왔다. 모두가 축하해 주었지만 솔직하게 새롬은 기쁘지 않았다. 이런 이벤트를 바란 게 아니었다. 그냥 장미 한 송이에 진심이 담긴 그의 마음을 알려 주는 한마디만 바랄 뿐이었다.

하지만 그는 너무 거창하게 준비를 했다. 그의 마음 따위는 전혀 느껴지지 않았다. 돈만 있으면 할 수 있는, 이벤트 회사의 그런 흔하디흔한 이벤트 같았다.

"이제 꽃이라도 들고 오려나? 그리고 아무런 감정 없이 사랑한다고, 결혼해 달라고 말하려나?"

새롬은 아무도 듣지 못하게 작은 소리로 혼잣말을 했다. 이렇게 이벤트를 받으면서도 새롬은 하나도 좋지 않았다.

그때 그녀의 생각대로 그가 장미 꽃다발을 들고 그녀 앞에 한쪽 무릎을 꿇고 앉았다.

"나와 결혼해 주겠어?"

그녀가 꽃다발을 받자 반지 케이스에서 반지를 꺼내 그녀의 손에 끼워 주었다.

"너무 잘 어울려."

"감사해요. 준비하느라고 고생하셨어요."

"안 기뻐?"

그녀의 기분을 그대로 느낀 모양이었다.

"기뻐요."

"그런데?"

"결혼해요. 우리."

그녀는 확실하게 말해 주었다. 그의 마음이 어떻든 간에 새롬은 그를 너무나 사랑했기 때문이었다. 절대로 놓치지 않을 것이었다. 깜짝 이벤트가 끝이 나고 그들은 간단히 저녁을 먹었다.

"배고파요."

"하긴, 나도 그래."

그는 이벤트에 쓰인 물건들을 치웠고 새롬은 라면을 끓였다.

"내일이면 얼굴이 두 배 크기가 돼서 날 못 알아볼 거예요."

어색한 분위기를 만회하려 농담을 던졌다.

"우유 먹으면 안 부어."

역시 농담을 모르는 남자였다.

"동조 좀 해 주죠."

"어?"

"예전에 예능에도 많이 나가지 않았어요?"

"많이 나갔지. 태주는 말하는 걸로, 나는 몸을 쓰는 운동 프로에 많이 나갔지."

"아……."

"왜?"

맥을 끊는 데는 세계 최고였다.

"서 대표님은 너무 현실적인 게 문제예요."

이렇게 말하고는 우유를 냉장고에서 꺼냈다.

"우유가 있네요."

"어릴 때부터 매일 아침에 다른 건 안 먹더라도 우유는 꼭 마셨어."

"아, 그래서 키가 그렇게 큰가?"

"도움은 되었겠지."

"뭐 하나 물어볼게요."

"말해."

그는 라면을 먹으며 말했다.

"사랑의 유통기간이 얼마라고 생각해요?"

"……."

"그러니까, 여자를 만나면 얼마나 좋은 감정을 느꼈어요?"

"그런 적 없어."

그는 아주 간단하게 말했다. 그래서일까 더 충격이 컸다.

"여자를 만났을 거 아니에요?"

"만났지."

"그런데 여자에게 느끼는 감정이 없었어요?"

"난 일이 중요했고 그렇게 끌리는 여자도 없었어."

"거짓말."

"사실이야."

새롬은 더 이상 묻지 않았다. 그가 너무 무덤덤해서 기분이 좋지 않았다. 그는 여자를 만나 좋은 감정을 느낀 적이 없다고 했다. 그럼 새롬은 어떻게 생각하는 것일까?

"피곤한데 잘까? 그리고 우리 얘기는 내일 하자."

"알았어요."

그의 눈에 핏발이 서 있었다. 피곤하긴 한 모양이었다. 새롬은 점점 자신이 없어졌다. 결혼이야 하겠지만 이렇게 그의 눈치를 보며 사는 건 죽기보다 싫었다. 샤워를 마친 그가 침대에 먼저 누웠다.

잠을 자려는 모양이었다. 그녀가 샤워를 마치고 나왔을 땐 그는 이미 잠들어 있었다. 한숨을 내쉬던 새롬은 어렵게 잠을 청했다.

"으으으……. 으……."

그가 뒤척이는 소리에 새롬은 눈을 떴다.

"으……."

그가 끙끙 앓는 소리를 냈다.

"서 대표님?"

"으……."

이마에 손을 올려 보니 너무 뜨거웠다.

"괜찮아요?"

"으응……."

대답은 했지만 눈을 뜨지 못하고 있었다.

"구급차 부를게요!"

"아니, 괜찮아……. 주머니에 약 있으니까…… 물 좀 가져다 줘."

"네……."

그의 주머니에 정말 약봉지가 있었다.

"무슨 약이에요?"

"감기……."

"그런데 여길 와요?"

"괜찮아……."

"괜찮기는요. 이거 먹고 열 안 내려가면 응급실 가요."

그가 약을 겨우 넘겼다. 목도 부은 모양이었다.

"이렇게 아픈데, 어떻게 여길 올 생각을 했어요?"

"같이…… 있고 싶었어."

그가 그녀를 침대 위로 끌어당겼다. 그리고 뒤에서 안았다.

"새롬이를…… 안고 싶었어."

"그거야 다음에 해도 되는……."

"난 매일 하고 싶어……. 지금도 하고 싶어 미치겠어. 그래서…… 참고 있는 중이야."

그는 그녀를 안고 싶었다고 솔직하게 말하고 있었다.

"내가 싫어서가 아니라 아파서 짧게 답한 거예요?"

"어제…… 컨디션이 너무 안 좋았어."

"그럼 다음 주에 하면 될 것을……."

아직 해도 안 뜬 새벽이었다. 이 몸으로 운전까지 하고 왔으니……. 어제 그는 아픈데도 버틴 것이었다.

"약 먹었으니까 자요."

"응……."

새롬은 그의 손을 잡고 그를 보기 위해 몸을 돌리려고 했지만 그가 다시 그녀를 돌려놓았다.

"감기 옮아."

"알았으니까 좀 자요."

새롬은 그가 걱정이 되었지만 너무 피곤한 관계로 금방 잠이 들었다.

가슴 위의 손이 그녀를 자극하고 있었다. 아주 야한 손길에 새롬은 몸을 활처럼 휘었다. 꿈속에서 민석이 그녀의 가슴을 애무하고 있었다. 욕망으로 인해 튀어나온 유두를 손가락으로 건드리며 그녀를 더욱 자극하고 있었다.

"으으음……."

이제는 이런 꿈도 익숙했다. 그와 관계를 갖은 후부터 가끔 꾸었기 때문이었다. 그런데 오늘은 더 리얼한 느낌이었다.

"아……."

저도 모르게 신음까지 내고 있었다. 그의 입술이 목덜미를 자극하고 있었다. 이건 꿈이 아니었다.

"민석 씨, 괜찮아요?"

"약 먹었더니 괜찮아졌어."

"다행이에요. 아침 간단하게 먹고 약 한 봉지 더 먹어요."

"응, 조금 있다가."

그의 손은 벌써 그녀의 가슴에서 평평한 배 위에서 유영하고 있었다. 온몸이 기대에 차 있는 것 같았다.

"어제…… 난 이벤트 별로였어요."

"……."

그녀의 말에 그가 손을 멈추었다.

"마음에도 없는 결혼을 하는데 참 애쓴다는 생각이 들었거든 요."

솔직하게 말하고 싶었다.

"왜?"

그녀의 말에 그는 놀란 모양이었다.

"얼굴 표정은 어둡고 말하기 싫어 죽겠는데 억지로 하는 것 같 았거든요."

"어제는…… 많이 아팠어."

"알아요. 그런데 말이죠?"

새롬이 그녀의 배 위에 있는 그의 손에 자신의 손을 포갰다.

"기분은 별로였는데 내 마음은 확실하다는 걸 느꼈어요."

"뭐가?"

"이 사람이 날 싫어해도 포기는 못하겠구나, 하는 거요."

그녀가 손을 점점 아래로 끌어 내렸다.

"왜인지 궁금하지 않아요? 물어볼 줄 알았는데."

그녀에 의해 그의 손은 점점 더 아래로 향했다.

"……."

직접 묻진 않았지만 그가 궁금해한다는 걸 알 수 있었다.

"사랑하니까. 처음이었어요. 누군가를 사랑하는 거 말이에요. 그래서 그냥 좋아하는 거라고 생각했어요. 난 스타인 당신을 아주 많이 좋아했으니까 그런 거라고……. 으음……. 하……."

굵고 커다란 손가락이 그녀의 여성을 파고들어 와서 둘로 가르며 클리토리스를 찾아 희롱하기 시작했다. 오늘은 컨디션이 많이 회복된 모양이었다.

"내 심장의 뛰는 방향은 당신을 향해 있었어요. 알아요?"

"……."

"아……. 그만……. 미치겠어요."

그의 손가락이 그녀의 질 안으로 들어갔다.

"사랑해요."

"나도 사랑해."

그의 뜻밖의 말에 새롬이 몸을 경직시켰다.

"그러니까 이렇게 건성으로 말하니까……."

그가 갑자기 그녀를 돌려 눕혀 그를 마주 보게 했다. 그리고 얼굴을 양손으로 잡고는 그와 시선이 마주치게 했다. 그의 눈동자가 어제와는 다르게 타오르고 있었다.

"왜 내 말을 안 믿지?"

"……."

"마음을 꺼내 보일 수도 없고 말이야. 내가 미친놈처럼 나의 가족사를 정리한 이유는 다 새롬을 위해서였어. 여혜린에게 괴롭힘을 당하는 걸 막아 주고 싶었어. 난 사랑이란 걸 해 본 적이 없어서 어떤 게 사랑인지 몰라."

그가 그녀의 눈을 마주하며 또박또박 말했다.

"새롬을 보면 두근거리고 안고 싶고 같이 있고 싶어. 이런 게 사랑인지는 모르겠지만 무조건 잘해 주고 싶었어. 새롬이 납치가 되던 날 알았어. 이 여자에게 무슨 일이 있다면 나도 평생 혼자일 거란 걸 말이야."

"민석 씨……."

새롬의 심장이 기쁨으로 두근거리고 있었다. 뒷말은 목이 메여 나오지 않았다. 하지만 이런 그녀를 아는지 모르는지 그는 계속해서 말을 이어 나갔다.

"나는 내가 말을 하지 않아도 다 알 거라 생각했어……."

정말 그는 그녀가 다 아는 줄 아는 모양이었다. 어떻게 말하지 않는데 알 수 있단 말인가? 가끔은 남자란 동물의 단순함을 이해할 수가 없었다. 잘해 주면 다 안다고 생각하는 것 같았다. 한심한 일이었다.

"무뚝뚝한 겉모습에 속은 거죠."

솔직하게 그의 모습은 무뚝뚝함의 연속이었는데 어떻게 알 수 있겠는가?

"윤태주부터 여혜린까지 다 정리하느라 시간이 좀 걸렸어."

김 선배가 말한 그 모든 인간쓰레기 청소는 다 그가 한 일이었다.

"당신이 한 일이군요?"

그는 무서운 사람이었고 능력 있는 사람이었다. 그런 그가 그녀를 좋아하고 있었다. 세상에서 가장 멋진 남자의 마음을 그녀가 가졌다.

"맞아, 도저히 용서할 수가 없었어."

그는 무덤덤하게 말했지만 새롬은 북받치는 감정을 느꼈다. 그리고 내 남자가 너무나 자랑스러웠다. 그랬다. 그는 그녀의 사랑하는 남자였다.

"사랑해요."

속에 있는 말이 툭 튀어나오고 말았다. 그녀의 말에 그도 놀란 표정이었다.

그녀가 그의 목에 매달렸지만 그는 키스하지 않았다. 감기에 걸릴까 봐 걱정하는 것 같았다.

"괜찮아요."

"내가 괜찮지 않아."

그는 그녀의 가슴에 입을 맞추었다. 짜릿한 느낌이 온몸을 감싸고 있었다. 왜 이렇게 좋은지 새롬은 알 것 같았다. 그냥 좋은 게 아니라 사랑의 힘이었다. 그녀는 다른 사람에게 이런 느낌을 받지 못한다는 걸 알게 되었다.

그녀가 사랑하는 유일한 남자인 서민석에게만 느껴지는 것이었다. 아픈 그를 위해 오늘은 심한 섹스는 자제해야 할 것 같았다.

"오늘은 부드럽게 해 줘요."

"왜?"

"당신도 아프고……. 또……."

"또?"

"내가 이성을 놓을 것 같으니까요."

그녀의 말에 그가 새롬의 가슴을 입안 가득 물고는 빨아들이기 시작했다. 그리고 혀로 그녀의 유두를 건드렸다. 아픈 사람이라고는 믿기지 않을 만큼의 강한 힘이었다.

"아아앙……."

그녀의 신음에 그의 몸도 빠르게 반응하고 있었다. 단단한 페니스가 아까부터 그녀의 배를 누르고 있었다.

"얼른 넣어 줘요."

그녀의 말에 그가 페니스를 촉촉하게 젖은 그녀의 질 안으로 단번에 밀어 넣었다. 강렬한 뜨거움이 느껴지고 있었다.

"헉헉…… 사랑해."

이번엔 그가 가쁜 숨을 몰아쉬며 먼저 고백했다. 그의 말과 몸짓에 새롬은 미칠 것 같은 쾌감을 느꼈다.

11. 우리들의 사랑은 뜨겁다

엄마의 잔소리가 아침부터 심했지만 새롬은 아랑곳하지 않고 오래된 상자 안에 민석에 관한 자료들을 담기 시작했다. 혼수로 가져갈 생각이었다.

민석도 이 자료들을 보면 아주 좋아할 것 같았다. 그리고 이 자료들은 오늘 아주 귀하게 쓰일 것이다.

"정신이 있는 거야? 이런 걸 어디에다가 쓰려고 그래?"

엄마가 아주 질색을 했다.

"다 민석 씨 거야."

"그래도 그때가 언젠데 빛바랜 사진까지 가져가려는 거야?"

엄마는 모르겠지만 새롬은 다 생각이 있어서 아침부터 이렇게 하루 종일 준비를 하는 것이었다. 오늘은 지난 주말에 그가 해 준 이벤트에 대한 보답이었다.

그래서 며칠 전부터 머리 터지게 생각을 하고 사람들에게 도움도 요청했다.

"어디 가게?"

"잠깐 나갔다가 올게."

"너 이제 결혼 날짜까지 잡았는데 살림도 좀 배워야 엄마도 체면이 설 거 아니야?"

엄마는 그녀가 밥도 못할까 봐 걱정이었다. 사실 그녀는 밥도 못하고, 반찬도 못하고, 할 줄 아는 건 라면 끓이는 것밖에 없지만 아주 맛있게는 먹어 줄 자신은 있었다. 그래서 엄마와는 다르게 별걱정은 없었다.

"나중에 엄마, 오늘은 내가 좀 급한 일이 있어서 그래."

"알았다."

엄마는 포기를 한 것 같았다. 새롬은 커다란 박스 세 개를 힘 좋게 차에 옮겨 실었다. 그리고 그의 집으로 향했다. 지금 민석은 출장 중이었다. 빅스톰의 일본 투어 콘서트 응원차 일본에 간 상황이었다.

한마디로 무슨 일을 꾸미기엔 아주 안성맞춤이었다.

"선배 바빠요?"

[한가하다.]

"점심에 짜장면, 아니 간짜장 쏠게요."

[싫다.]

"탕수육도."

[어디로 가면 될까?]

탕수육에 넘어온 선배를 데리고 민석의 집으로 갔다. 그곳에는 이미 파티전문가이자 고등학교 동창에 MS엔터테인먼트의 무대 조감독인 친구까지 섭외를 해 놓은 상황이었다.

"여기는 서 대표 집 아니야?"

김 선배가 어리둥절한 표정으로 차에서 내렸다.

"맞아요."

새롬이 아무렇지 않게 카드키로 문을 열자 김 선배의 표정이 아주 다채로웠다.

"수상한 냄새가 나."

"아무 냄새도 안 나요. 돈 없는 후배를 좀 도와주면 안 돼요?"

"너 설마, 열쇠 같은 거 슬쩍해서……."

"거기 차에 있던 박스나 들고 따라와요."

"시키는 대로 하긴 한다만은……. 불안해."

선배는 의심의 눈초리로 그녀를 보았다. 오늘따라 지나치게 경계를 하는 것 같았다.

하긴 주인도 없는 집에 이렇게 들어오니 이상하기는 한 모양이었다.

친구 인영도 자신의 차에서 장비를 가지고 내리고 있었다.

"여기 대표님 집이잖아."

"그냥 일이나 해."

새롬이 인영의 짐도 들어 주며 인영의 말을 막았다.

"너 로또 맞았구나?"

선배도 짐을 나르며 엉뚱한 소리를 해 대고 있었다.

"왜요?"

"이 집 샀어?"

"후……. 일이나 하시라고요."

친구인 인영이 아주 한심하다는 듯이 김 선배를 보고 있었다.

"일은 하실 줄 알아?"

"잘하지."

"글 쓰는 거 말고."

인영이 아주 답답해하고 있었다. 인영은 웬만한 남자보다 컸다. 그리고 인테리어 쪽에서 일해서 그런지 장비들을 설치하는 것도 웬만한 남자보다 잘했다.

그런 인영의 눈에 키도 자기만 하고 덩치도 작은 김 선배가 못 미더워 보이는 모양이었다.

"아, 참. 두 분 서로 소개할게요."

"이쪽은 인영이라고 우리 회사 무대 조감독이고……."

"알아."

선배가 말을 잘랐다.

"이쪽은 우리 회사 MS매거진 팀에서 같이 근무하는……."

"알아."

"알아? 어떻게 알아?"

"오다가다 봤어."

둘은 안면이 있는 모양이었다. 하지만 서로 마음에 들어 하는 것 같지는 않았다.

"어디에 할 거야?"

"거실."

"너 진짜 빅스톰 티켓 구해 줘야 해."

"오케이."

그녀와 마찬가지로 인영도 빅스톰의 광팬이었다. 같은 회사라도 빅스톰의 경우는 티켓 예매를 일반인과 마찬가지였다. 특혜가 없었다.

"도대체 난 뭘 해야 합니까?"

"아저씨는 아주 중요한 역할을 하셔야 합니다."

"아저씨?"

"그럼 아저씨를 아저씨라 부르지 뭐라고 불러요? 이 줄 끝 잡고 저기에 서 있어요."

인영이 선배에게 똑 부러지게 말하자 평소에 불만 덩어리인 선배가 얌전히 인영의 말을 따랐다. 신기한 일이었다.

"사진은 코팅했어?"

"당근이지."

"여기 줄에 집게로 꽂아."

그녀가 코팅된 갤럭시의 사진을 줄에 집게를 이용해서 걸자 김 선배는 멍하게 보고 있었다.

"뭐냐니까? 팬서비스 같은 거야?"

선배가 엉뚱한 말을 또 했다. 이쯤이면 눈치를 채야 정상인데 너무 둔했다.

"원래 저 아저씨 눈치가 저렇게 꽝이냐?"

"어, 그래서 여자가 없다. 그래도 얼굴도 귀엽게 생기고 말도 재 밌게 잘해. 직장도 튼튼하고."

"그래?"

"응."

"아저씨, 거기 풍선에 가스 좀 채워 주세요."

김 선배는 군말 없이 시키는 대로 하고 있었다. 아무래도 여자들 등쌀에 자아를 버린 것 같았다.

거실을 사진으로 꽉 채우고 그가 했던 롤 스크린 대신에 그녀가 틈틈이 쓴 사랑 고백의 글들을 그가 읽기 편하게 사진과 번갈아 가며 한 장씩 걸었다.

　"무슨 빨래 말리는 것 같아."

　"풍선은요?"

　"다 묶어 두었습니다."

　풍선은 적당한 크기로 잘 준비가 되어 있었다.

　"나의 첫사랑, 사랑해요? 넌 빅스톰 아니었어?"

　여자 둘이 김 선배를 무섭게 째려보았다.

　"너 뷔페도 부른 거야?"

　"응, 내일 오거든. 어른들도 초대했어. 우리 둘만의 시간도 중요하지만 양가 어른들도 함께했으면 하거든."

　"효부 나셨다."

　김 선배가 상황을 파악한 것 같았다.

　"박 기자, 서민석 대표 친척이랑 사귀는 거야?"

　"……."

　두 여자가 동시에 김 선배를 째려봤다.

　"왜?"

　"그냥 짜장면이나 드시라고요."

　눈치가 없어도 보통 없는 게 아니었다.

"기자는 어떻게 하는 거야? 낙하산?"

"아니야, 완전 실력파라니까."

"웃기시네."

인영은 김 선배가 듣든 말든 편하게 말을 했다. 왠지 둘의 기운이 심상치 않았다. 평소에 말을 막 하는 인영이 아닌데 오늘따라 이상했다. 그리고 평소의 김 선배와는 다르게 말없이 있는 모습도 어색했다.

파티 준비가 다 끝이 났다.

"내일 오기는 오는 거야?"

"응."

"잘해라. 그리고 축하하고. 우리 동기 중에 네가 가장 성공했다. 부러운 년."

"고맙다."

"뭘 성공했는데."

새롬과 인영은 고개를 가로저었다. 김 선배는 집을 나서는 순간까지 사태를 파악하지 못하고 집으로 돌아갔고 인영은 김 선배의 전화번호를 땄다. 우울할 때 통화하면 웃길 것 같다고 말이다. 김 선배는 말 잘 듣는 아이가 되어 있었다.

둘을 보내고 혼자 남은 새롬은 시어른들께 내일 오시라고 말했고 나갈 때 잔소리 폭탄을 투여한 엄마에게도 말했다. 모두들 무슨 일인가 하는 분위기였다.

새롬은 자신의 마음을 그에게 표현하고 싶었다. 준비가 완벽하게 끝이 나자 시간은 벌써 저녁 10시가 넘어 있었다.

"으아아……."

기지개를 켜며 새롬은 만족스러운 미소를 지었다. 그렇게 소파에 앉아 있는데 문이 열리는 소리가 들렸다.

"설마……."

그가 이렇게 오면 안 되는 일이었다. 새롬은 빛의 속도로 현관으로 나갔다.

"어?"

민석이 놀라움이 가득한 표정으로 그녀를 보았다. 그녀를 보니 아주 좋아 죽는 표정을 짓고 있었다.

"오셨어요?"

하지만 새롬은 좋아 죽는 게 아니라 들킬까 봐 걱정이 되어 죽을 지경이었다.

"아, 참. 오늘 쉬는 날이지."

"왜 이렇게 일찍 왔어요?"

새롬은 불안한 얼굴로 그를 보았다.

"새롬이 보려고 집으로 갔는데 장모님이 쓰레기 한 보따리 안고는 나갔다고 하더라고. 그래서 차 한 잔 마시고 왔지. 내일 우리 집에 오신다는데?"

"……."

민석이 갈 줄은 모르고 엄마에게 말하지 말란 소리를 안 한 새롬이었다.

"무슨 일이야?"

"아니에요."

그가 집으로 들어오려고 하자 새롬이 그를 안았다.

"보고 싶었어요."

"나도."

그가 그녀를 밀고 들어가려고 했다.

"오늘 우리 호텔에서 자요."

"뭐?"

그가 어이없어 했다.

"집에 불이라도 냈어?"

"그러니까 뭐…… 그런 거죠."

그녀의 말에 놀란 민석이 힘으로 그녀를 밀고 안으로 들어갔다.

"가지 마요."

"왜……."

"촛불도 켜야 하고 내일 해야 하는데……."

그는 가다가 말고 멍하게 서 있었다. 그의 뒷모습만으로도 표정은 예측 가능할 정도였다. 당황스러움. 그게 지금의 상황을 설명하는 가장 적합한 말이었다.

"최 실장님을 믿는 게 아니었어."

울음이 터질 것 같았다. 아침부터 늦은 시간까지 내일을 위해 투자를 했는데 속상했다.

"당황스럽죠? 미안해요."

"……."

"내일 어른들하고 저녁 먹을 거니까 일단 싫더라도 치우진 말아요."

맥이 빠진 기분이 어떤 건지 철저하게 느끼고 있는 새롬은 눈물이 터질 것 같았다.

"갈래요."

새롬이 가려고 현관 쪽으로 가다가 그에게 잡혔다.

"놔요! 읍!"

그리고 길고 긴 키스를 받았다. 눈에서 눈물이 흘러내리고 있었다. 속상해서 흘린 눈물이었다. 민석이 그녀의 눈물을 혀로 핥아주었다.

"왜 울어?"

"속상해서……."

"난 너무 감동받았어. 오래전 일도 생각이 나고……. 고마워."

민석은 진심으로 고마워했다. 그리고 다시 그녀의 입술을 거칠게 삼켰다.

"내일 이러고 싶은데……."

그들이 결혼하려면 앞으로 많은 시간이 남았다. 그녀가 아홉수라 음력 설이 지나야 하기 때문이었다. 내년 3월 7일이 결혼 날이었다.

"그냥 집에 들어와."

"안 돼요. 보는 눈이 많아요."

"뭐 어때서. 결혼할 사인데 새롬이 없는 침대에서 자기 싫어."

그는 정말 그녀를 밤부터 아침까지 꼭 끌어안고 잤다. 그렇게 자기도 힘이 들 것 같은데 그녀가 옆으로 돌아누우면 어김없이 끌어당겨 안았다.

그의 혀가 그녀의 입술라인을 아주 야하게 핥았다.

"맛있어."

그렇게 말하며 그녀의 티셔츠 속으로 손을 집어넣었다. 커다란 손이 새롬의 가슴을 다 차지했다.

"으으음……."

둘의 혀가 부딪치고 있었다. 서로의 혀를 빨아들이느라 정신이 없었다. 그의 혀의 돌기 하나하나가 다 느껴지고 있었다.

츄읍츄읍──

새롬은 마치 그의 페니스를 빨 듯 그의 혀를 빨았다. 그 모습이 상당히 자극적이었다.

적극적인 새롬 때문에 더욱 흥분한 민석이 새롬을 벽으로 그대로 밀어붙였다. 그리고 셔츠를 벗겨 냈다. 그녀의 브래지어도 단숨에 벗겨졌다.

청바지의 단추를 푼 그는 바지를 벗길 시간도 못 참겠는지 손을 그녀의 팬티 안으로 쑥 집어넣었다.

"아아앙……."

거침없는 손놀림은 강한 소유욕을 나타내고 있었다. 그의 손은 거침없이 그녀의 여성을 가르고 들어와 클리토리스를 자극하기 시작했다. 그의 손가락은 새롬이 가장 짜릿함을 느끼는 곳을 계속해서 자극하고 있었다.

몸이 뜨거웠다. 마치 타들어 갈 것만 같았다. 그의 눈빛 또한 뜨겁게 새롬을 바라보고 있었다. 그의 눈에 의해 나신이 된 느낌이었다. 그를 빨리 받아들이고 싶었다.

그래서 새롬은 자신의 바지를 빠르게 벗어 던지고는 민석의 바지 앞섶을 잡았다.

"으으윽!"

그가 신음을 내뱉었다.

"위험해."

"아니, 당신 걸 보여 줘요."

그녀의 말에 민석은 그 자리에서 옷을 모두 벗어 버렸다. 그는 언제나 새롬을 만족시킬 줄 아는 남자였다. 새롬은 마른침을 삼키며 그의 페니스를 손으로 잡았다. 한 손으로 잡기에는 역부족인 사이즈였다.

"으윽!"

"너무 커요."

"새롬아……. 으윽!"

그녀가 위아래로 손을 움직이자 그가 반응을 했다.

"넣어 줘요."

"아직은 아니야."

그가 새롬을 안아 들었다. 맨살이 부딪치는 느낌이 너무나 좋았다. 새롬은 그의 가슴에 자신의 풍만한 가슴을 밀어붙였다.

"이러면 침실까지 못 가."

"으음……. 가지 말아요. 당장 넣어 줘요."

그는 풍선 한가운데 새롬을 내려놓았다. 거실 바닥을 침대 삼아 그들은 하나가 될 준비를 하고 있었다. 이불 대신에 풍선들이 그들이 몸에 덮혔다.

"이렇게 야할 줄 몰랐어요."

풍선 가운데서 하는 섹스는 상당히 자극적이었다.

"아아앙……."

그녀의 가슴을 거칠게 **빨아들이는** 그 때문에 미칠 것 같았다. 카펫의 거친 느낌이 그대로 그녀의 등에 닿고 있었다. 하지만 부드러운 침대와는 다른 느낌에 그녀의 몸은 과하게 반응했다.

애액이 다리를 따라 흘러내릴 정도로 많이 나오고 있었다.

"오늘은 완전 마녀 같아."

그녀의 긴 머리가 바닥에 펼쳐지자 그가 한동안 넋을 잃고 그녀를 내려다보았다.

"내 영혼을 홀린 것 같아."

"정말요?"

"처음 키스하던 순간 알았어. 우리의 인연이 깊어지리란 걸."

그가 깊은 키스를 했다. 이번엔 그녀가 그에게 영혼이 빨리는 것 같았다. 그는 그녀를 사랑하고 있었고 새롬도 그를 사랑하고 있었다. 이런 꿈같은 일이 현실에서 벌어지고 있었다.

어린 시절의 좋아하던 스타가 평생의 동반자가 되는 꿈같은 일이었다.

"아아악!"

그래도 그의 페니스는 너무나 큰 것 같았다. 찢어질 것 같은 고통이 느껴졌다.

"매일 하고 싶어."

그의 말대로 매일 하면 그녀의 질도 적응이 될 것 같았다. 그가 허리를 움직이기 시작했다.

새롬은 더 이상 아무런 생각을 하지 못하고 그의 어깨에 매달리기 시작했다.

"아아아앙……."

거친 몸짓에 몸이 녹아내릴 것 같았다. 그는 강한 남자였다. 그런 그가 미치도록 좋았다. 그들은 한차례 격렬한 사랑을 나누고 장소를 노천탕으로 바꾸었다. 새롬이 그의 몸 위에 올라앉아 팔고 그의 목을 감고 있었다.

"아……."

그가 새롬의 유두를 혀로 핥고 있었다. 새롬은 그녀의 엉덩이 밑에서 신음하고 있는 그의 페니스를 질 안으로 밀어 넣었다.

"으윽……. 대담해졌어."

"선생님이 워낙 스파르타로 가르쳐서요."

"누가 가르쳤는지 훌륭해."

새롬은 평생 떨어지지 않을 것처럼 그의 목에 매달려 있었다.

"아아앙……."

"새롬아……."

"사랑해요."

민석의 목에 매달려 허리를 움직이기 시작했다. 누가 가르쳐 주지 않아도 본능의 몸짓이 그녀로 하여금 민석을 사로잡게 만들고 있었다.

"너무 좋아."

그가 새롬의 허리를 강하게 잡으며 말했다. 물이 첨벙거리는 소리가 요란하게 들리고 있었다.

"민석 씨……."

그들은 격하게 서로의 허리를 움직이기 시작했다. 그들의 리듬은 상당히 잘 맞았다. 마치 한 몸으로 태어난 것 같았다. 거친 숨소리가 노천탕에서 메아리치고 있었다.

마지막 기력까지 다 쏟아부은 새롬은 그의 품에서 무너져 내렸다.

아침에 눈을 뜨자마자 침대를 더듬었지만 새롬은 보이지 않았다. 모닝 키스로 일어나고 싶었던 민석의 실망감에 사로잡혀 있었다.

그는 그대로 일어나 실오라기 하나 걸치지 않은 채로 거실로 향했다.

그의 예상대로 새롬은 그의 티셔츠 하나만을 걸친 채로 어제 준비한 것들을 정리하고 있었다.

"다 한 거 아니야?"

"다 하긴 했는데 혹시나 해서……. 오늘 어른들도 오시잖아요."

그는 신경 쓰지 않고 어제 그들이 사랑을 나누면서 흩트려 놓았던 풍선들을 정리했다. 금방 바람이 빠질 줄 알았는데 풍선은 오늘 하루는 거뜬하게 버틸 것 같았다. 민석의 시선은 자연스럽게 새롬의 몸에 가 있었다.

그의 하얀 면 티셔츠가 그녀의 몸매를 그대로 비춰 주고 있었다.

그녀의 유두 또한 그대로 드러나 있었다. 새롬 때문에 그는 심장이 약해져서 일찍 죽을 것만 같았다. 민석은 우리나라 최고의 미녀들에 둘러싸여 있었지만 한 번도 이렇게 강한 성욕을 느끼진 못했었다.

그래서 다시 그녀를 뒤에서 안았다.

"지금은 안 돼요."

"이렇게 입고 있으면서 안 된다고 말하는 건 너무하는 거 아니야?"

"아니에요."

그녀는 단호하게 말했지만 그에게는 소용없는 말이었다. 그는 그녀를 어깨에 둘러매고 침실로 향했다.

"조금 있으면 뷔페 온다고요."

"지금 오는 거 아니잖아. 금방 끝낼게."

그는 침대에서 욕심껏 새롬을 가졌다. 그리고 그들이 같이 샤워를 끝내고 나자 뷔페가 도착했다.

"너무 무리하는 거 아니야?"

"오늘을 위해 번 거예요. 어른들에게 좋은 모습을 보여 드리고 싶어요."

그는 새롬이 예뻐서 입술에 살짝 입을 맞추었다. 결혼을 빨리하고 싶게 만드는 여자였다. 자신이 이런 마음을 갖게 되리라고는 상상도 하지 못했었다.

새롬은 오늘을 위해 준비한 단아한 카멜색의 원피스를 입고 머리도 단정하게 틀어 올리고는 어른들을 맞을 준비를 하고 있었다. 그도 네이비색 정장을 입었다.

"멋있어요."

그녀가 엄지를 척 하고 올려 주었다. 뷔페 직원들만 없었다면 당장에 침실로 납치하고 싶은 상황이었다. 캐주얼한 모습의 새롬이 지금은 굉장히 여성스러워 보였다. 웨딩드레스를 입은 그녀의 모습을 빨리 보고 싶은 민석이었다.

"서 서방!"

장인어른의 목소리가 들렸다.

"이제 시작인가?"

"네."

민석은 얼른 현관으로 가서 새롬의 부모님을 맞이했다.

"오시느라고 고생 많으셨습니다."

"고생은 무슨……."

신혼집을 보니 울컥하신 모양이었다.

"제가 잘하겠습니다."

"고마워."

장인의 울컥하는 모습을 본 새롬은 생각이 많아진 모양이었다.

"어세 들어오세요."

"나도 왔네."

할아버지도 오신 모양이었다.

"오란 소리는 안 했는데 내가 오고 싶다고 했지."

"잘 오셨습니다. 당연히 모시고 오실 거라 생각한 모양입니다. 서운하셨으면 용서해 주세요."

"아니야. 우리 새롬이가 꼼꼼하지 못해서 그러는 거니까."

"할아버지!"

새롬은 할아버지와도 친해 보였다. 매번 잔소리 대마왕이라고 말하지만 새롬이 할아버지를 존경하고 있다는 게 그대로 느껴지고 있었다. 잠시 후에 그의 부모님도 오셨다.

저녁시간은 아주 화기애애했다. 주로 새롬과 그의 어린 시절 험

담이 주었지만 새롬의 할아버지와 장인어른은 돌봄 시설에 투자를 한 그에게 진심으로 감사를 했다. 그리고 그의 부모님께도 감사를 했다.

다들 교육 계통에 몸담았던 분들이라서 그런지 많은 공통점을 가지고 계셨다. 이야기도 스스럼없이 나누셨다. 아버지는 장인어른에게 등산을 같이 다니자고 했고 장인어른이 흔쾌히 동의하셨다.

어머니들도 봉사 활동을 같이 가시기로 한 모양이었다. 그러는 틈을 타서 한결은 여자친구와 함께 집으로 왔다. 모두의 관심이 그들에게서 한결에게로 넘어갔다.

"서른 넘어서 간다며?"

할아버지가 한결을 놀리자 한결은 아무런 말을 못하고 있었다. 그런데 문제가 있었다. 한결의 여자친구가 그의 소속사 안무가이자 한결의 제자였다.

나이 차이가 세 살이나 나는데 어떻게 제자냐고 했더니 고3 때 과외 선생님이었고, 근래에 한결이 회사에 놀러 오면서 다시 만나게 되었다고 했다.

화기애애한 저녁 시간이 흐르고 어른들이 집으로 돌아가셨다. 모두가 새롬을 칭찬했다. 옆에서 보고 있던 그도 흐뭇했다.

"힘들지?"

정원의 벤치에 힘없이 앉아 있는 새롬을 보며 그가 말했다.

"괜찮아요."

"얼른 들어가서 씻고 자자."

"오늘은 집에 가야 해요."

"왜?"

"내일 출근이라고요."

그러고 보니 내일은 월요일이었다.

"그냥 쉬어."

"안 돼요."

"왜?"

"잊었어요? 내일 공식적으로 결혼 발표하는 날이잖아요."

"그러네."

"생각하는 게 그것뿐이죠?"

그가 고개를 끄덕이자 새롬이 진저리를 쳤다.

"진짜…… 읍!"

그녀를 안아 올려 입을 맞추었다.

"갈 땐 가더라도 할 건 해야지."

그가 새롬을 안아 들고 집 안으로 들어갔다.

"이렇게 밝히는 남잔 줄 알았으면……."

"알았으면?"

"좀 더 일찍 키스할 걸 그랬어요."

그녀가 그의 입술에 입을 맞추었다. 그들은 그렇게 영원한 사랑을 맹세했다.

에필로그

MS매거진이 이번엔 특별 기획으로 스텝들에 관한 기사를 쓰기로 했다. 오늘은 김호민 인생에 가장 떨리는 취재가 될 전망이었다. 무대설치 팀의 취재를 그가 하기로 했다. 오늘 감독과 조감독 그리고 스텝들의 심층 취재를 하는 날이었다.

감독은 이미 취재를 했고 점심시간이 조금 넘은 시간에 그는 조감독이 있는 무대설치팀의 보관 창고로 향했다.

"우와……."

MS엔터테인먼트 옆에 있는 대형창고가 무대 팀이 일하는 공간이었다. 대형 물류센터 같은 곳으로, 같은 회사 가수들뿐만이 아니라 대형무대는 다 여기서 도맡아서 한다고 했다.

"조감독님은?"

"조감독님은 지금 사무실 안에 계세요. 그런데 나중에 오시지……."

"왜요?"

"요즘 아주 컨디션이 꽝이시거든요."

"아……."

하지만 일정상 오늘 안 할 수도 없었다. 며칠 전이에 마감일인데 인영으로부터 전화가 왔었다. 소주나 한잔하자고 말이다. 마음은 그리고 달려가고 있었지만, 마감은 지어야 하는 상황이라서 거절을 했었다.

그의 대답에 바로 전화를 끊은 인영이었다. 아무리 봐도 새롬보다 더 업그레이드 버전의 걸크러쉬였다.

똑똑!

"누구세요?"

"네, 저 김 기자입니다."

"……."

갑자기 답이 없었다. 사무실의 문 또한 열릴 생각을 하지 않고 있었다.

"한 달 전에 취재 부탁드렸는데요."

"……."

"오인영 조감독님?"

털컥!

문이 열리는 소리가 들렸다. 안에는 라면 냄새가 가득했다.

"구내식당 점심이 더 맛있을 텐데……."

"먹고 와서 또 먹는 겁니다."

"아……."

그녀가 그에게 등을 돌리고 앉아서 사발면을 먹고 있었다. 뒤에서 보니 키는 컸지만 마른 몸이었다.

"여기 앉아서 기다릴까요?"

"……."

마음대로 하라는 뜻 같았다. 인영은 원래 터프한 건지 그가 마음에 안 드는 건지, 아니면 직원의 말대로 컨디션이 안 좋은 건지 알 수가 없었다.

"무슨 일 있어요?"

"……."

"아니면 원래 그런데 내가 모르는 건가?"

"원래 그러니 신경 쓰지 마세요."

"……네."

여자의 말에 이렇게 심장이 오그라드는 건 처음이었다.

"인터뷰는 해 줄 수 있죠?"

"……."

오늘 인터뷰는 쉽지 않을 것 같았다. 그녀가 라면을 다 먹고는 자리에 앉아 담배를 입에 물었다.

"피울래요?"

"전 끊어서……."

여자가 담배를 저렇게 멋지게 피우는 건 처음이었다. 호민은 그렇게 넋을 놓고 인영을 보았다. 독특한 성격의 수많은 연예인들을 상대했지만 인영은 좀 특별한 사람인 것 같았다.

"물어봐요."

"아……."

호민은 정신을 차리고 수첩을 꺼내 들었다.

"그전에 내가 좀 물어봐도 돼요?"

"네?"

"그날 왜 술 마시자고 한 거 거절했어요?"

"마감이라서요. 마감일은 목에 칼이 들어와도 지켜야 해서……."

"아, 마감? 핑계는 아니고?"

"내가 거절할 이유는 없죠. 이렇게 멋진 사람이 제안하는 건데……."

"멋지다?"

인영이 담배를 끄고는 그를 보았다.

"여기서는 담배를 피우면 안 되는 거 아니에요?"

"기자님은 고지식하죠? 유두리도 없고, 마음에 드는 여자한테 대시도 못하고. 아니에요?"

"……."

직설적인 그녀의 말에 할 말이 없었다.

"여기서 담배 피운 거 처음이에요. 속상하고 자존심 상해서 며칠 동안 잠을 자지 못했거든요."

"왜요?"

"'왜요?'?"

그녀가 마치 그에게 화가 난 것처럼 말했다.

"마감이라는 핑계 대지 말고 솔직하게 말해요. 내가 마음에 안 들어서……."

"듭니다."

그는 인영이 마음에 들었다. 그녀는 솔직했고 말은 투박하게 했지만 마음이 따뜻한 사람 같았다.

"거짓말……."

"전 거짓말 못합니다."

인영이 그의 옆에 앉았다. 라면과 담배가 섞인, 이상하게 자극적인 냄새가 났다.

"오늘 질문이 뭐라고요?"

그녀의 기분이 풀린 것 같았다.

"여자로서 무대설치팀이 힘이 들지 않는⋯⋯. 읍!"

인영이 그의 입술을 삼켜 버렸다. 불같은 그녀의 키스에 호민은 완전히 영혼이 털린 상황이었다. 거칠게 들어오는 인영의 혀에 호민은 정신을 차릴 수가 없었다.

"싫어요?"

"읍!"

이번엔 그가 인영의 머리를 끌어당겨 입을 맞추었다. 이렇게 여자와 빠르게 키스한 적은 처음이었다. 불같은 인영의 키스가 그를 매료시켰다. 그들의 입술은 한동안 떨어질 줄을 몰랐다. 언제 사람들이 들어올지 모르는 상황이었지만 둘 다 신경 쓰지 않았다.

들키면 들키는 것이었다. 그의 손이 그녀의 풍만한 가슴을 움켜쥐었다. 보이쉬한 매력의 인영의 몸매는 정말 섹시함의 극치였다. 배가 약간 나온 자신의 몸과는 확연히 달랐다.

그이 페니스가 몸 아래서 미친 듯이 반응하기 시작했다. 아주 기능을 다한 녀석인 줄 알았는데 아니었다. 아직 팔팔한 녀석이었다. 하지만 더 했다가는 정말 사무실에서 인영을 가질 것 같아 그는 필사적인 인내심을 모아 인영을 떼어 냈다.

"으으음⋯⋯. 잠깐⋯⋯."

"왜요?"

인영이 실망 어린 목소리로 말했다.

"여기서는 곤란해요……."

"나랑 하는 게 곤란한 게 아니고?"

"오늘 밤…… 만날래요?"

그가 자신의 핸드폰을 그녀에게 건넸다.

"번호 찍어요. 지난번에 내 번호만 땄잖아요."

"입력 안 했어요?"

"난 그런 거 잘 안 해요. 그리고 끝나면 전화해요. 우리 집에서 삼겹살 먹어요."

그의 말에 인영이 미소 지었다. 이렇게 갑자기 관계가 진전될 줄은 몰랐다. 지난번에 솔직히 호감이 가긴 했었다. 하지만 그게 다였는데 이번엔 확실히 인영이 그를 사로잡는 데 성공한 것 같았다.

인터뷰 내내 그들은 뜨거운 시선으로 서로를 보았다. 솔직하게 호민은 이런 뜨거운 감정은 처음이라 당황스러웠지만 좋았다.

이제 자신과 끝까지 함께할 뜨거운 짝꿍을 만난 것 같았다.

오랜만에 남편의 사무실에 온 새롬은 회의에 들어간 민석을 기다리고 있었다. 여전히 그의 테라스는 정원을 가져다 놓은 것처럼 아름다웠다.

"예쁘다."

그녀는 이렇게 말을 하며 정원을 거닐었다. 그러다가 쿡 하고
웃음을 터트렸다. 그와의 첫 키스가 생각이 났기 때문이었다.

"여기로 올라 왔는데……."

지금은 철조망으로 막혀 버린 곳으로 그녀가 올라왔었다. 그날
의 기억이 나자 웃음이 터진 새롬이었다.

"또 하라면 할 수 있을까?"

할 수도 있을 것 같았다. 그와 키스할 수 있다는 보장만 있다면
말이다. 그녀는 미소를 지으며 그날의 추억에 잠겼다.

끙끙…… 소리가 절로 나왔다. 클라이밍을 취미로 배우길 잘했
다는 생각을 한 새롬은 양쪽 벽을 잡고는 끙끙거리며 벽을 탔다.

"야, 내려와!"

밑에선 김 선배가 내려오라고 성화였다.

"다친다고."

"헉……. 부러져도 내 뼈가 부러집니다."

"맘대로 해!"

성질이 머리끝까지 난 김 선배는 망도 안 봐 주고 자리를 떴다.
지금 문제는 대표실을 통해서 아이돌 연습실에 가려면 서 대표가

자리에 없어야 한다는 것이다. 기자 회견을 한다고 했으니 지금 없을 게 확실했다.

"조금만 더……."

다 올라왔다. 그래도 한 번 왔던 길이라서 그런지 두 번째인 오늘도 힘들긴 했어도 잘 올라왔다. 대표의 테라스는 아주 훌륭했다. 마치 미니 정원 같았다. 성질은 완전 포악한데 취미는 상당히 고상한 것 같았다.

"나이스."

무사히 안착해서 나이스를 외치는 순간 독사 같은 눈과 시선이 마주친 새롬이었다.

"젠장!"

서 대표와는 악연 중의 악연이었다. 하지만 새롬은 자신도 모르게 심장이 주책없이 뛰었다. 아니라고는 말했지만 오랜 기간 동안 갤럭시의 열렬한 팬이었던 그녀였다. 그런데 이렇게 민석이 앞에 있으니 꿈인지 가끔은 헷갈릴 때가 있었다.

어릴 땐 그의 집 가정부가 되는 게 꿈이었던 새롬이었다. 아무한테도 말하지 않았지만 말이다.

"현민이가 더 잘생겼어."

그녀는 작은 소리로 중얼거리며 잘생긴 그의 얼굴을 부인하고 있었다. 솔직히 역대 통틀어 얼굴은 서민석이 최고였다. 하긴 뭘

들 최고가 아닐까? 노래면 노래 춤이면 춤, 거기에 작사, 작곡까지 그는 엄청난 재능 부자였다.

빅스톰이 최고라고 속으로 천만 번을 말한 그녀였다. 하지만 눈길은 서 대표를 좇고 있었다. 심장이 이상하게 뛰었다. 왕년의 스타를 만나서 그런 거라고 핑계를 대 보았지만 아니었다. 그녀의 심장은 지금 미친 듯이 나대고 있었다.

야단을 치고 심한 말을 하는 대도 그의 입술만 보이고 있었다. 미친 게 분명했다. 아니라고 속으로 생각을 했지만 여전히 그녀의 눈은 서 대표의 입술에 가 있었다. 그런데 그때 누군가 테라스로 들어왔다.

새롬은 핑계 삼아 그의 입술에 키스했다. 모르는 남자와 키스를 하다니 지금 생각하면 가능한 일인가? 라는 생각이 들기는 했지만 그 키스가 아니었다면 지금 그녀의 남편은 없었을 것이다.

"으으음……."

그의 혀가 그녀의 입안으로 밀고 들어왔다. 그녀의 아름다운 D 라인 때문에 그들은 가까이하기엔 너무 먼 당신이 되었지만 말이다.

처음으로 그의 테라스에서 키스를 했던 때가 떠올랐다.

"이래서 반했어."

"처음에요? 설마?"

"아니, 진심이야. 그때 모르는 여자에게 키스를 받은 게 처음이었는데 떨리더라고. 싫었다면 그 순간 밀어내 버렸겠지."

그는 그날 새롬을 밀어내지 않았다.

"첫눈에 반한 거예요?"

"그런 건 아니지만 몸이 내 여자라는 걸 직감한 것 같아."

"그게 뭐예요?"

"하하하."

오랜만에 민석이 웃는 모습을 보았다. 그는 요즘 우울해했다. 예정일이 얼마 남지 않아서 의사 선생님이 섹스를 금했기 때문이었다. 그래서 오늘 새롬이 특별히 회사로 발걸음을 했다. 집에서 키스를 하면 그의 제어장치가 고장이 나서 끝까지 갈 것 같았기 때문이었다.

하지만 여기도 그리 안전하지는 않은 것 같았다. 그의 페니스가 그녀의 배를 찌르고 있었기 때문이었다.

"증세가 심각한 것 같아."

"뭐가요?"

"박새롬 중독! 이건 다 새롬이 책임이야."

"왜 제 책임이에요? 야한 생각만 가득한 당신 책임이지."

그가 갑자기 새롬의 손을 잡고 테라스 옆의 작곡실로 향했다.

"뭐 하는 거예요?"

"하고 싶은 거 하려고."

그의 작업실은 아늑했다. 작은 소파도 있었다. 그가 새롬을 작은 소파에 앉히고는 작업실의 문을 잠갔다.

"서 대표님, 읍!"

"도저히 오늘은 못 참겠어."

"괜히 왔어요."

"끝까지는 안 해."

그가 그녀의 앞에 무릎을 꿇고 안아서는 양손으로 새롬의 얼굴을 잡고는 깊은 키스를 시작했다. 그의 혀는 고삐가 풀린 망아지처럼 그녀의 입안에서 날뛰고 있었다.

"너무 좋아."

그의 입술이 그녀의 목을 따라 내려와 임신으로 더욱 풍만해진 가슴에서 헤매고 있었다. 그는 새롬이 입고 있는 임부용 셔츠의 단추를 하나씩 풀고 있었다. 그의 손이 덜덜 떨리는 게 보였다.

"이렇게 안 예쁜데 그게 하고 싶어요?"

"나의 기억에 새롬의 몸은 언제나 완벽해."

"못 말려요."

"사실이야."

그는 손으로 그녀의 가슴을 만지기 시작했다.

"진짜 못 참겠어."

그녀가 그의 바지의 버클을 풀었다.

"깊게만 넣지 말아요."

"당신은 천사이자 마녀야."

그는 이렇게 말하며 그녀의 임부복을 완벽하게 벗기고는 자신의 옷도 모조리 벗었다. 그는 지금 완전히 그녀에게 빠져 있는 얼굴이었다.

"사랑해."

"저도 사랑해요."

그가 살며시 그녀의 여성에 페니스를 문지르기 시작했다.

"너무 좋아."

일주일의 금욕으로도 이러는데 아이를 낳고 나서가 더 걱정인 새롬이었다.

"아이는 하나로 충분해."

"셋은 낳고 싶어요."

"안 돼!"

"욕심쟁이."

"맞아 난 새롬이를 독점하고 싶어."

그의 귀여운 투정에 언제나 무너지는 새롬이었다. 그의 페니스가 조심스럽게 그녀의 질 안으로 들어왔다.

"아······."

"아악!"

그는 헐떡이며 그녀를 차지했다. 그들이 처음 키스를 했던 그곳에서 말이다. 그날 새롬이 키스를 안 했다면 어떻게 되었을까? 생각만 해도 아찔했다. 그들은 서로에 깊게 빠져 있었다. 지금의 느낌으로는 평생 이렇게 살 것 같았다.

서로를 아끼고 서로를 탐하면서 말이다.

··· THE END ···